백마의 기사

Der Schimmelreiter/Pole Poppenspäler

Theodor Storm

테오도어 슈토름 문학과지성사 2005 박경희 옮김

백마의 기사

대산세계문학총서 043_소설
백마의 기사

지은이__테오도어 슈토름
옮긴이__박경희
펴낸이__채호기
펴낸곳__㈜문학과지성사

등록__1993년 12월 16일 등록 제10-918호
주소__서울 마포구 서교동 395-2호 (121-840)
전화__편집부 338)7224~5 영업부 338)7222~3
팩스__편집부 323)4180 영업부 338)7221
홈페이지__www.moonji.com

제1판 제1쇄__2005년 11월 18일

ISBN 89-320-1649-6
ISBN 89-320-1246-6(세트)

한국어판 ⓒ ㈜문학과지성사, 2005.

이 책은 대산문화재단의 외국문학 번역지원사업을 통해 발간되었습니다.
대산문화재단은 大山 愼鏞虎 선생의 뜻에 따라 교보생명의 출연으로 창립되어 우리 문학의 창달과 세계화를 위해 다양한 공익문화사업을 펼치고 있습니다.

잘못된 책은 바꾸어드립니다.

차례

백마의 기사 7　꼭두각시패 플레 173
옮긴이 해설 250　작가 연보 273　기획의 말 278

일러두기
본문 안의 각주는 모두 옮긴이주이다.

백마의 기사

「백마의 기사」 배경 조감도

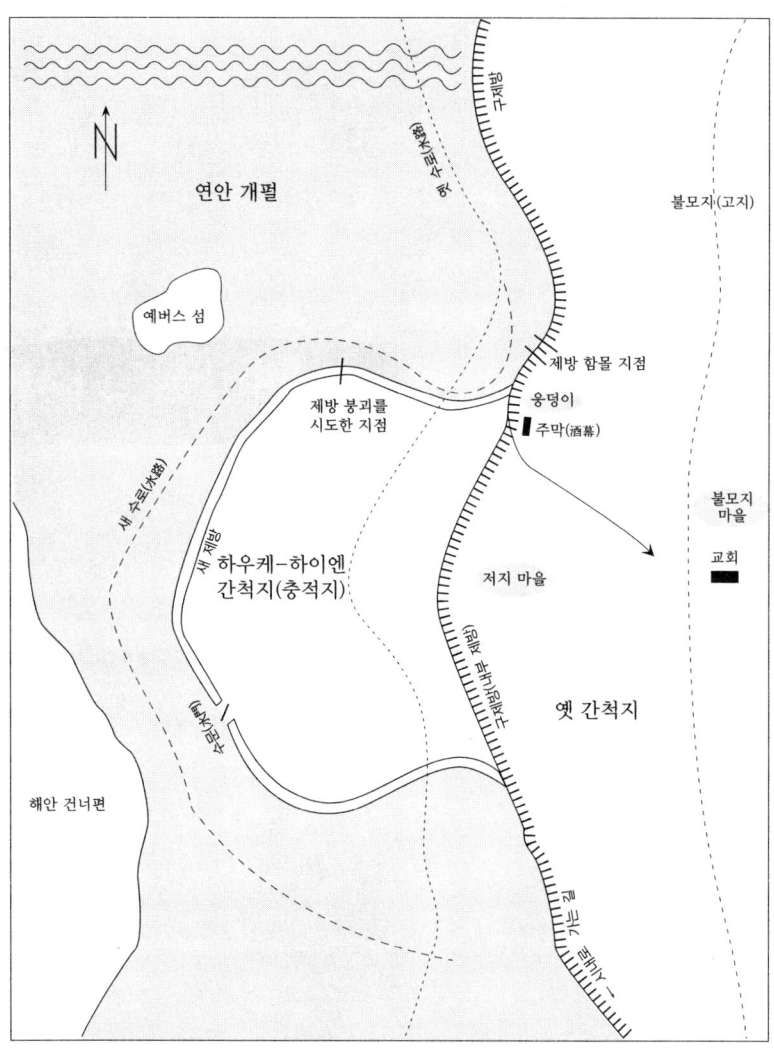

지금 전하고자 하는 이야기는 내가 반세기여 전에 시의원(市議員) 페테르젠의 부인¹이셨던 증조모 댁에서 우연히 알게 된 일이다. 당시에 나는 할머니의 안락의자에 기대어 푸른색 표지의 정기간행물을 읽고 있었는데 그것이 『라이프치히 문집』이었는지 『파페의 함부르크 이야기 선집』²이었는지는 기억이 분명치 않다. 아직도 순식간에 소름이 돋을 만큼 생생히 떠오르는 것이 있다면 그때 이따금씩 증손자의 머리를 쓰다듬어주시던 여든 살 넘은 할머니의 잔잔한 손길뿐이다.

    증조모도 그 시절도 이제는 지나간 세월 속에 묻힌 지 오래다. 이후로 한동안 나는 그때 보았던 잡지들을 찾아보기도 했으나 모두 부질없는

---

1 Frau Senator Feddersen: 슈토름의 외증조모(外曾祖母)인 엘자베 페테르젠 Elsabe Feddersen(1741~1829)과 동일인물로 여겨짐.
2 『라이프치히 문집 Leipziger Lesefrüchte』(1832~1846), 『파페의 함부르크 이야기 선집 Pappes Hamburger Lesefrüchte』(1811~1842): 19세기 전반에 두루 읽히던 두 문학지. 두 잡지는 모두 국내외의 유수한 문학 작품들을 모아 싣고 있는데, 슈토름은 실제로 「백마의 기사」의 바탕이 된 '유령 기사 이야기'를 이 잡지들에서 읽은 것으로 보인다.

짓이었다. 그런 연고로 나는 이 이야기의 진실 여부를 장담할 수도 없거니와 시비를 따지는 사람이 있다 해도 반박할 근거가 없다. 그러나 그 시절 이후, 새삼 돌이켜볼 기회가 없었음에도 이 이야기가 내 기억 한구석에 늘 머물고 있었다는 사실만은 확언할 수 있을 것이다.

금세기의 20년대,[3] 10월의 어느 날 오후였다— 당시의 화자는 이렇게 시작하고 있었다— 나는 사나운 폭풍우를 뚫고 북프리슬란트[4] 지방의 한 제방 위로 말을 달리고 있었다. 왼쪽으로는 가축 한 마리 보이지 않는 황량한 저지대가 벌써 한 시간 넘게 계속되고 있었고 오른쪽으로는 북해의 갯벌이 섬찟할 만큼 가까이 다가와 있었다. 평소에는 제방 너머로 인근 섬들과 만조(滿潮) 때를 따라 부침하는 외딴섬들이 내다보인다는 곳이었지만 지금은 싯누런 파도만이 쉴 새 없이 성난 고함을 지르며 제방을 후려치고 있었다. 나와 말에게도 때때로 지저분한 거품이 튀었다. 제방 뒤로는 황량한 저녁놀이 밀려와 있어 하늘과 땅을 분간할 수 없었고 높이 뜬 반달도 스쳐가는 먹구름에 가려 거의 보이지 않았다. 혹독한 추위였다. 손이 곱아 말고삐를 쥐고 있는 것조차 힘에 겨웠다. 까마귀와 갈매기떼들이 까악까악, 끼룩끼룩 울부짖으며 폭풍우를 피해 연신 육지로 날아드는 것도 무리가 아니었다. 주변은 깊은 어스름에 잠겨들어 말의 발굽조차 제대로 알아볼 수 없었다. 긴 날개가 닿을 듯 나와 내 충직한 암말을 향해 바짝 날아드는 새들의 울음소리, 바다와 바람의 광포한 울림만이 귓전을 때릴 뿐 사람이라고는 얼씬도 하지 않았다. 솔직히 안전한 숙소로 찾아들

---

3 1820년대.
4 Nordfriesland: 독일 슐레스비히-홀슈타인(Schleswich-Holstein) 주에 속하는 북해 연안 일대로 대부분이 개펄 저지대임. 슈토름의 고향이며 이 작품의 무대이기도 하다.

고픈 마음이 몇 번이나 고개 들던 것을 부인하지 않겠다.

악천후는 벌써 사흘째 계속되고 있었다. 나는 그동안 가까운 친척이 소유하고 있던 북쪽 지방의 한 농가에서 이미 지나치다 싶을 만큼 오래 신세를 지고 있던 터였다. 오늘은, 거기서도 남쪽으로 몇 시간 거리에 있는 시내에 볼일도 있었지만 더 이상 시간을 지체할 수가 없어서 사촌과 그 아내의 간곡한 만류에도 불구하고 오후에 결국 길을 나서고 말았다. 그네들이 손수 재배한 '페리네트 사과'와 '그랜드 리차드 사과'의 맛은 보지도 못하고 말이다.

"바닷가까지만 가봐요."

사촌이 문밖을 내다보며 내 등에다 대고 외쳤었다.

"십중팔구 돌아오고 말걸요. 방은 비워둘게요!"

그리고 아니나 다를까, 순식간에 먹구름이 몰려와 사방이 캄캄해지더니 포효하는 돌풍이 나와 암말을 제방에서 끌어내릴 듯했고 머릿속에는 줄곧 '괜한 고집 부리지 마! 친구들이 있는 따뜻한 둥지로 돌아가란 말이야' 하는 생각이 맴돌았다. 그러나 돌아갈 길은 가야 할 길보다 더 멀 것 같았다. 그렇게 나는 외투 깃을 귀까지 올려 세우고 여정을 계속했다.

그때 제방 저편에서 무엇인가 나를 향해 다가오고 있었다. 사방은 쥐 죽은 듯 고요했지만 반달이 희미한 빛을 내보내자 거무스름한 형체는 점점 뚜렷해졌다. 가까이서 보니 그것은 다리가 긴 깡마른 백마 위에 앉아 있었다. 어깨 언저리로 짙은 외투를 펄럭이며 휙 스쳐가는 그의 창백한 얼굴에서 타는 듯한 두 눈이 나를 바라보고 있었다.

'누구였을까? 여기서 뭘 하는 거지?' 그제서야 나는 내가 말발굽 소리도 말의 헐떡임 소리조차도 듣지 못했다는 사실에 생각이 미쳤다. 말과 기사가 바로 곁을 스쳐갔는데도! 의혹에 잠긴 채 나는 계속해서 말을 달렸다. 그러나 오래 생각할 겨를도 없이 그가 등 뒤에서 나타나 다시 내 옆을 스쳐갔다. 이번에는 외투 자락이 마치 나를 스쳐간 느낌이었지만, 그 환영은 처음에 그랬던 것처럼 소리 없이 지나갔다. 그리고는 점점 멀어져 가던 말과 기사의 그림자가 갑자기 제방 안쪽에서 어른거리는 듯했다.

나는 약간 머뭇거리다 그들의 뒤를 쫓아 내려가보았다. 제방에 붙어 있는 간척지 아래의 큰 웅덩이에서 물이 번쩍이고 있었다. 해일이 육지로 파고 들어와 이따금 작고 깊은 못을 남겨놓고는 했는데 이곳 사람들은 그것을 늪이라고 불렀다.

물은 제방 안에 갇혀 있는데도 눈에 띄게 일렁이고 있었다.[5] 기사가 물결을 일으킨 것은 아닌 듯했다. 그는 흔적 없이 사라진 후였다. 대신 반가운 것이 보였다. 눈앞의 간척지 곳곳에서 어슴푸레한 불빛들이 깜박이고 있었다. 불빛은 다소 높은 둔덕 위에 드문드문 자리 잡은 옆으로 길게 뻗은 모양의 프리슬란트 식 주택가에서 새어 나오고 있었다. 바로 앞, 내부 제방의 중턱쯤에도 같은 양식의 큰 집 한 채가 서 있었다. 대문 오른쪽의 남향 창들이 모두 환히 밝혀져 있었다. 그 너머로 인기척이 나고 폭풍우 속에서도 사람 목소리가 들려왔다. 내 말은 시키지 않아도 그 집 문으로 가는 둑길을 내려가고 있었다. 주막임을 쉽사리 알아볼 수 있는 집이었다. 손님들이 가축이나 말을 매어둘 수 있도록 창가에 말뚝을 박고 그 위에 굵직한 쇠고랑이 달린 들보를 얹어둔 나무 울타리가 눈에 띄었기 때

---

5 Das Wasser war, trotz des schützenden Deiches, auffallend unbewegt: 원문의 문장대로라면 '물은 제방 안에 갇혀 있었음에도 눈에 띄게 고요했다'라고 해석되지만, 논리적으로 '움직이지 않다unbewegt'보다 '움직이다bewegt'가 전체 문맥에 어울린다는 의견이 더 설득력 있다. 근래에는 집필 당시의 오자로 판단, '움직이다bewegt'로 해석하는 경우가 많다(『테오도어 슈토름, 백마의 기사-해설 및 참고 자료*Erläuterungen und Dokumente-Theodor Storm, Der Schimmelreiter*』, p. 7 참조).

문이다.

나는 울타리 한켠에 말을 매어놓고 마침 현관에서 마주보며 다가오던 일꾼 아이에게 나머지 일을 맡겼다.

"여기 무슨 모임이라도 있느냐?"

내실 문쪽에서 사람들 웅성거리는 목소리며 유리잔 부딪히는 소리가 뚜렷이 들려오길래 내가 일꾼 아이에게 물었다.

"예, 그런 셈입죠."

일꾼 아이가 저지(低地) 독일어[6]로 대꾸를 했다. 나중에 안 일이지만 이 고장에서는 벌써 백여 년이 넘게 저지 독일어와 프리지아어[7]가 혼용되고 있었다.

"제방 감독관 나리와 위원님들, 거기다 제방 관계자분들이 다 오셨습니다요! 바닷물이 높아져서요!"

실내로 들어서자 창 밑으로 길게 배치된 탁자 주변에 사내들 열두어 명이 앉아 있었다. 탁자 위에는 펀치 그릇 하나가 놓여 있었고 그중 유난히 건장해 보이는 남자가 모임의 우두머리처럼 보였다. 내가 인사를 건넨 후 합석해도 괜찮겠느냐고 묻자 그들은 쾌히 승낙했다.

"여기 모여서들 제방 경비를 서고 계시는군요!"

나는 예의 그 사내에게 몸을 돌리며 말했다.

"날씨가 정말 사납습니다. 제방이 위험하겠어요!"

---

6 Plattdeutsch: 북독일 지역의 사투리를 통칭하는 말.
7 das Friesische: 프리슬란트어, 혹은 프리지아어. 독일 서부 지역 언어 중 영국계 프리슬란트 그룹에 속하는 말로 다시 동, 서, 북프리슬란트 세 지역 사투리로 세분화된다. 북프리슬란트 사투리는 이 작품의 공간적 배경인 후줌Husum과 톤더른Tondern 사이의 갯마을과 불모지에서 쓰이는 말이며 중세 이후에는 덴마크어의 영향을 받았고 19세기 이후에는 특히 저지 독일어와 혼용되는 양상을 보인다.

"그렇소. 여기 우리가 사는 동쪽은 위험을 면한 것 같지만 저 건너는 안심할 수가 없소. 우리 중앙 제방은 지난 세기에 손을 본 거니까 괜찮지만 그쪽 제방은 거의가 구식이라서…… 조금 전까지만 해도 밖이 여간 추운 게 아니었소. 당신도……."

그가 대답하며 이렇게 덧붙였다.

"밖에 계셨으니 잘 아시겠지만 말이오. 어쨌든 우리는 여기서 한 서너 시간은 더 지켜봐야 할 것 같소만. 밖에 믿을 만한 사람들을 세워놨으니 무슨 일이 생기면 소식을 전해올 게요."

그리고 미처 주문을 하기도 전에 뜨거운 김이 오르는 잔이 내 앞에 놓였다. 옆에 앉은 친절한 사내는 제방 감독관이었다. 둘 사이에 차차 대화가 무르익자 나는 그에게 제방에서 이상한 사내를 만났다는 이야기를 하게 됐다. 그러자, 그가 내 얘기에 귀를 기울였음은 물론 갑작스레 주변의 말소리마저 뚝 끊어졌다.

"백마의 기사다!"

좌중에서 한 사람이 외치자 다른 이들도 놀라서 술렁거렸다.

제방 감독관이 일어섰다.

"놀라지들 마시오!"

그가 탁자 너머에 앉은 사람들을 향해 말했다.

"우리한테만 생기는 일이 아닙니다. 17년[8]에는 저 건너편 사람들한테도 일어났던 일이오. 그 사람들 각오를 단단히 해야 할 겁니다."

---

8 Anno 17: 슈토름이 1717년 크리마스의 대홍수를 생각한 것이라면 그가 연대를 혼동한 것이라고 볼 수 있다. 주인공 '백마의 기사'는 여러 정황으로 보아 18세기 중엽 이후에나 생존 가능한 인물인데, 1817년에는 홍수나 해일에 관한 기록이 없으므로 「백마의 기사」에서 해일에 관한 묘사의 주축이 된 홍수는 슈토름의 어린 시절에 깊은 인상을 남겼다는 1825년의 해일로 추측된다.

나도 새삼스레 으스스한 기분이 들었다.

"죄송하지만!"

내가 물었다.

"백마의 기사라니요?"

저만치 벽난로 뒤켠에 해진 검정색 웃옷을 입고 구부정한 자세로 앉아 있던 작고 수척한 남자가 눈에 들어왔다. 한쪽 어깨가 약간 휜 듯한 그는 시종일관 대화에 한마디도 끼어들지 않았지만, 숱이 적은 희끗한 머리카락 아래 짙은 속눈썹으로 둘러싸인 눈을 보면 그가 멍하니 졸고 있지 않았다는 것을 한눈에 알아볼 수 있었다.

제방 감독관이 그를 가리키며 다소 목소리를 높여 말했다.

"우리 선생님이 아마도 댁한테 그 얘기를 해줄 제일 적당한 사람인 것 같소. 물론 자기 방식대로라 우리집의 늙은 하녀 안테 폴머스만은 못하겠지만 말이오."

"제방 감독관, 무슨 농담을!"

선생이란 사람의 골골한 목소리가 벽난로 뒤편에서 들려왔다.

"그런 무식한 여편네와 나를 한자리에 놓고 비교하시다니!"

"알겠습니다, 선생님! 그렇지만, 뭐니 뭐니 해도 그런 이야기는 수다스런 여편네들이 제일 실감 나게 전하는 법 아니겠습니까!"

"딴에는 그렇군요. 그 점에서 우리는 의견 차가 있는 것 같지만."

선생이라 불리는 작은 사내가 말했다. 동시에 어딘지 우쭐해하는 듯한 미소가 그의 곰상한 얼굴을 스쳐갔다.

"보시는 대로 저 양반은 저렇게 거만한 데가 있지. 젊어서 한때 신학 공부까지 했다는데 약혼자랑 파혼하는 통에 고향에 눌러앉아 내내 접장 노릇을 하며 살았다오."

제방 감독관이 나한테 귀엣말로 소곤거렸다.

선생은 그새 벽난로 구석에서 나와 긴 탁자 한 켠의 내 옆 자리로 다가앉았다.

"얘기해주세요, 선생님!"

젊은이들 서넛이 소리쳤다.

"그럼, 기꺼이 해드리지."

선생이 내게로 몸을 돌리며 말했다.

"원하시는 대로 얘기를 해보리다. 얘기 가운데 더러 미신적인 요소들도 있지만 그걸 빼고 얘기하기란 쉬운 일이 아닌 것 같군요."

"그런 것도 부디 빼지 말아주십사 부탁드려야겠는데요. 적어도 저를 옥석은 가려낼 만한 사람으로 봐주신다면!"

선생이 나를 향해 알겠다는 미소를 지으며 말을 꺼냈다.

"그렇다면 시작해봅시다! 지난 세기 중엽에, 아니 좀더 정확히 따지자면 그 전후로 이곳에 제방 감독관이 한 명 있었소. 그는 여느 농부들이나 농장주들보다 제방이나 수문에 대해 높은 견식을 가진 사람이었지요. 그래도 전문가들이 쓴 책들은 거의 읽어보지 못했으니 그 지식이 충분했다고는 할 수 없을 것이고, 그가 아는 대부분의 지식은 어려서부터 독학으로 익힌 것이나 다름없었어요. 선생도 프리슬란트 사람들이 수학에 능하다는 얘기는 익히 들어보셨을 게요. 그리고 농부였지만 나침반과 크로노미터, 망원경에 파이프 오르간까지 만들 줄 알았던 파레토프트의 한스 몸젠[9] 얘기도 물론 아실 테지요."

---

9 Hans Mommsen(1735~1811): 슈토름의 고향인 후줌Husum에서 북서쪽으로 약 30킬로미터 떨어진 곳에 위치한 파레토프트Fahretoft의 농부 겸 수학자. 슈토름이 하우케 하이엔이란 인물을 창조하는 데 모범이 된 인물로 보인다.

몸젠만큼은 아니었겠지만 후에 제방 감독관이 된 그 사람의 부친도 그런 재능이 얼마간 있는 사람이었다. 그의 부친은 유채꽃과 콩을 심고 소 한 마리를 먹일 정도의 얼마 안 되는 소택지를 가지고 있었다. 부친은 봄, 가을이면 마을에 토지 측량을 나가고 겨울이 되어 북서풍이 덧문을 흔들면 거실에 앉아 점과 선을 그리고 컴퍼스를 찍으며 시간을 보냈다. 소년은 대개 그 곁에 앉아 초학 독본이나 성경책 너머로 아버지가 수치를 재고 계산하는 모습을 넘겨다보며 이따금 금발을 긁적이곤 했다. 그러던 어느 날 저녁, 그는 아버지에게 조금 전 쓴 것은 왜 그래야만 하며 다른 해결 방법은 없느냐고 묻더니 불쑥 자신의 의견을 내놓았다. 대답이 궁색해진 아버지는 고개를 저으며 말했다.

"어떻게 설명해야 할지 모르겠다만, 한마디로 그건 그런 거란다. 네가 뭘 잘못 생각한 것 같구나. 그래도 궁금증이 안 풀린다면 내일 다락방에 있는 상자에서 유클리드[10]라는 사람이 쓴 책을 찾아보거라. 거기서 답이 나올지도 모르겠다!"

집 안에 있는 책이라고는 기껏해야 몇 권뿐이었으므로 다음날 다락방에 올라간 소년은 쉽사리 그 책을 찾아냈다. 그가 책을 탁자 위에 올려놓자 아버지는 웃음을 터뜨렸다. 그것은 네덜란드어로 된 유클리드 기하학 책이었다. 네덜란드어가 독일어와 절반쯤은 같다 해도 두 사람이 이해할 만큼은 아니었다.

"그래, 그래."

---

10 Euklid: 그리스의 수학자. 아테네에서 공부했으며 기원전 300년경에 알렉산드리아에서 수학 강의를 시작했다. 그가 저술한 수학에 관한 저서 15권은 당시 수학 교과서로 쓰이다시피 했는데, 하우케도 유클리드 보급판 중 한 권을 보았을 것으로 짐작된다.

아버지가 말했다.

"그 책은 네 할아버지 것이었지. 그분은 그걸 읽을 줄 아셨는데……그래, 독일어로 된 건 없든?"

말수 없는 소년은 조용히 아버지를 바라보며 물었다.

"이거 제가 가져도 돼요? 독일어로 된 건 없어요."

아버지가 고개를 끄덕이자 그는 반쯤 찢겨나간 소책자를 가리키며 물었다.

"저것도요?"

"둘 다 가지려무나! 별 쓸모야 있겠냐만."

아버지 테데 하이엔이 말했다.

두번째 책은 조그만 네덜란드어 문법책이었다. 긴 겨울이 지나고 정원의 구즈베리 나무에 꽃이 필 무렵 소년은 당시에 한창 유행하던 유클리드 기하학을 거의 이해하게 되었다.

여기서 선생은 잠시 말을 멈췄다.

"한스 몸젠이란 사람한테도 이런 일화가 따라다닌다는 것은 나도 알고 있어요. 하지만 그가 태어나기 훨씬 이전, 우리 마을에는 하우케 하이엔—그 소년 이름이 그래요—이 있었던 거지요. 아시다시피, 한번 큰 인물이 나타났다 하면 진담이건 농담이건 비슷한 인물들이 전에 했을 법한 일까지 죄다 그 사람에게 갖다붙이곤 하는 게 아니겠소."

아버지는 아들이 소나 양을 돌보는 데도 시큰둥하고 갯땅 사람이면 누구나 기뻐할 콩잎이 도는 시기조차 알아채지 못한다는 것을 알았다. 더 나아가 농장일이라는 것이, 농부 한 명과 어린 아들 하나로는 감당할 수 있는 일이어도 먹물이 들다 만 식자와 일꾼에게는 어림도 없는 것이라는 데까지 생각이 미쳤다. 그 역시 평생 이도 저도 아닌, 별 볼일 없는 삶을 살아오지 않았던가. 그래서 그는 제법 장성한 아들을 제방 일터로 보내 부활절부터 성 마르틴[11] 축제 때까지 다른 일꾼들과 수레로 흙을 나르도록 시켰다.

"이렇게 하면 녀석을 유클리드로부터 떼어놓을 수 있겠지."

그는 혼잣말로 중얼거렸다.

소년은 수레를 끌었다. 그러나 유클리드는 늘 그의 주머니 속에 들어 있었다. 일꾼들이 아침이나 새참을 먹을 때면 그는 뒤집어놓은 손수레에 올라앉아 책을 읽었다. 그리고 가을에 밀물이 높아져 이따금씩 공사가 중단될 때면 다른 사람들처럼 집으로 돌아가지 않고 제방의 바다 쪽 비탈에 책상다리를 하고 앉아 희뿌연 북해의 파도가 조금씩 높아지며 제방의 습지를 넘나드는 것을 몇 시간이고 바라보았다. 발이 흠씬 젖어오고 물거품이 얼굴에 튀면 그제서야 그는 몇 걸음 뒤로 물러나 다시 자리를 잡았다. 바닷물이 철썩이는 소리도, 날개를 스칠 듯 가까이 떠다니며 까만 눈동자를 마주치는 갈매기와 물새들의 울음소리도 소년에게는 들리지 않았다. 거친 망망대해에 어둠이 깔리는 줄도 모르며 그가 보고 있던 것은 오직 만조(滿潮) 때면 늘 같은 자리를 후려치며 눈앞에서 가파른 둑 위의 풀을 씻어 내리는, 하얗게 거품이 이는 파도의 끝자락뿐이었다.

그는 한동안 멍하게 바라보다가 천천히 고개를 끄덕이기도 하고, 고개를 숙인 채 손으로 공중에 부드러운 곡선을 그리기도 했다. 마치 그렇게 해서 제방의 경사를 더 완만하게 하려는 듯이. 어둠이 내려 지상의 모

---

11 Martini: 11월 11일. 성 마르틴Martin von Tours(316~400) 기념일. 농가에서는 추수기를 의미하며 거위 요리 같은 음식을 먹고 춤추며 즐기는 날이다.

든 것이 시야에서 사라져가고 밀물 소리만 귓전을 울리면 소년은 일어나 반쯤 젖은 채 집으로 돌아갔다.

어느 날 저녁 그가 집으로 들어서자 측량 도구를 닦고 있던 아버지가 벌컥 화를 내며 말했다.

"밖에서 뭘 하며 쏘다니는 게냐? 물에 빠져 죽기 십상이겠다! 오늘은 바다가 제방을 집어삼킬 기세인데!"

하우케는 그러나 뻗대는 눈초리로 아버지를 빤히 쳐다보았다.

"내 말이 안 들리냐? 네가 빠져 죽을 뻔했다지 않아!"

"듣고 있어요. 하지만 빠져 죽지는 않았잖아요!"

하우케가 말했다.

"그래, 아니지. 이번에는 아니지."

잠시 후 소년의 아버지는 무표정하게 아들을 쳐다보며 대꾸했다.

"우리 제방은 엉터리예요!"

"뭐가 어떻다고, 얘야?"

"제방이라고 했어요!"

"둑이 어떤데?"

"우리 제방은 쓸모가 없어요, 아버지!"

하우케가 대답했다.

"얘가 지금 뭐라는 게야? 네가 그 뤼벡에서 왔다는 천재 소년[12]이라도 된단 말이냐!"

---

12 das Wunderkind aus Lübeck: 당시 크리스티안 하인리히 하이네켄Christian Heinrich Heineken(1721~1725)이라는 소년이 만 네 살에 독일어와 저지 독일어는 물론, 프랑스어와 라틴어도 막힘 없이 썼으며 수학과 지리, 역사, 문학, 생물학, 화학과 의학에 이르기까지 놀라운 수준의 지식을 가지고 있었음은 물론 노래 200여 곡을 외워서 불렀다고 한다.

아버지는 소년을 바라보며 피식 웃었으나 소년은 조금도 흔들리는 기색 없이 대답했다.

"해안 쪽 경사가 너무 가팔라요. 예전 같은 홍수가 한 번만 더 오면 그땐 우리 모두 둑 뒤에 있어도 익사할 거란 말이에요!"

아버지는 주머니에서 씹는 담배를 꺼내 어금니 쪽으로 한 조각 밀어넣었다.

"너 오늘 수레 몇 대나 밀었냐?"

아버지는 노한 목소리로 물었다. 그는 제방 일도 소년의 머릿속에서 상념을 몰아내지 못했음을 짐작했다.

"모르겠어요, 아버지. 그저 다른 사람들만큼은요. 아니, 아마 남들보다 대여섯 수레는 더 했을 거예요. 그래도…… 제방은 다시 쌓아야 해요!"

"그래. 그럼, 네가 제방 감독관이 되면 되겠구나. 그때 가서 제방을 다시 쌓지 그러니!"

아버지는 너털웃음을 짓고 말았다.

"예, 아버지!"

소년이 대답했다.

아버지는 아들을 쳐다보며 마른침을 몇 차례 삼키고는 밖으로 나갔다. 아들에게 해줄 적절한 말이 떠오르지 않았다.

10월 말에 제방 공사가 끝난 후에도 하우케 하이엔에게는 북쪽 바다로 산책을 나가는 것보다 더 흥겨운 오락은 없었다. '모든 성인 대축일'[13] 전후가 되면 프리슬란트 사람들은 너나없이 추분 태풍[14]이 날뛰지 않을까

---

13 Allerheiligentag: 11월 1일. 만성절(萬聖節)이라고도 함. 한국에서는 가톨릭 교회에서

전전긍긍했지만 소년은 마치 요즘 아이들이 크리스마스나 기다리듯 애타게 이날을 기다렸다. 한사리 때면 소년은 폭풍이나 날씨에 구애됨 없이 먼 제방 위에 홀로 외로이 누워 있곤 했다. 갈매기가 끼룩대거나 바닷물이 제방을 향해 미친 듯이 달려들다 물러서며 습지의 찢겨나간 풀들을 집어삼킬 때면 하우케의 성난 웃음소리가 들려왔다.

"너희들은 아무것도 하지 못해."

그는 바다가 내는 소음 속으로 소리쳤다.

"사람들이 아무것도 제대로 해내지 못하듯 말이야!"

그리고 대개 어둠이 몰려온 후에야 하우케는 황야를 지나 둑길을 따라 집으로 달려갔다. 그의 후리후리한 모습은 이내 아버지가 사는 갈대 지붕 밑의 낮은 문을 지나 곁방으로 미끄러져 들어갔다.

가끔 그는 습지의 진흙을 한 줌씩 퍼오기도 했다. 그리고 이제 그가 뭘 하든 내버려두는 아버지 곁에 앉아 수지로 만든 흐릿한 촛불 밑에서 여러 가지 제방의 모형을 빚어내 물이 담긴 평평한 그릇 안에 세워보기도 하고 파도가 제방에 부딪히는 모습을 시연해보기도 했다. 때로는 석판 위에다 바다 쪽 제방의 측면도를 생각나는 대로 그려볼 때도 있었다.

그에게 학교의 또래들과 어울리는 것 따위는 안중에도 없는 일이었다. 아이들도 이 몽상가에게 별다른 관심을 보이지 않았다. 다시 겨울이 오고 결빙기가 시작되자 소년은 이전에 가보지 못한 먼 곳까지 배회했다. 제방에서부터 그의 앞에 끝없이 이어지는 얼음으로 뒤덮인 모래톱까지.

만 기념하는 날이지만, 유럽에서는 가톨릭과 기독교 구분 없이 모든 성인과 순교자들에게 헌정하는 날이며, 예전에 농가에서는 이날을 중심으로 고용 계약을 시작하거나 끝맺기도 했다.

14 Äquinoktialstürme: 춘·추분을 전후해서 자주 불어오는 폭풍. 원래 좁은 의미로는 유럽의 폭풍이 아닌 동아시아의 태풍을 의미한다.

혹독한 추위가 계속되던 2월에 바닷가로 떠밀려온 시체들이 발견됐다. 난바다의 얼어붙은 휑한 모래톱 위에 시체들이 널브러져 있었다. 시체를 옮길 때 거기 있던 젊은 여자 하나가 테데 하이엔 앞에 서서 수다를 떨기 시작했다.

"말도 마세요, 사람 꼴이 아니었어요."

그녀는 비명을 지르다시피 했다.

"세상에 물귀신[15]이 따로 없어요! 머리는 이렇게 큰 게……."

여자가 손을 벌려 머리 모양을 만들어 보이며 말했다.

"시꺼멓고 미끌미끌한 것이 꼭 갓 구워놓은 빵 같더라니까요. 거기다 게들이 시체를 파먹은 건지……, 애들이 그걸 보더니 주위가 떠나가라 비명을 지르고요!"

그러나 나이 든 테데 하이엔에게는 새삼스런 일이 아니었다.

"시체들이 벌써 십일월께부터 바다를 떠돌고 있었던 것 같군!"

그는 무덤덤하게 말했다. 하우케는 묵묵히 그 곁에 서 있다가 주위가 어수선한 틈을 타 제방을 빠져나갔다. 그가 시체를 더 찾으러 간 것인지 아니면 시체들이 누워 있던 개펄에 여전히 꿈틀대고 있을 공포와 전율이 그를 다시 끌어당긴 것인지는 알 수 없었다. 그는 달리고 또 달려 어느덧 홀로 황야에 서 있었다. 제방 너머로 바람이 불고, 휙 스쳐가는 새들의 울음소리만 들려왔다. 왼쪽으로는 텅 빈 넓은 개펄이, 다른 쪽으로는 뿌연 얼음으로 덮여 희미한 빛을 뿜는 바다가 끝없이 이어졌다. 온 세상이 하얀 죽음 속에 누워 있는 듯했다.

---

15 Seeteufel: 유럽의 해안 각처에서 나타난다는 2미터가량의 거대한 바다귀신으로 집단 환상의 산물. 'Seeteufel'은 원래 생선 '아귀'를 뜻하기도 하지만 이어지는 하우케의 노르웨이 바다귀신 얘기에 따라 '물귀신'으로 번역했음.

제방 위에 선 하우케의 날카로운 눈빛은 멀리 배회하고 있었다. 시체는 더 이상 보이지 않았다. 얼음 밑으로 여울물이 밀리는 곳에 그저 빙판이 유선형의 물결을 따라 오르내릴 뿐이었다.

그는 집을 향해 달렸다. 그러나 며칠 후 어느 저녁 나절에 그는 다시 그곳에 서 있었다. 갈라진 얼음 사이로 구름 같은 연기가 피어 올라 안개와 뒤섞이며 개펄 위에 그물을 짜는 모습이 저녁놀과 기이하게 섞여갔다. 하우케는 뚫어져라 그 광경을 바라보고 있었다. 안개 속에서 사람 크기만 한 검은 형체들이 오가는 듯했기 때문이다. 그들은 장중하고 으스스하게 움직이고 있었다. 그는 목을 빼고 멀리 연기가 솟아나는 틈에서 그들이 사방으로 거니는 것을 보았다. 갑자기 그들이 소름 끼치는 동작으로 미친 듯 날뛰기 시작하더니 큰 것은 작은 것 위로, 작은 것은 큰 것을 향해 달려들었다. 그러다가 점점 옆으로 흐물흐물 퍼져 나가더니 마침내 전혀 형체를 알아볼 수 없게 되었다.

'대체 뭘 하는 거지? 물에 빠져 죽은 사람들의 혼령일까?'

하우케는 생각했다.

"훠이!"

하우케의 목소리가 어둠 속을 가르며 퍼져갔다. 그러나 그에 아랑곳 없이 기괴한 짓은 계속됐다.

하우케의 머릿속에 언젠가 늙은 선장에게서 들은 적이 있는, 목 위에 얼굴 대신 해초 뭉치를 달고 돌아다닌다는 끔찍한 노르웨이의 바다귀신이 떠올랐다. 그러나 그는 달아나는 대신 장화 뒤축을 갯땅에 비비며, 밀려오는 저녁놀 속에서 눈앞에 펼쳐지는 도깨비 장난을 응시했다.

"너희들이 여기까지 온 거냐?"

그는 자못 엄한 목소리로 말했다.

"하지만 나를 내쫓진 못할 거다!"

온 사방이 어둠에 빠져들자 그는 경직된 걸음으로 천천히 집을 향해 걸었다. 등 뒤에서 새들의 날갯짓과 울음소리가 메아리쳐왔다. 그는 주위를 돌아보지도 걸음을 재촉하지도 않았다. 하우케는 늦게서야 집으로 돌아왔다. 그는 아버지를 비롯한 어느 누구에게도 그날 본 것에 대해 얘기한 일이 없다고 한다. 먼 훗날 숙명의 짐이 되었던, 백치 딸을 당시와 비슷한 절기, 비슷한 시간에 그곳으로 데려가 그가 본 것과 똑같은 것을 개펄에서 보여준 적이 있을 뿐이다. 그는 딸에게 무서워할 필요가 없다고, 안개 때문에 크고 무서워 보일 따름이지 실제로는 학이나 까마귀들이 깨진 얼음판 사이로 물고기를 낚아 올리는 것이라고 설명해주었다.

"오, 하느님!"

선생은 잠시 얘기를 멈췄다.

"세상에는 독실한 기독교 신자들마저도 혼란에 빠뜨리는 그런 일들이 있지요. 하우케는 멍청이도 천치도 아니었어요."

내게서 아무 대답이 없자 그가 얘기를 계속하려던 참이었다. 지금까지 낮은 방을 자욱한 담배 연기로 채우며 숨죽이고 귀를 기울이던 청중들이 갑자기 술렁였다. 처음엔 몇몇이었지만 차츰 모두가 창문 쪽으로 몸을 돌렸다.

커튼이 없는 창문 너머로 폭풍이 구름을 몰아오는 광경이 보였다. 어둠과 빛이 서로를 사냥하며 달려오는 모습은 내가 보기에도 백마를 탄 깡마른 기사가 질주하는 것만 같았다.

"잠깐만 기다리시오, 선생님!"

제방 감독관이 나지막이 말했다.

"걱정 마시오, 제방 감독관! 나는 백마의 기사를 욕보인 적이 없소. 그럴 이유도 없고 말이오."

늙은 선생은 영리해 보이는 작은 눈으로 제방 감독관을 쳐다보았다.

"선생님 말이 맞아요. 한 잔 더 받으시죠!"

제방 감독관이 말했다.

잔이 채워지고 청중들이 대부분 얼빠진 얼굴로 몸을 돌리자 그는 얘기를 계속했다.

그렇게 오로지 바람과 바다, 적막한 풍경들을 벗삼아 하우케는 훤칠한 청년으로 자라났다. 견진성사(堅振聖事)를 받은 지도 일 년이 넘어가던 무렵 그는 갑자기 딴사람이 되었다. 요절한 트린 얀스 할멈의 아들이 언젠가 스페인에서 가져왔다는 늙은 흰 털 앙고라 수고양이가 그 일의 발단이었다. 트린 할멈은 제방에서 멀찌감치 떨어진 조그만 오두막에 살고 있었다. 노파가 집에서 일할 때면 이 꼴사나운 수고양이는 문지방에 앉아 지나가는 푸른 도요새를 보며 눈을 희번덕거리고는 했다. 하우케가 그 집 앞을 지나칠 때면 고양이가 그를 보며 야옹야옹 울었고 하우케는 고개를 끄덕여 보였다. 그들은 서로 통하는 데가 있었다.

그러던 어느 봄날이었다. 하우케는 평소처럼 제방 위에 누워 있었다. 벌써 갯솔과 향기로운 바닷쑥 냄새가 풍겨왔고 햇살은 따사로웠다. 전날 해안의 고지대에서 모은 조약돌이 주머니에 가득했다. 썰물에 뻘이 드러나 작은 회색 도요새가 휙 울며 날아가면 하우케는 재빨리 새들을 향해 돌팔매질을 했다. 젖 뗄 무렵부터 익힌 솜씨이니 대개는 개펄 위에 죽은 새 한 마리 정도는 누워 있게 마련이었다. 그러나 떨어뜨린 새를 모두 주워 올 수 있는 것은 아니었다. 하우케는 그래서 수고양이를 데려와 사냥개 대신 노획물을 가져오도록 훈련을 시켜야겠다고 마음을 먹은 참이었다. 군데군데 굳은 땅이나 모래톱 같은 곳에는 직접 나가서 사냥물을 집어 오기도 했다. 집으로 돌아가는 길에는 수고양이가 문 앞을 지키고 있다가 탐욕을 누르지 못하고 하우케가 사냥한 새들 중 한 마리를 던져줄 때까지 울부짖었다.

오늘도 하우케는 웃옷을 어깨에 걸치고 비단이나 금속처럼 영롱한 깃털을 가진 이름 모를 새를 들고 집으로 돌아가고 있었다. 그를 보자 수고양이는 언제나처럼 갸르릉거렸지만 이번에는 하우케도 '물총새'인 듯한 자신의 노획물을 던져주고 싶은 마음이 없었기 때문에 고양이의 억누를 길 없는 탐욕을 외면했다.

"다음번에! 오늘은 내가, 내일은 네가 갖자. 이건 고양이 먹이가 아니야!"

그가 고양이를 향해 외쳤다. 그러나 고양이는 살금살금 그에게로 다가오고 있었다. 하우케가 멈춰 서서 고양이를 노려보았다. 새는 그의 손에 들려 있었고 고양이는 앞발을 쳐들었다. 그러나 하우케도 아직 고양이의 본성을 잘 몰랐던 걸까. 몸을 돌려 막 앞으로 걸어가려던 순간, 그는 사냥물이 단번에 낚아채이는 것을 느꼈다. 동시에 날카로운 발톱이 그의 살을 파고들었다. 맹수 같은 분노가 하우케의 핏속에서 솟구쳤다. 그는 격렬하게 약탈자의 목덜미를 잡아챘다. 거친 털 사이로 고양이의 두 눈이 튀어나올 듯해도, 억센 뒷발을 세워 사납게 할퀴는 것도 아랑곳하지 않고 하우케는 몸부림치는 짐승을 들어 올려 힘껏 목을 졸랐다.

"에잇!"

그는 소리를 지르며 더욱 세게 힘을 주었다.

"어디 누가 이기나 해보자!"

고양이의 뒷발이 힘없이 축 늘어지자 하우케는 몇 발자국 뒤로 물러나 노파의 오두막으로 고양이를 던졌다. 고양이가 더 이상 움직이지 않는 것을 보고 그는 몸을 돌려 집으로 향했다.

수고양이는 트린 할멈의 보배였다. 고양이는 노파의 벗이었고 선원이었던 아들이 어머니에게 새우를 잡아다 주러 폭우 속으로 나갔다가 돌연 시체로 발견되기 전에 트린 할멈에게 남겨놓은 유일한 유산이었다. 하우케가 수건으로 상처의 피를 닦으며 백 보나 갔을까. 오두막 쪽에서 비명과 고함 소리가 귀를 찢듯 울려왔다. 그가 돌아보니 트린 할멈이 길에 쓰러져 있었다. 빨간 머릿수건 주변으로 삐져 나온 노파의 푸석푸석한 머리카락이 바람에 날리고 있었다.

"죽었어! 죽었단 말이다!"

그녀가 소리를 지르며 위협하듯 뼈가 앙상한 팔을 하우케를 향해 쳐들었다.

"이 천벌을 받을 놈아! 네가 우리집 고양이를 때려죽이다니! 하릴없이 개펄이나 서성대는 놈[16] 따위가, 우리 고양이 꼬리조차 쓸어줄 주제가 못 되는 놈이 감히!"

그녀는 다시 고양이에게로 쓰러지며 앞치마로 고양이의 코와 주둥이에서 흐르는 피를 하염없이 정성스레 닦아냈다. 그리고는 다시 고함을 지르기 시작했다.

"이제 끝났어요, 할머니?"

---

16 du nichtsnutziger Strandläufer: 'Strandläufer'는 도요새과에 속하는 작은 물새. 짧은 다리로 종종거리며 해변에서 곤충이나 벌레 따위를 잽싸게 잡아먹는 게 일이다. 원뜻은 "이 쓸모 없는 도요새 같은 놈아!"이지만, '도요새'의 비유가 한국어 독자에게 얼른 와닿지 않는 것 같아 번역자 임의로 의역했다.

하우케가 노파에게 물었다.

"그럼, 저도 한마디하죠. 제가 할머니께 생쥐나 시궁창 쥐만 잡아먹으면서 만족할 줄 아는 고양이를 하나 사다드리지요!"

그리고 그는 개의치 않는 듯 앞으로 걸어갔다. 그러나 죽은 고양이가 그의 머릿속을 혼란스럽게 했음은 분명한 듯했다. 그는 동네 어귀의 자기 집과 이웃집들마저 그냥 지나쳐 둑길을 따라 더 남쪽으로 시내를 향해 걷고 있었으니까.

그동안 트린 얀스도 같은 방향으로 걷고 있었다. 노파는 낡은 푸른색 체크무늬 베갯잇에다 짐을 싸더니 어린아이라도 안고 가듯 조심스레 보듬어 안았다. 노파의 하얗게 센 머리카락이 봄바람에 날렸다.

"트리나, 뭘 들고 가슈?"

지나가던 농부가 물었다.

"네 집과 농장을 합한 것보다 더 귀한 거야."

노파는 그렇게 대꾸하며 분주히 길을 갔다. 저지대에 있는 테데 하이엔의 집이 보이자 노파는 제방 진입로를 따라 걸어 내려갔다. 방죽을 따라 동네로 비스듬히 오르내릴 수 있게 만든 이 좁은 길을 여기 사람들은 '목장길'이니 '오솔길'이니 하고 불렀다. 테데 하이엔은 문가에 서서 날씨를 살피고 있었다.

"여, 트린! 트린 할멈이구먼!"

노파가 가쁜 숨을 몰아쉬며 지팡이를 땅에 꽂자 테데 하이엔이 말했다.

"대체 보따리 안에 든 건 뭐요. 뭘 싸가지고 오는 거요?"

"우선, 안으로 들어갑시다, 테데 하이엔 씨! 그러면 뭔지 알게 될 테니!"

노파의 눈에서 화염이 묻어날 듯했다.

"들어오시오!"

테데 하이엔이 말했다.

'대체 이 무지렁이 할멈이 내게 무슨 볼일이 있다는 건지.'

두 사람이 집 안으로 들어서자 노파가 말을 계속했다.

"담배 상자랑 저 필기도구 좀 저리 치우시오. 당신은 허구한 날 쓸 것도 많소! 자, 탁자 위도 좀 깨끗하게 닦고!"

은근히 호기심이 동한 테데 하이엔은 노파가 시키는 대로 했다. 그러자 노파는 베갯잇 양쪽 모서리를 잡아당겨 큰 수고양이를 탁자 위에 쏟아 놓았다.

"자 보시오! 당신 아들 하우케가 때려죽인 거요."

노파가 큰 소리로 구슬프게 울기 시작했다. 그녀는 죽은 짐승의 뻣뻣한 털을 어루만지다가 앞발을 나란히 놓아주기도 하고 긴 코를 고양이의 얼굴에 갖다대며 귀에다 뭐라고 부드러운 말들을 속삭였다. 테데 하이엔이 그 모습을 지켜보다가 말했다.

"그러니까, 하우케가 저것을 때려죽였단 말이오?"

그는 울부짖는 할멈을 어찌해야 좋을지 난감했다.

노파는 성난 표정으로 고개를 끄덕였다.

"그렇다고 하지 않아요! 하느님 맙소사, 그 녀석이 그랬다니까!"

노파는 관절염의 후유증이 남은 굽은 손으로 눈물을 훔쳐냈다.

"내 새끼, 아이구, 이제 살아 있는 것이라곤 없구나! 당신도 알다시피 우리 같은 늙은이들은 만성절만 지나면 이부자리 안에 들어가도 다리가 시려온단 말요. 잠은 안 오고 북서풍이 덧문을 흔드는 소리가 귓전을 울리지. 난 그 소리가 듣기 싫우, 테데 하이엔! 우리 아들놈이 빠져 죽은 개펄에서 불어오는 그 바람 소리가!"

테데 하이엔이 고개를 끄덕이자 노파는 죽은 고양이의 털을 어루만지며 말을 이었다.

"이놈은 내가 겨울에 물레 앞에 앉으면 옆에 앉아 같이 실을 잣고, 그 초록색 눈으로 나를 바라보았다우! 이불 속이 춥다 싶으면 녀석도 이내 잠자리로 파고들어 내 언 다리 위에 몸을 눕히곤 했어요. 그리고 우리는 밤새 따뜻하게 잠을 잤지. 마치 피붙이가 곁에 있듯 말이오!"

노파는 그렇지 않냐고 호소하듯 이글거리는 눈으로 탁자 앞에 서 있는 테데 하이엔을 바라보았다. 그러나 테데 하이엔은 침착하게 말했다.

"이렇게 하면 어떻겠소, 트린 얀스."

그는 귀중품함의 서랍 속에서 은전 한 닢을 꺼냈다.

"할멈이 하우케가 이 짐승을 죽였다고 하고 나도 그게 거짓말이 아니라는 걸 알겠소. 여기 크리스티안 4세[17]가 새겨진 은화가 있으니 이걸로 당신의 시린 다리를 덮어줄 무두질한 양피를 사도록 하시오! 그리고 머지않아 우리집 고양이가 새끼를 낳으면 제일 큰 놈으로 하나 골라 가지시오. 그만하면 당신의 그 늙어빠진 앙고라 고양이 값을 쳐주고도 남을 거요. 그러니, 그 짐승은 시장통의 무두질장이에게 맡기든지 하고 내 집의 정결한 탁자[18] 위에 그것을 올려놓았다는 얘기는 더 이상 입에 올리지 마시오!"

---

17 Christian der Vierte(재위 기간 1588~1648): 덴마크 국왕으로 30년 전쟁에서 큰 성과를 거두지 못함. 북프리슬란트는 1460년부터 1864년까지 덴마크령에 속했었다.

18 ehrlicher Tisch: 병이 들거나 사고로 죽은 짐승들의 가죽을 벗기는 일을 맡았던 박피공(剝皮工)들은 당시 '비천한' 직업을 가진 자들로 분류되어 공동체 내에서 시민의 권리를 누리지 못했다. 죽은 고양이를 올려놓은 테데 하이엔의 탁자는 그로 인해 "박피공의 작업대처럼" '비천하게' 됨으로써 실상은 사용 불가능한 것이 된 것이다.
문학 작품 내에서는 하인리히 폰 클라이스트Heinrich von Kleist(1777~1851)의 소설 『미하엘 콜하스Michael Kohlhaas』(배중환 옮김, 서문문고, 1999)에서 박피공의 작업대가 다시 '정결한' 것으로 받아들여져야 함이 역설된 바 있다.

그가 말하는 동안 노파는 벌써 은화를 집어 치마 밑의 조그만 쌈지 속으로 넣고 있었다. 그리고 고양이를 다시 베갯잇에 싸들고 앞치마로 탁자의 핏자국을 문질러 닦은 후 구부정한 걸음으로 문을 나섰다.

"새끼 고양이 주는 것 잊지 마슈!"

노파가 다시 뒤를 돌아다보며 외쳤다.

잠시 후 테데 하이엔이 좁은 거실을 오락가락하고 있을 때 하우케가 들어와 오색영롱한 새를 탁자 위로 던졌다. 깨끗이 닦은 탁자 위에 여전히 남아 있는 핏자국을 보고 하우케가 덤덤하게 물었다.

"이게 뭐예요?"

아버지가 멈춰 섰다.

"네가 흘리게 한 피다!"

소년의 얼굴이 붉어졌다.

"트린 얀스가 고양이를 가지고 여기 왔었어요?"

아버지는 고개를 끄덕였다.

"고양이를 왜 죽인 게냐?"

하우케가 피묻은 팔을 올려 보였다.

"이래서요. 그놈이 제 새를 낚아챘어요."

테데 하이엔은 아무 대꾸도 없이 다시 한동안 방 안을 서성였다. 그리고 아들을 멍하니 바라보기만 했다.

"고양이 일은 내가 처리했다만 하우케! 장정 두 사람이 살기에는 이 집이 좀 좁은 것 같구나. 너도 네 일을 찾을 때가 온 것 같다!"

"네, 아버지. 제 생각도 같아요."

하우케가 대답했다.

"그래, 어째서지?"

아버지가 물었다.

"힘을 쏟을 마땅한 일거리가 없으니까 되려 홧병만 생기는 것 같아서요."

"그래? 그래서 고양이를 때려죽인 거란 말이냐? 그럼 앞으로 더 고약한 일이 일어나지 말란 법도 없겠구나?"

"그럴지도 모르겠어요, 아버지. 그건 그렇고 제방 감독관이 작은 머슴을 쫓아냈다는데, 그 일이라면 저도 할 수 있을 것 같아요!"

테데 하이엔은 다시 서성이다가 시커먼 담뱃진을 뱉어냈다.

"제방 감독관은 살찐 거위처럼 멍청한 놈이야! 제 아비와 할아비가 그 자리에 있었고 스물아홉 군데 소택지까지 가졌던 덕분에 제방 감독관 자리에 앉은 거라구. 성 마르틴 축제가 다가오고 제방과 수문 회계 일을 정산할 단계가 오면 학교 선생한테 거위구이와 단술과 과자를 바리바리 짊어지고 가서는 선생이 펜대를 들어 계산하는 곁에 앉아 연신 고개를 끄덕이며 '그렇지요, 선생님. 이것 좀 드시면서 하세요. 어쩜 이렇게 계산을 잘하시나 그래'라고 장단을 맞춰주는 게 그치가 하는 일이다. 어쩌다 학교 선생이 셈에 둔하거나 거절만 해봐라. 그땐 별수 없이 머리를 싸매고 책상 앞에 앉는데, 쓰고 지우고 쓰고 지우고 참 가관이다. 커다란 얼굴이 벌겋게 달아올라서는 눈이 유리구슬처럼 부풀어오르는 통에 그나마 조금 있던 재주도 그 눈으로 몽땅 빠져나올 것 같단 말이다."

부친의 태도에 당황한 소년은 자리에서 일어났다. 아버지가 누군가에 대해 그런 식으로 얘기하는 것은 난생처음 들어봤기 때문이다.

"세상에! 그 사람이 멍청하긴 한가 봐요. 그래도 그 집 딸 엘케는 얼마나 계산을 잘하는데요!"

아버지는 날카롭게 아들을 쳐다보았다.

"오호, 하우케."

그가 물었다.

"네가 엘케 폴커츠에 대해 뭘 안다는 게냐?"

"잘 몰라요, 아버지. 그냥 학교 선생님한테 들은 얘기예요."

테데 하이엔은 더 이상 아무 말도 하지 않았다. 그는 그저 묵묵히 담배 한 조각을 이쪽 뺨에서 저쪽으로 돌려 씹었다.

"그러니까, 네가 그곳에서 계산하는 일도 하게 될 거란 말이지?"

테데 하이엔이 말했다.

"맞아요, 아버지! 그럴 수 있을 거예요."

굳은 결심을 내보이듯 대답하는 아들의 입가에 약간의 경련이 일었다. 테데 하이엔은 고개를 설레설레 저으며 말했다.

"그래 좋다. 그럼 난 상관 않을 테니 한번 잘해봐라."

"고마워요, 아버지!"

이렇게 말하고 하우케는 다락방에 있는 자신의 잠자리로 올라갔다. 그는 침대 가장자리에 걸터앉아 아버지가 엘케 폴커츠에 대해 언급한 이유를 곰곰이 생각해보았다. 서로 얘기를 나눠본 적은 없지만 하우케도 당연히 얼굴이 까무잡잡하고 갸름한, 날씬한 열여덟 살내기 아가씨를 알고 있었다. 아담한 코와 고집스런 눈 위로 짙은 눈썹이 인상적인 소녀였다.

암, 테데 폴커츠에게 가는 길에 엘케 폴커츠에 대해서도 자세히 알아볼 일이었다.[19] 그러자 다른 사람에게 일자리를 뺏기기 전에 가봐야겠다고

---

19 nun, wenn er zu dem alten Tede Volkerts ging; 슈토름은 이 작품에서 감정의 즉각적인 전달을 위해 간접화법 대신 소위 '체험화법erlebte Rede'을 자주 사용한다. 독자는 화자와 자신을 동일시하게 됨으로써 대화로 처리되지 않은 3인칭 인물의 생각과 감정

마음이 급해졌지만 밖은 아직 훤했다. 하우케는 나들이옷을 차려입고 제일 좋은 가죽 장화를 꺼내 신고 기운차게 길을 나섰다.

　옆으로 길게 뻗은 제방 감독관의 집은 높은 둔덕에 자리 잡고 있어서이기도 했지만 특히, 마을에서 제일 큰 물푸레나무 덕분에 멀리서도 금방 눈에 띄었다. 이 집안에서 첫 제방 감독관을 지낸, 지금의 제방 감독관의 조부가 젊은 시절 대문 동쪽에 심은 나무라는데, 처음 두 그루는 제대로 크지 못하고 그후, 그의 결혼식 날 심었다는 세번째 나무가 해를 거듭할수록 웅장해지는 수관(樹冠)을 자랑하며 예나 지금이나 끊임없이 부는 바람 속에서 속삭이듯 나뭇잎을 살랑거렸다. 훤칠한 하우케가 한켠에 순무와 양배추를 심어놓은 높은 둔덕을 오른 지 얼마 안 되어 제방 감독관의 딸이 야트막한 대문 옆에 서 있는 것이 보였다. 그녀는 가느다란 팔을 맥없이 늘어뜨리고 한쪽 손은 등 뒤로 돌려 쇠고랑을 붙들고 있었다. 대문 양쪽에 달아놓은 쇠고리는 집 안에 들어오는 사람이 말을 매어두도록 만들어놓은 것이었다. 소녀는 거기서 제방 너머로 바다를 바라보는 모양이었다. 고요한 저녁 해가 막 바다로 가라앉으며 마지막 빛을 던져 소녀의 갈색 피부를 금빛으로 물들이고 있었다. 하우케는 조금 속도를 늦춰 언덕배기로 올라가며 생각했다.

　'별로 맹해 보이지는 않는데!'

　그리고 그는 둔덕에 올라서 있었다.

　"안녕!"

　하우케가 소녀에게 다가서며 말했다.

을 1인칭의 '내적 독백' 형식으로 직접 전달받게 된다. 액자 내부의 이야기를 구어체로 처리한 기존의 「백마의 기사」 번역판에서 원문의 느낌을 그대로 살릴 수 없던 부분이기도 하다.

"그렇게 눈을 동그랗게 뜨고 뭘 쳐다보고 있어요, 엘케 아가씨?"

"저기, 저녁마다 일어나는 일이요. 하지만 매일 저녁 볼 수는 없는 거지요."

엘케가 손을 떼자 붙들고 있던 쇠고랑이 소리를 내며 벽에 부딪혔다.

"무슨 일이에요, 하우케 하이엔?"

소녀가 물었다.

"글쎄, 당신 기분에 거슬릴 일이 아니었으면 좋겠는데……."

그가 말했다.

"당신 아버지가 작은 머슴을 쫓아냈다길래 내가 그 자리에서 일해볼까 하고요."

소녀는 그를 쓱 훑어보더니 말했다.

"그 여윈 몸집으로요, 하우케?"

엘케가 마땅찮은 듯 쳐다보았지만 하우케는 기죽지 않고 서 있었다.

"하긴 우리집에는 무작정 힘만 쓰는 사람보다 머리를 쓸 줄 아는 사람이 필요하죠! 그럼, 이리 와요. 아버지는 거실에 계시니 들어가봐요!"

엘케가 말했다.

다음날 테데 하이엔은 아들과 함께 제방 감독관의 널찍한 방으로 들어섰다. 벽은 광택 나는 타일로 덮여 있었다. 타일 위에는 돛이 여럿 달린 배며 해안에서 낚시하는 사람, 농가에 엎드려 풀을 뜯는 소 등이 그려져 있어 보는 사람의 지루함을 덜어주었다. 타일 벽이 멎는 곳에 육중한 벽침대를 접어 넣는 자리가 있었고 벽장의 양쪽 유리문 너머로 갖가지 도자기와 은식기가 보였다. 화려한 객실로 통하는 문 옆에는 유리가 덮인 네덜란드 산 괘종시계가 걸려 있었다.

뚱뚱하고 뇌졸중기가 있어 보이는 제방 감독관은 깔끔히 닦은 탁자 한 끝에 놓여 있는 안락의자에 알록달록한 모직 방석을 깔고 앉아 있었다. 그는 양손을 배 위에 포개고 둥그런 눈으로 만족스러운 듯이 먹고 남은 기름진 오리 뼈를 바라다보고 있었다. 포크와 칼이 접시 위에 가지런히 놓여 있었다.

"안녕하십니까, 제방 감독관님!"

테데 하이엔이 말을 건네자 제방 감독관이 천천히 고개를 돌려 테데 하이엔을 쳐다보았다.

"테데, 자네 왔나? 그리 앉게나. 자네 집에서 여기까지 아마 꽤 걸리지."

목소리에서 방금 먹어치운 오리의 기름기가 묻어나는 듯했다.

"제방 감독관님, 제가 온 것은 다름이 아니라……."

테데 하이엔이 벽과 나란히 놓인 긴 의자에 앉아 제방 감독관을 비스듬히 바라보며 말했다.

"어린 하인 때문에 골치를 썩으시다가 우리 애를 쓰기로 하셨다기에!"

제방 감독관은 고개를 끄덕였다.

"그렇네, 테데. 그런데 골치를 썩다니 무슨 말인가! 갯땅 사람들이야 그럴 때 다 빠져나갈 구멍을 알지 않는가!"

그러면서 앞에 놓여 있던 칼로 가엾은 오리 뼈를 쓰다듬듯 툭툭 건드렸다.

"이놈은 내가 제일 귀해하던 놈이지. 내 손에서 직접 모이를 받아먹던 놈이라구!"

제방 감독관이 유쾌하게 웃으며 덧붙였다.

"제가 듣기로는, 하인 녀석이 마구간에서 무슨 말썽을 일으켰다지요?"

테데 하이엔이 마지막 말을 흘려들으며 말했다.

"말썽? 그렇다네, 테데. 말썽 많이 일으켰지! 그 불독같이 생긴 뚱보 놈이 송아지에게 여물 주는 것도 잊고 술에 잔뜩 취해서는 건초 더미 위에서 곯아떨어졌더라지 뭔가. 그 바람에 어린 짐승이 밤새도록 울어대고 난 점심 나절까지 모자란 잠을 잤지. 그런 망할 놈들!"

"그래서야 쓰나요, 제방 감독관님! 우리 아들 녀석이라면 그런 염려는 놓으셔도 될 겁니다."

하우케는 손을 양쪽 주머니에 찔러넣고 문설주에 비스듬히 기대어 맞은편의 창틀 모양을 찬찬히 더듬어보고 있었다. 제방 감독관이 하우케를 쳐다보며 고개를 끄덕였다.

"그렇고말고, 테데."

그러고는 하우케의 아버지에게도 고개를 끄덕여 보였다.

"자네 아들 하우케라면 내 밤잠을 설치게 하지는 않겠지. 요전에 학교 선생님에게서 들은 말이 있다네. 저 청년이 브랜디 잔 앞에 앉기보다 주판을 놓고 앉아 셈하기를 더 즐긴다더군."

하우케에게는 두 사람의 대화가 들리지 않았다. 엘케가 거실로 들어와 깊은 눈매로 하우케를 곁눈질해 보며 가냘픈 손으로 식탁 위의 음식 찌꺼기를 치우고 있었기 때문이다. 하우케는 엘케에게 시선을 고정시킨 채로 혼자 중얼거리고 있었다.

'천만에, 역시 그리 맹해 보이지는 않는걸!'

소녀는 밖으로 나갔다.

"테데, 자네도 알다시피,"

제방 감독관이 다시 얘기를 시작했다.

"신께서 내게 아들을 점지해주지 않으셨네!"

"예, 제방 감독관님."

테데 하이엔이 말했다.

"그렇다고 너무 속상해하지는 마십시오. 한 가문의 영화가 원래 삼대를 넘기지 못하는 법이라지 않습니까. 제방 감독관님의 증조부께서 우리 마을을 지켜주신 거야 삼척동자도 아는 일이지요!"

잠시 곰곰이 말뜻을 새겨보는 듯하던 제방 감독관이 어리둥절한 표정을 지었다.

"그게 무슨 소린가, 테데 하이엔?"

그리고 안락의자에서 몸을 일으켜 앉으며 물었다

"내가 바로 그 삼대째가 아닌가!"

"이런! 언짢게 생각지 마십시오, 감독관님! 그런 말이 있다는 것뿐이니까요!"

수척한 테데 하이엔이 뚱뚱한 고위 관리를 어딘지 짓궂게 쳐다보며 말했으나 당사자는 개의치 않고 말을 이어갔다.

"테데 하이엔, 할망구들의 입방아질에 혹해서는 안 돼지. 우리 딸을 모르나 본데, 그 아이는 나보다 세 배의 세 곱절은 더 셈을 잘한다네. 아무튼 자네 아들 하우케도 들일 말고 여기 내 방에서 펜대나 석필을 들고 배울 게 솔찮이 있을 걸세!"

"그렇고말고요, 제방 감독관님. 그래야지요. 지당한 말씀이죠!"

테데 하이엔은 그렇게 대답하고 고용 계약서를 작성할 때 전날 저녁 아들이 생각지도 못했던 몇 가지 특전을 더 요구했다. 하우케에게 급여 외에도 가을에 아마포 셔츠와 면 양말 여덟 켤레를 추가로 지급할 것, 봄철에는 돌려보내 여드레 동안 집안일을 도울 수 있게 해줄 것 등등. 제방 감독관은 모든 사항에 동의했다. 그에게는 하우케 하이엔만큼 하인으로 안성맞춤인 사람은 없어 보였다.

"불쌍한 것……."

제방 감독관의 집을 떠나며 테데 하이엔이 아들에게 말했다.

"저런 자 곁에서 세상사를 배워야 하다니!"

그러나 하우케는 조용히 대꾸할 뿐이었다.

"그만 하세요, 아버지. 다 잘될 거예요."

하우케의 생각은 그리 틀리지 않았다. 세상은, 혹은 그가 생각했던 세상의 의미는 이 집에 머무는 기간이 길어질수록 확연해져갔다. 늘 그래 왔듯 스스로의 힘에 의지하는 비중이 커질수록, 그리고 그를 어려움에서 건져줄 뾰족한 대안이 드물수록 더욱더…… 집 안에는 그를 달가워하지 않는 사람이 하나 있었는데 쓸 만한 일꾼인데다 입담이 센 젊은이인 상급 하인 올레 페터스였다. 그의 구미에는 굼뜨고 어리석긴 해도 옹골찬 데가 있던 이전의 하급 하인이 제격이었다. 그자는 귀리통을 통째로 어깨에 지고도 군소리 한마디 뱉을 줄 몰랐고, 기분 내키는 대로 마구 부려먹을 수도 있었다. 그러나, 말수는 적어도 지적으로 그를 훨씬 능가하는 하우케는 그런 식으로 다룰 수가 없었다. 그를 바라보는 하우케의 시선이 만만치 않았기 때문이다. 그럼에도 그는 하우케의 아직 다 여물지 못한 몸을 다치게 할 일을 귀신같이 골라냈다. 하우케는 또 하우케대로 상급 하인 올레 페터스의 입에서 "네가 그 뚱보 니스를 봤어야 해. 그 녀석 같으면 이깟 것쯤은 누워서 떡먹기였다고!"라는 말이라도 나오면 죽을힘을 내서라도 일을 끝마치고야 말았다. 엘케가 직접 나서거나 아버지를 통해 그런 일을 대개 저지시키는 것은 그나마 다행스러운 일이었다. 이 낯선 두 사람을 잇는 게 무어냐고 묻는다면, 아마도 둘 다 타고난 계산가라는 공통

점이 있었고, 소녀는 또래의 친구가 험한 일로 몸을 망치는 것을 볼 수 없었다고 말할 수 있을는지.

상급 하인과 하급 하인의 갈등은 성 마르틴 축제가 지나 각종 제방 관계 사무가 회계 단계에 접어들게 된 겨울이 되어도 수그러들지 않았다.

날씨가 11월과 흡사하던 5월의 어느 날 저녁이었다. 제방 너머의 으르렁거리는 파도 소리가 집 안까지 울려왔다.

"이봐, 하우케."

제방 감독관이 말했다.

"이리 들어오게. 이제 자네가 계산 솜씨를 좀 보여야겠네!"

"예, 나리!(여기서는 고용주를 이렇게 불렀다) 그런데, 먼저 어린 가축들에게 여물을 줘야 하는데요."

하우케가 대답했다.

"엘케!"

제방 감독관이 엘케를 불렀다.

"엘케, 어디 있냐? 올레에게 가서 가축들 여물을 주라고 일러라. 하우케는 계산 일을 봐야겠다!"

엘케가 냉큼 가축 우리로 달려가 마침 낮 동안 쓴 마구(馬具)를 다시 제자리에 걸어놓고 있는 올레에게 말을 전했다. 올레 페터스는 말 재갈 하나를 부숴버릴 듯 곁에 있는 기둥에 내리쳤다.

"빌어먹을 셈쟁이 녀석, 벼락이나 맞아라!"

마구간 문을 닫고 나오는 길에 그런 소리가 들렸다.

"그래, 어떻게 됐냐?"

엘케가 들어서자 제방 감독관이 물었다.

"올레가 알아서 하겠대요."

엘케가 입술을 지그시 깨물며 대답했다. 그리고 하우케를 마주보며 일 없는 겨울밤에 소일 삼아 깎은 나무 의자에 앉았다. 그녀는 서랍 한쪽에서 붉은 새 문양을 넣은 기다란 흰색 양말을 꺼내 뜨개질을 계속했다. 양말에 수놓인, 다리가 긴 새는 재두루미나 황새 같았다. 하우케는 엘케의 맞은편에 앉아 계산에 집중했고 제방 감독관은 안락의자에 앉아 졸린 눈으로 하우케의 펜대를 쳐다보고 있었다. 제방 감독관 집의 탁자 위에는 여느 때처럼 수지로 만든 두 자루의 초가 타고 있었고, 납으로 격자를 댄 창문 위에 덧문을 내리고 안에서 단단히 죄어놓았기 때문에 요란한 바람이 불어도 염려 없었다. 하우케는 이따금씩 일에서 눈을 떼고 고개를 들어 새 문양이나 갸름하고 조용한 엘케의 얼굴을 바라보았다.

안락의자에서 갑작스레 코고는 소리가 크게 들려오자 두 젊은이가 마주보며 미소를 지었다. 숨소리가 차츰 잠잠해지면서 뭐라고 얘기를 좀 나누어도 괜찮을 것 같았으나 하우케는 무슨 얘기를 꺼내야 할지 몰랐다.

엘케가 뜨개질감을 쳐들어 새들이 완전히 모습을 드러냈을 때 하우케가 탁자 너머로 속삭였다.

"엘케, 그런 건 어디서 배웠어요?"

"배우다니, 뭘요?"

엘케가 되물었다.

"새 무늬 짜는 것 말이에요."

하우케가 말했다.

"이거요? 저 바깥 둑가의 트린 얀스한테서요. 그 할머니는 재주가 많아요. 옛날에 할아버지가 살아계실 땐 우리집에서 일한 적도 있구요."

"그때 당신은 태어나지도 않았잖아요?"

하우케가 말했다.

"그렇긴 하지만 그후로도 트린은 종종 집에 들렀어요."

"할멈이 새들을 좋아해요? 나는 고양이만 싸고도는 줄 알았는데."

하우케가 묻자 엘케가 고개를 저었다.

"트린은 오리를 키워서 내다 팔잖아요. 그런데 작년 봄에 당신이 앙고라 고양이를 때려죽인 후 뒤꼍 우리에 쥐들이 어찌나 들끓었던지 요사이는 움막 앞에다 새로 우리를 만들까 궁리하고 있어요."

"아아……."

하우케가 조용히 혀 차는 소리를 냈다.

"그래서 노파가 불모지에서 진흙과 돌을 날라 갔던 거군요! 여하튼 그렇게 되면 가축 우리가 갯가 둑길까지 나올 텐데 허가는 받았나요?"

"모르겠어요."

엘케가 말했다.

하우케의 마지막 말소리가 너무 커서 제방 감독관이 화들짝 잠에서 깨어났다.

"허가가 어쨌다고?"

그는 흥분한 듯 두 사람을 번갈아 쳐다보며 물었다.

그러나 하우케가 자초지종을 설명하자 제방 감독관은 웃으며 하우케의 어깨를 두드렸다.

"둑길은 아직 넓은데 뭘 그러나. 아이고, 제방 감독관이 이젠 오리장에까지 신경을 써야겠나?"

하우케는 트린 얀스 할멈의 오리 새끼들을 쥐떼에게 잡아먹히게 한 사실이 마음에 걸려 그 얘기에는 더 이상 이의를 달지 않았다.

"하지만, 나리!"

하우케가 다시 말했다.

"그런 사람들한테는 가끔 주의를 주시는 것도 괜찮을 것 같습니다. 직접 하시기가 뭐하다면 제방 규칙을 살필 책임이 있는 제방위원들을 좀 다그치셔도 될 테구요!"

"뭐라구, 저 녀석이 지금 뭐라는 거야?"

그제야 제방 감독관이 몸을 일으켜 똑바로 앉았고 엘케도 맵시 있게 뜬 긴 양말을 내려놓고 귀를 기울였다.

"네, 나리."

하우케는 계속했다.

"나리께서는 이미 봄철 제방 순찰을 마치셨습니다. 그럼에도 페터 얀젠은 자기 구역의 잡초 더미를 여태 베어내지 않았습니다. 여름이 오면 거기에 다시 빨간 엉겅퀴들이 자라날 테고 도요새들이 좋아라고 뛰놀겠지요! 그리고 바로 옆은 누구 구역인지는 모르겠습니다만 바깥쪽으로 제방에 큰 구덩이가 파여 화창한 날이면 그 안에 아이들이 북적댑니다. 제발 홍수가 나지 않기만 바라야지요!"

늙은 제방 감독관의 눈은 점점 휘둥그레지고 있었다.

"그리고, 또?"

하우케가 다시 말했다.

"그리고 또 뭔가, 자네? 아직도 할 말이 남았나?"

제방 감독관의 물음은 하급 하인의 지적이 도를 지나쳤다는 뜻으로 들렸다.

"네, 그리고 나리! 나리도 저 뚱뚱한 폴리나를 아시죠. 소택지에서 늘 부친의 말을 끌고 오는 제방위원 하더스의 딸 말입니다. 그 여자는 뚱뚱한 장딴지를 내놓고 늙은 누런 암말에 올라앉아 '이랴, 가자!' 하며 매번 삐딱하게 방죽을 오른단 말입니다!"

하우케는 그제서야 엘케가 사려 깊은 눈빛으로 그를 바라보며 가벼이 고개를 젓고 있음을 알고 입을 다물었다.

제방 감독관이 주먹으로 탁자를 내려치는 소리가 귀를 울렸다.

"저런 벼락을 맞을!"

제방 감독관이 소리쳤다. 하우케는 갑작스런 고함 소리에 기겁을 할 지경이었다.

"벌금! 그 뚱보가 벌금을 내도록 기록을 해둬! 그 계집이 작년 여름 엔 오리 새끼 세 마리를 잡아갔잖아! 그렇고말고, 적어두라고."

하우케가 주춤거리자 그는 이렇게 덧붙였다.

"아니지, 아마 네 마리였나보다!"

"아버지, 그건 수달 아니었어요? 오리를 물어간 것 말이에요."

"수달은 무슨!"

늙은 제방 감독관이 가쁜 숨을 몰아대며 말했다.

"내가 그 뚱뚱한 폴리나와 수달도 구분 못 한단 말이냐. 천만에, 오리 네 마리다. 하우케! 그런데 그 외에 네가 떠들어댄 얘긴 말이다. 저 제방 국장님과 내가 연초에 우리집에서 아침식사를 함께한 후, 네가 말한 잡초 지대와 구덩이를 지나갔지만 별로 문제가 없어 보였다. 그러니 너희들 도……"

그는 의미심장하게 하우케와 딸을 향해 두어 번 고개를 끄덕였다.

"그저 너희가 제방 감독관이 아닌 걸 다행으로 알아라! 눈은 둘인데 살필 일은 천지니, 원. 이제 호안 공사(護岸工事) 계산서나 좀 들여다봐 라, 하우케. 녀석들 계산이 칠칠치 못하기 일쑤이니!"

그리고 그는 다시 의자에 기대어 무거운 몸을 몇 번 움찔거리다 곧 태 평스레 잠에 빠져들었다.

한동안 같은 일과가 저녁마다 반복됐다. 하우케는 평소에 누가 제방 일에 태만하고 누가 해를 끼치는지 눈여겨 살펴두었다가 제방 감독관과 함께 있을 때면 그런 일들을 제방 감독관의 코밑으로 들이미는 일을 게을리 하지 않았다. 제방 감독관 역시 그의 제안을 매번 외면할 수만은 없던 까닭에 제방 관련 사무는 돌연 눈에 띄게 활기를 띠어갔다. 그때까지 잘못된 관행을 되풀이하고 불법과 태만을 일삼다가 혼쭐이 난 자들은 내심 불쾌하고 의아한 기분으로 대체 어디서 이 예기치 못한 질책 소리가 흘러나오는지 둘러보게 되었다. 상급 하인 올레가 이 비밀을 가능한 한 널리 공개하고 퍼뜨리기를 주저할 이유가 없었다. 하우케와, 그의 잘못에 연루될 수밖에 없는 하우케의 아버지가 마을 사람들의 반감을 사도록 말이다. 그러나, 한편 그런 일과 관계없는 사람들이나 그의 처사를 옳다고 여기는 사람들은 젊은 하우케가 늙은 제방 감독관을 채근하는 모습에 반색을 했다.

"거 참 안된 일이야. 그 녀석 가진 땅이 얼마 안 된다지. 아깝군, 옛날에 났던 그런 걸출한 제방 감독관이 다시 한 번 나오는 건데. 그깟 몇 뙈기 땅으로는 어림도 없지!"

가을에 고위 관리인 제방 관리국장이 시찰을 왔을 때 그는 아침식사를 권하는 테데 폴커츠를 머리끝부터 발끝까지 훑어보았다.

"훌륭하오, 제방 감독관!"

제방 관리국장이 말했다.

"난 벌써 제방 감독관이 십 년은 젊어진 것 같다고 느끼고 있었소. 그대의 제안은 모두 훌륭하오만, 이거 오늘 안에 다 끝낼 수나 있을지!"

"여부가 있습니까. 그럼요, 지엄하신 제방 국장님."

제방 감독관이 미소를 지으며 말했다.

"거위구이를 드시고 나면 기운이 나실 겁니다! 그나마 제가 아직 원기왕성한 게 천만다행이지요!"

제방 감독관은 하우케가 혹시 주변에 있지 않은지 거실을 둘러본 후 사뭇 무게를 잡으며 덧붙였다.

"뭐 이렇게라면 앞으로 이삼 년은 집무에 차질이 없을 줄 압니다만."

"친애하는 감독관, 그러시도록 우리 함께 건배합시다!"

제방 관리국장이 일어서며 대꾸했다.

아침을 차려놓은 엘케는 술잔이 부딪히는 소리가 들리자 살며시 웃으며 거실을 빠져나왔다. 그녀는 부엌에서 음식물 찌꺼기 한 그릇을 들고 나와 바깥문 앞의 가축들에게 던져주려고 마구간을 지나고 있었다. 날씨가 궂어 소들을 때 이르게 우리 안으로 몰아넣고 하우케는 갈퀴로 꼴시렁에 건초를 넣고 있었다. 하우케는 엘케가 다가오는 것을 보고 쇠스랑을 바닥에 세우며 말했다.

"아, 엘케! 왔어요?"

엘케는 멈춰 서서 그에게 고개를 끄덕였다.

"그래요, 하우케. 당신이 안에 있었으면 좋을 뻔했어요!"

"그래요? 어째서요, 엘케?"

"제방 국장님이 아버지를 칭찬하셨어요."

"나리를요? 그게 저랑 무슨 상관이에요?"

"아니, 그러니까 제방 감독관이 칭찬을 받으셨다고요!"

젊은 하우케의 얼굴이 순식간에 빨갛게 달아올랐다.

"알고 있어요, 무슨 말을 하려는지!"

하우케가 말했다.

"얼굴 붉히지 말아요, 하우케. 제방 국장님께 정작 칭찬을 받을 사람은 당신인걸요!"

하우케는 미소 띤 얼굴로 엘케를 바라보며 말했다.

"당신도요, 엘케!"

그러나, 엘케는 고개를 저었다.

"아니요, 하우케. 제가 혼자 조수 역할을 했을 때는 이렇게 칭찬받은 적이 없었어요. 난 그저 계산을 할 줄 안다는 것뿐이죠. 하지만, 당신은 제방 감독관이 의당 해야 할 바깥일까지 살펴주었어요. 제가 당신에게 밀려난 거죠!"

"일부러 그런 건 아닌데요. 적어도 엘케에게만은……."

하우케가 주저하듯 말하며 앞을 가로막는 소의 얼굴을 옆으로 밀었다.

"이봐, 얼룩소야. 갈퀴까지 먹어치우면 안 되지!"

"하우케, 내가 서운해하리라고는 생각지 말아요. 그런 건 원래 남자들 일이잖아요."

엘케가 잠시 생각하더니 대답했다. 그러자, 하우케가 그녀를 향해 손을 내밀었다.

"엘케, 그 말이 진심이라면 내 손을 잡아주겠어요?"

가무잡잡한 소녀의 얼굴에 홍조가 스쳐갔다.

"왜요? 거짓말이 아니에요!"

그녀가 목소리를 높였다. 하우케가 뭐라고 대꾸를 하려 했을 때 엘케는 이미 마구간을 벗어난 후였다. 쇠스랑을 쥔 채 멍하니 서 있는 그에게 밖에서 오리와 닭들이 꽥꽥, 꼬꼬거리며 우는 소리만 들려왔다.

하우케가 제방 감독관 집에서 일하기 시작한 지 3년째 되던 해 정월에 이 지방의 겨울 축제인 '아이스보젤른'[20] 시합이 열리게 되었다. 계속되던 한파가 그치자 소택지 사이의 고랑들은 표면이 단단하고 고른 얼음으로 덮여갔다. 평소에는 울퉁불퉁한 땅 표면에 이제 납이 든 작은 나무공이 목표 지점을 향해 굴러갈 길이 열린 것이다. 연일 약한 북동풍이 불어왔다. 준비는 끝난 것이나 마찬가지였다. 갯마을 사람들은 작년에 승리를 거둔 개펄 너머 동쪽 교회 마을 고지 사람들에게 도전장을 보냈고 그들은 쾌히 응수해왔다. 양측 모두 새로운 투척수(投擲手)들을 아홉 명씩 선발했고 주심과 부심판관도 뽑혔다. 마지막으로 판단하기 곤란한 투척 때문에 다툼이 생길 경우를 대비해 사리분별이 빠르고 건전한 상식을 지닌 사람 중에 재담까지 능숙한 젊은이를 뽑는 일이 남았다. 제방 감독관 집의 상급 하인 올레 페터스가 그런 축에 끼는 대표적인 인물이었다.

"신들린 듯 던지기나 해! 입 놀리는 건 내가 맡아줄 테니!"

축제일 전날 저녁 무렵이었다. 고지의 교구(敎區) 주점 별실에는 마지막 신청자들 중에서 출전 선수를 추가로 선발하기 위해 선수 몇몇이 모습을 비췄다. 하우케 하이엔도 신청자 명단에 끼어 있었다. 던지기라면 자신이 있었지만 그는 처음에 경기 출전을 원치 않았었다. 경기의 명예직에 오른 올레 페터스로 인해 퇴짜를 맞을 것이 두려웠기 때문이었다. 하우케는 그로 인해 쓸데없는 패배감을 맛보고 싶지는 않았다. 그런데 엘케가 마지막 순간에 그의 생각을 바꾸어놓았다.

---

20 Eisboseln: '구주희 놀이'라고도 하는 북독일 지방의 겨울철 볼링 경기의 일종. 납이 든 나무공을 던져 정해진 목표물에 먼저 이르는 편이 승자가 된다. 시합에 참가하는 두 마을에서 각각 선수단을 정하고 얼어붙은 개펄을 따라 선수단과 응원단이 공을 따라 함께 이동하며 즐긴다. 17세기에 네덜란드에서 북프리슬란트로 전래된 이후 최근까지, 특히 서리가 내려 공이 가장 멀리 굴러가는 겨울철이면 이 고장 사람들이 즐기는 놀이가 되었다.

"하우케, 올레가 감히 그러지는 못할 거예요. 그는 한낱 날품팔이꾼의 아들이지만, 당신 아버지는 소와 말을 소유하고 계신 데다 동네에서 가장 현명한 분이시잖아요!"

엘케가 말했다.

"하지만, 그래도 그가 굳이 그렇게 한다면?"

엘케는 깊은 눈매에 살짝 미소를 지으며 말했다.

"그렇다면 올레는 저녁마다 주인집 따님과 춤추러 갈 생각에 침 흘리는 짓일랑은 그만둬야 할걸요."

그러자 하우케가 그녀를 향해 용기를 내어 고개를 끄덕였다.

주점 앞에는 아직 경기에 참가하고 싶어하는 젊은이들이 모여 서서 추위에 얼어붙은 발을 동동 구르며 암석으로 깎아 세운 교회 첨탑[21]을 바라보고 있었다. 여름내 동네 들판으로 날아들던 목사 사택의 비둘기들이 농가의 뜰과 헛간에서 낟알을 주워 먹다가 돌아와 둥지가 있는 탑루 뒤로 사라졌다. 바다 너머 서쪽에서 붉은 노을이 이글거리고 있었다.

"내일 날씨만큼은 끝내주겠구만!"

모여든 젊은이 중 하나가 발을 구르며 말했다.

"여어, 근데 춥다! 추워!"

비둘기들이 하나 둘 날아가버려 더 이상 보이지 않자 한 젊은이가 주점으로 들어가 사람들이 열띤 논쟁을 벌이고 있는 별실의 문 옆에 귀를 기울이고 서 있었다. 제방 감독관 집의 하급 하인 하우케도 그 옆으로 가까이 갔다.

---

21 des aus Felsblöcken gebauten Kirchturms : 독일 북해변에서 교회 첨탑은 등대의 역할을 겸했다. 슈토름의 묘사에 따르면 이 교회는 후줌Husum에서 북쪽으로 5킬로미터가량 떨어진 하트슈테트Hattstedt에 있는 성 마리엔 교회일 것으로 추정된다.

"하우케, 들어봐, 네 문제로 언성을 높이는데!"
청년이 하우케에게 말했다. 올레 페터스의 거친 목소리가 울려나왔다.
"하급 하인들하고 애녀석들은 안 돼!"
"이봐, 너를 어느 정도 평가하나 보자."
한 청년이 속삭이며 하우케의 옷소매를 끌어당겼지만 하우케는 뿌리치고 다시 건물 앞으로 갔다.
"우리더러 엿들으라고 문 닫고 여기 세워놓은 게 아냐!"
그가 소리쳐 대답했다.
건물 앞에는 신청자 중 세번째 청년이 서 있었다.
"난 아무래도 어려울 것 같아. 아직 열여덟 살도 안 됐는데 세례증서를 내밀라고만 하지 않으면. 하우케 자네야 자네 집 상급 하인이 건져줄 게 아냐!"
"그래, 건져주겠지! 어떻게든 안 끼워주는 쪽으로!"
하우케가 투덜거리며 발길에 차이는 돌을 길 건너로 걷어찼다.
별실 안의 대화 소리가 점점 커지다가 서서히 가라앉았다. 밖에는 다시 북동풍이 교회 첨탑에 부딪혀 흩어지는 소리가 나직이 들려왔다.
"누구 땜에 저러는 거래?"
문가에서 엿듣던 청년이 그들을 향해 다가오자 열여덟 살이 못 됐다는 젊은이가 물었다.
"저 친구!"
그가 하우케를 가리키며 말했다.
"올레 페터스는 그가 너무 어리다고 우기고, 다른 사람들은 아니라고 아우성이야. 저 안에서 '하우케 부친은 가축과 땅을 소유한 유지야' 하고 예스 한젠이 말하더라구. 그랬더니 올레 페터스가 냉큼 '내 참, 땅? 수레로 여남은 번만 밀면 끝날 것도 땅 축에 끼나?'하고 받아치지 않겠어. 마지막에는 올레 헨젠이 목청을 높였어. '거기 조용히들 좀 하게! 내가 자네들에게 한수 가르쳐주지. 자, 대답들 좀 해보게나. 우리 마을에서 제일 높은 사람이 누군가?'라고. 그러자, 모두들 말없이 궁리들을 하는 눈치더라고. '그거야 당연히 제방 감독관이겠지!' 누군가가 그렇게 대답을 하자 모두들 일시에 외쳤어. '맞아. 우리 생각에도 제방 감독관이셔!' '그럼, 대체 누가 우리 마을 제방 감독관인가?' 하고 올레 헨젠이 되물으며 '잘들 생각해보라구' 하고 덧붙였겠지. 그러자, 어디선가 조그만 웃음소리가 비져나오기 시작했어. 그렇게 하나 둘씩, 끝내는 실내가 웃음바다가 됐어. '그러니까 그를 불러! 너희들도 제방 감독관님을 문전박대할 요량은 아니겠지?' 하고 올레 헨젠이 마무리를 짓더라구. 아마, 그 사람들 아직도 웃음을 못 그치고 있을 거야. 올레 페터스는 더 이상 입을 떼지 못하는 것 같았고."

젊은이가 이야기를 마쳤다.

그와 거의 동시에 주점 별실의 문이 활짝 열렸다.

"하우케! 하우케 하이엔!"

크고 명랑한 외침 소리가 추운 밤 공기 속으로 퍼져갔다.

하우케가 실내로 들어서자 누가 대체 제방 감독관이냐고 따지는 소리는 더 이상 들리지 않았다. 그러나 그사이 그를 사로잡고 있던 생각이 무엇이었는지는 누구도 짐작하지 못했을 것이다.

얼마 후, 하우케가 제방 감독관의 집에 이르니 엘케가 진입로의 대문께에 서 있었다. 달빛이 서리가 하얗게 쌓인 광활한 목초지를 은은하게 비추고 있었다.

"왜 나와 있어요, 엘케?"

하우케가 묻자 엘케는 말없이 고개만 끄덕였다.
"어떻게 됐어요? 올레가 방해를 하던가요?"
엘케가 물었다.
"어련했겠어요."
"그래서요?"
"어쨌든 엘케, 내일 아침 경기에 나갈 수 있게 됐어요."
"잘 자요, 하우케!"
엘케는 도망치듯 농장 둔덕을 달려 집 안으로 사라졌다.
하우케는 천천히 그녀의 뒤를 따랐다.

다음 날 오후, 제방과 맞붙은 육지를 끼고 동쪽으로 이어지는 널따란 목초지에는 사람들이 새까맣게 몰려들었다. 햇빛을 받아 서리가 사라진 바닥으로 나무 공이 두어 번 날아가자 처음에는 말없이 자리를 지키고 서 있던 사람들이 길고 야트막한 집들을 뒤로하고 서서히 대열을 움직여갔다. 남녀노소에 둘러싸인 선수들은 갯마을이나 건너편 고지에 가족과 인척들이 있는 사람들이었다. 긴 정장을 차려입은 노인들은 느긋하게 파이프 연기를 내뿜고 외투와 숄을 두른 여자들에게는 아이들이 딸려 있었다. 꽁꽁 언 도랑을 지나자 뾰족하게 솟은 갈대밭 사이로 창백한 오후 햇살이 내비치고 있었다. 매서운 추위 속에서도 경기는 계속됐다. 군중의 눈은 날아가는 공을 부단히 쫓고 있었다. 그도 그럴 것이 오늘 그 공에 마을 전체의 명예가 달려 있으니까. 저지의 심판관들은 끝이 뾰족한 철로 된 흰색 막대기를, 고지의 심판관들은 까만 막대기를 들고 다녔다. 막대기는 공이 멈추는 곳에서 때로는 말없는 동의 속에 때로는 상대편의 야유를 들으며 언 땅에 꽂혔다. 먼저 목표물에 공을 던지는 사람이 자기 편에게 승리를 선사하게 될 것이었다.

누군가 멋지게 공을 던지면 청년이나 아낙네들 사이에서 휘파람 소리가 터져 나올 뿐 입을 여는 사람은 드물었다. 노인들 중에 몇 사람은 간혹 입에서 파이프를 떼고 덕담을 건네기도 하고 투척수의 어깨를 두드려주기도 했다.

"즈가리아[22]는 '이렇게 던지는 거다' 하면서 여편네를 침대에서 내던지기도 했다지!"

"자네 선친이 생전에 던지던 모습 그대로구만. 신의 축복이 그와 함께하기를!"

이런 소리들이 들려왔다.

하우케의 첫번째 공에는 행운이 따라주지 않았다. 그가 공을 던지려고 팔을 길게 뻗은 순간 해를 가리고 있던 구름 몇 장이 벗겨지며 빛이 정통으로 그의 눈을 쏘았다. 공은 얼마 가지 못해 좁은 도랑 어딘가에 떨어져 살얼음 속으로 곤두박질쳤다.

"무효다, 무효! 하우케! 다시 한 번!"

하우케와 한편인 사람들이 외쳤으나 고지의 심판관이 이의를 달았다.

"유효입니다. 던진 건 던진 거지요!"

"올레, 올레 페터스!"

저지의 젊은이들이 소리쳤다.

"올레 어딨어? 젠장, 어디 처박혀 있는 거야?"

올레는 이미 그곳에 와 있었다.

"그렇게 소리들 지르지 말라구. 하우케가 무슨 말썽을 일으켰나? 내

---

22 Zacharies: 『신약성서』, 「누가복음」에 등장하는 제사장이며 세례요한의 아버지.

그럴 줄 알았지."

"무슨 소리! 하우케는 다시 던져야 해. 자네 유창한 말솜씨 좀 보이라구!"

"걱정들 마!"

큰소리를 치며 고지 심판관에게 다가간 올레는 왠지 종잡을 수 없는 얘기들만 나누었다. 평소에 두드러지던 야무지고 매운 그의 말솜씨도 오늘은 어디론가 자취를 감춘 듯했다. 곁에서 한 소녀가 이해할 수 없다는 듯 눈썹을 치켜뜨며 성난 눈으로 그를 쏘아보고 있었다. 그러나 그녀는 말을 걸 수 없는 처지였다. 경기에서 여자들에게는 발언권이 없었다.

"되지도 않는 소리!"

고지 심판관이 말했다.

"불리하다고 우기기는! 해, 달, 별은 누구한테나 공평한 거야. 솜씨가 서투른 게지. 잘못 던진 공도 던진 건 마찬가지라고!"

한동안 이런 식으로 입씨름을 벌이다가 결국 최고심판관의 판정에 따라 하우케는 재시도할 기회를 얻지 못했다.

"경기를 계속해라!"

고지 사람들이 외치자 심판관들이 흑색 막대기를 땅에서 뽑고 호명된 투척수들은 자리에 나가 계속해서 공을 던졌다. 제방 감독관 집의 상급 하인 올레가 공을 보려고 엘케 폴커츠의 곁을 지날 때였다.

"누구 좋으라고 그렇게 얼뜨기 행세를 하는 거죠?"

엘케가 목소리를 죽여 말했다. 그녀가 성난 표정으로 노려보자 일순 올레의 넓적한 얼굴에서 웃음기가 싹 가셨다.

"당신 좋으라고! 정신 나간 건 당신도 마찬가지니까!"

올레가 말했다.

"저리 비켜요, 올레 페터스! 당신 속셈을 누가 모를 줄 알고!"

엘케가 몸을 꼿꼿이 세우며 대답했으나 올레는 아무 소리도 듣지 못한 척 고개를 돌렸다.

경기가 진행되면서 흑백의 막대기는 계속해서 앞으로 나아갔다. 다시 하우케의 차례가 돌아왔을 때 그의 공은 저 멀리의 목표물인 하얗게 칠한 대형 석회통 가까운 곳까지 날아갔다. 하우케는 이제 다부진 청년이었고 수학과 던지기 기술은 그가 코흘리개 시절부터 하루도 빠짐없이 익혀온 일이었다.

"와, 하우케!"

군중들의 환호 소리가 들려왔다.

"야아, 미카엘 대천사[23]가 와서 대신 던져준 공 같았어!"

빵과 브랜디를 든 노파 하나가 인파를 비집고 하우케에게로 다가왔다. 노파는 한 잔 그득히 술을 따라 그에게 권했다.

"자, 이제 그만 맺힌 맘을 풀도록 하세그려."

노파가 말했다.

"고양이를 때려죽이던 날에 비하면 사람이 용 됐군 그래!"

하우케는 노파가 트린 얀스임을 알아보았다.

"고마워요, 할머니. 하지만 술은 사양하겠어요."

하우케가 대답하며 주머니에서 새 동전 하나를 꺼내 노파의 손에 쥐어주었다.

"이거 받으세요. 그 술은 할멈이 드시고요. 자, 그럼 우리 화해한 거

---

23 Erzengel Michael: 이스라엘의 수호천사이며 사탄과의 대결에서 승리한 가장 우아한 천사 중의 하나. 교회를 지키는 수호신이며 독일 민중들로부터 가장 사랑받아온 천사이기도 하다.

예요!"

"그래, 하우케!"

노파가 그의 말을 따르며 말했다.

"나 같은 늙은이에게도 그 편이 낫지, 암!"

"할머니 오리들은 어찌 됐어요?"

하우케가 다시 노파에게 물었지만, 그녀는 바구니를 들고 이미 발길을 돌린 후였다. 노파는 몸을 돌리지 않고 고개를 저으며 주름진 손을 머리 위에서 저어 보였다.

"소용없어. 다 끝났네, 하우케. 도랑에 쥐들이 설치는 바람에 한 마리도 안 남았지. 하느님도 무심하셔라. 달리 살 궁리를 해봐야겠어!"

그리고 그녀는 인파 속을 뚫고 들어가 꿀을 넣은 빵과 독주를 사람들에게 권했다.

해는 드디어 제방 너머로 기울었고 자줏빛 노을이 때마침 제방 위를 날아가던 까마귀떼를 금빛으로 물들였다. 소택지에는 거무스름한 사람들 무리가 인가로부터 점점 멀어져 석회통 쪽으로 다가가고 있었다. 결정적인 투척이 한번 나와줘야 할 판이었다. 저지 사람들 차례였고 선수는 하우케였다.

석회를 입힌 통이 이제 막 제방 너머로 기우는 저녁 어스름 속에서 하얗게 도드라졌다.

"이번에도 우리한테 져줘야 되겠는걸!"

고지 사람들 중 한 명이 외쳤다. 경기는 갈수록 치열해졌다. 고지 사람들이 적어도 10피트[24] 가량 앞서고 있었다.

---

24 ein halber Stieg Fuß: Stieg는 북독일 지역에서 쓰던 도량형 명사로 원래는 20개를 나

호명된 하우케의 수척한 몸이 군중들 틈에서 빠져나왔다. 갸름한 프리슬란트인의 잿빛 눈이 석회통을 정면으로 바라보고 있었다. 늘어뜨린 팔에는 공이 들려 있었다.

"아무래도 저 새는 자네한테는 좀 크지?"

하우케는 바로 귓전에 울리는 올레 페터스의 걸걸한 목소리를 들었다.

"아니면, 저 통도 잿빛으로 바꿔줄까?"

하우케는 몸을 돌려 눈을 부릅뜨고 그를 쳐다보았다.

"난 갯땅을 위해 던지고 있어! 당신은 대체 어느 편이지?"

하우케가 말했다.

"음, 나도 같은 편이지. 자네는 엘케 폴커츠를 위해 던지는 게 아니었나!"

"둘 다를 위해서야!"

하우케는 다시 응전 자세를 취했다.

올레가 그에게로 더 가까이 고개를 들이밀었다. 그런데, 하우케가 어찌해보기도 전에 손 하나가 나타나 올레를 잡아끌었다. 깔깔거리는 사람들 틈에서 그의 몸이 허우적거렸다. 그를 잡아당긴 손은 크지 않았다. 하우케가 재빨리 고개를 돌리자 엘케가 옷매무새를 가다듬고 있었다. 그녀의 달아오른 얼굴에 짙은 눈썹이 성난 듯 치켜 올라가 있었다.

그러자 하우케의 팔에 강철 같은 힘이 솟구쳤다. 그는 고개를 약간 숙이고 공의 무게를 몇 차례 손으로 가늠해보았다. 공이 날아가자 물을 끼얹은 듯 양 팀 모두 조용해졌다. 사람들의 눈이 일제히 날아가는 공을

타내는 단위였다. 슐레스비히-홀슈타인 주에서 함부르크 식으로 1피트Fuß를 28.6센티미터로 계산했던 것과 달리 북프리슬란트 사람들은 30센티미터를 1피트로 사용하는 것이 일반적이었다. 따라서 10피트는 약 3미터에 해당됨.

쫓았고 '퓨우' 하고 허공을 가르는 바람 소리가 들려왔다. 공을 던진 장소로부터 한참 떨어진 제방 너머에서 은빛 갈매기 한 마리가 울음소리를 내지르며 느닷없이 솟아올랐다. 그리고 새의 날개에 덮여 공은 보이지 않았으나 '탁' 하고 통이 울리는 소리가 들려왔다.

"하우케, 만세!"

저지 사람들이 외치자 군중들이 웅성대기 시작했다.

"하우케! 하우케 하이엔이 해냈다!"

모든 사람이 그를 향해 몰려왔지만 그가 옆으로 손을 내밀어 잡은 것은 단 한 사람의 손이었다.

"하우케, 뭘 그렇게 멍하니 서 있어? 공이 통 안에 들어갔다구!"

사람들이 이렇게 외쳐도 그는 그저 고개를 끄덕일 뿐 자리에서 움직이지 않았다. 이윽고 작은 손 하나가 그의 손을 마주 잡는 것을 느끼고서야 그는 말했다.

"여러분들 말이 맞는 것 같네요. 제가 정말 이긴 것 같군요!"

구경꾼들이 일제히 돌아가기 시작하고 엘케와 하우케도 인파에 떠밀려 서로 헤어지게 되었다. 사람들은 제방 감독관 집 언덕에서 고지 쪽으로 올라가는 길목에 있는 선술집으로 향했다. 그러나 두 사람은 밀려드는 사람들 틈을 살그머니 빠져나왔다. 엘케가 자기 방에 가 있는 동안 하우케는 농장 둔덕의 철대문 앞에 서서 사람들이 떼 지어 교구 주점에 마련된 무도회장으로 올라가는 것을 지켜보고 있었다. 점차 어둠이 멀리까지 퍼져갔다. 주변은 이내 고요해지고 뒤편 마구간에서 가축들이 부스럭거리는 소리만 들려왔다. 고지의 주점에서는 벌써 클라리넷 소리가 들려오는 듯했다. 그때 옷자락을 스치며 누군가 집 모퉁이를 돌아가는 소리가 들렸다. 그리고 또박또박 힘 있는 발걸음으로 소택지를 지나 고지대로 이어지는 도보를 오르고 있었다. 어둠 속을 걸어가고 있는 것은 엘케였다. 그녀 역시 주점에 마련된 무도회장으로 가고 있었다. 하우케는 피가 목까지 솟구쳐 오르는 것 같았다. 그녀를 뒤쫓아 가야 하지 않을까? 그러나 하우케는 여자를 다루는 데는 숙맥이었다. 그가 같은 질문을 곱씹으며 서성거리는 동안 엘케는 어둠 속으로 사라져 보이지 않았다.

이윽고 그녀와 마주칠 염려가 없다고 여겨지자 하우케도 그제서야 고개 너머 교회 근처 주점으로 걸었다. 건물 입구와 복도에서부터 들려오는 수다 소리와 고함 소리, 날카롭고 새된 바이올린과 클라리넷의 음색이 감각을 마비시킬 듯 요란했다. 그는 슬그머니 주점의 조합원 객실로 들어섰다. 그리 넓지 않은 실내는 한 발자국 앞도 내다볼 수 없을 만큼 붐비고 있었다. 그는 말없이 문설주에 기대어 소란스러운 무리들을 바라보았다. 사람들이 모두 어리석게 보였다. 오후의 격전을 기억하며 바로 한 시간 전에 경기를 승리로 이끈 사람이라고 자신을 눈여겨볼까 지레 염려할 필요는 없을 듯했다. 모두가 파트너인 아가씨들에게만 정신이 팔려 둥글게 원을 그리며 그녀들과 함께 홀을 돌고 있을 뿐이었다. 그의 눈은 단 한 사람을 찾고 있었다. 그리고 드디어 거기에! 엘케는 제방위원인 젊은 사촌과 함께 춤을 추고 있었다. 그러나 그녀는 이내 사라지고 실내에는 그에게는 관심 밖의 대상인 저지와 불모지의 다른 아가씨들뿐이었다. 그러다가 바이올린과 클라리넷이 문득 멎고 춤도 잠시 중지됐다. 이어 다른 무도곡이 시작됐다. 하우케의 머리 속에 과연 엘케가 언약을 지켜줄까, 혹 그녀가 올레 페터스와 함께 춤을 추고 있는 것은 아닌가 하는 의혹이 쏜살같이 스쳐갔다. 그런 생각이 들자 하마터면 비명을 지를 뻔했다. 그렇다고 해도 어쩔 것인가? 엘케는 이번에는 춤을 추는 사람들 틈에 끼어 있지 않았다. 마침내 이 곡 역시 끝나자 한창 유행 중인 투스텝 춤이 이어졌다.

격렬한 음악이 흐르고 청년들은 아가씨들에게로 엎어질 듯 달려갔다. 벽에 걸린 불들이 사방에서 흔들렸다. 하우케는 춤추는 이들의 얼굴을 알아보려고 목이 빠질 듯 고개를 내밀었다. 드디어 거기! 세번째 쌍에 올레 페터스가 있었다! '그런데, 함께 춤을 추는 아가씨는 누구지?' 갯땅 젊은 이의 널찍한 체구가 아가씨의 얼굴을 막고 있었다. 춤은 질주하듯 이어졌고 올레가 춤 상대와 함께 몸을 돌렸다. '폴리나, 폴리나 하르더스!' 하우케는 하마터면 소리를 지를 뻔하다가 안도의 한숨을 내쉬었다. '그렇다면 엘케는 어디 있는 거지? 함께 춤출 상대가 없었던가, 아니면 올레와 춤추고 싶지 않아 다른 젊은이들까지 뿌리쳤단 말인가?' 연주되던 곡이 끝나고 새로운 춤이 시작됐으나 엘케는 여전히 보이지 않았다. 저편에서는 올레가 아직도 뚱뚱한 폴리나를 안은 채 춤을 추고 있었다.

"그래, 그래. 머지않아 예스 하르더스가 소택지 이십오 데마트[25]를 넘겨줘야겠군! 그런데 엘케는 대체 어디 있지?"

하우케가 중얼거렸다. 문설주를 지나쳐 회당 안으로 깊숙이 들어가다 보니 어느새 그는 그녀 앞에 서 있었다. 그녀는 손위로 보이는 친구 하나와 구석에 앉아 있었다.

"하우케!"

엘케가 갸름한 얼굴을 들어 그를 바라보며 말했다.

"여기 있었네요! 춤추는 모습은 보지 못했는데!"

"나도 춤추지 않았어요."

하우케가 대답했다.

"왜요, 하우케?"

---

25 Demat: 개펄 농가의 토지 측량 단위. 1데마트는 0.5핵타르에 해당함. 원뜻은 성인 남자가 낫을 가지고 하루 동안 풀을 베어낼 수 있는 정도의 면적.

백마의 기사

엘케가 몸을 반쯤 일으키며 덧붙였다.

"나와 춤출래요? 올레 페터스의 청은 거절했어요. 다시는 얼씬거리지 않을 거예요."

"고마워요, 엘케. 하지만……."

하우케는 그러나 춤출 기색이 없이 말했다.

"내 춤솜씨가 너무 서툴러서 당신을 웃음거리로 만들 거예요. 그렇게 되면……."

하우케는 말을 멈추고 나머지 말은 그 눈 속에 담겨 있기라도 한 듯 잿빛 눈으로 진지하게 그녀를 바라보았다.

"하우케, 무슨 말을 하는 거예요?"

엘케가 나직이 물었다.

"엘케, 그러니까…… 내게 이보다 더 기분 좋은 날은 없을 거예요."

"그래요, 당신이 경기에 이겼어요!"

엘케가 말했다.

"엘케!"

그는 들릴 듯 말 듯한 작은 소리로 말했다.

"이봐요, 하우케! 왜 그래요?"

그녀가 얼굴을 붉히며 말했다.

엘케 곁에 있던 친구가 한 젊은이에게 이끌려 춤을 추러 가버리자 하우케가 큰 소리로 말했다.

"엘케, 난 내가 더 나은 것을 얻었다고 생각했어요!"

잠시 그녀의 눈길이 바닥을 더듬었다. 그리고 천천히 올려 뜬, 온몸의 무게가 실린 듯한 고요하고 힘 있는 눈빛과 마주친 순간 하우케는 후끈한 여름 공기가 몸을 뚫고 지나는 것처럼 느꼈다.

"하우케! 주저할 것 없어요!"

그녀가 말했다.

"우린 서로의 마음을 알고 있잖아요!"

엘케는 그날 밤 더 이상 춤을 추지 않았다. 어느새 두 사람은 서로의 손을 꼭 쥐고 집으로 돌아가고 있었다. 높이 뜬 별들이 침묵 어린 개펄 위를 비추고 있었다. 가벼운 동풍이 추위를 몰고 왔으나 마치 봄이 다가온 양 두 사람은 머릿수건이나 숄도 두르지 않고 걸었다.

하우케는 언제 올지 모를 조용한 축하의 자리를 기념할 예물을 마련해두고 싶었다. 그래서 그는 다음 일요일 시내의 금세공사 안더즌에게 가서 굵직한 금반지 하나를 주문했다.

"손가락 좀 내보게! 좀 재봐야지!"

늙은 세공사는 반지를 낄 손가락을 당겼다.

"아니, 손가락이 여느 저지 사람들마냥 굵지 않구만!"

"저, 새끼손가락을 재주세요!"

하우케가 손을 내밀자 금세공사는 어리둥절해하며 그를 바라보았으나 젊은 농사꾼 청년의 말에 굳이 토를 달 이유도 없었다.

"그럼, 아가씨들 반지 중에 하나 골라보도록 하지!"

세공사의 말에 하우케의 뺨이 달아올랐다. 작은 금반지는 그의 새끼손가락에 꼭 맞았다. 그는 반지를 집어 들고 은화로 서둘러 셈을 치른 후 고동치는 심장 소리를 들으며 성숙한 의식을 치르듯 반지를 조끼 주머니에 찔러넣었다. 그때부터 그는 불안과 자부심이 엇갈리는 마음으로 하루도 빠짐없이 조끼를 입고 다녔다. 그의 조끼는 오로지 반지를 넣고 다니는 용도로만 필요한 것 같았다.

하우케는 일 년이 넘도록 반지를 지니고 다녔다. 그동안 반지를 넣고 다닐 새로운 조끼 주머니가 필요하기까지 했다. 반지가 주머니에서 벗어날 날은 쉽사리 올 것 같지 않았다. 무심코 '우리 아버지 역시 저지의 토박이 아닌가, 주인 나리께 한번 가보자!' 하는 생각이 들 때도 있었으나 조금만 침착하게 생각해보면 늙은 제방 감독관 앞에서 비웃음거리가 될 하급 하인의 모습이 절로 그려졌다. 그렇게 그와 제방 감독관의 딸 엘케는 한 집에서 시간을 보냈다. 그녀 역시 처녀다운 새침을 떨긴 했어도 둘은 늘 손에 손을 잡고 걷는 마음으로 지냈다.

겨울 축제가 지나고 일 년 후, 올레 페터스는 계약을 끝내고 폴리나 하르더스와 결혼했다. 하우케의 추측이 빗나가지 않은 셈이다. 폴리나의 아버지는 일에서 손을 떼고 물러났으며 뚱뚱한 딸 대신 건장한 사위가 누런 암말에 올라타고 소택지를 돌아오곤 했다. 들리는 바로는 돌아오는 길에 폴리나와는 달리 둑길을 오른다고 했다. 하우케는 상급 하인이 되었다. 그리고 그보다 어린 청년이 그의 자리를 대신했다. 제방 감독관이 처음부터 하우케를 진급시킬 의사가 있던 것은 아니었다.

"하급 하인으로 두는 게 나아! 그 녀석은 계산시킬 때나 필요하다구."

제방 감독관이 투덜댔으나 엘케가 그를 질책했다.

"그러다가는 하우케도 가고 말아요, 아버지!"

그러자 늙은 제방 감독관은 불안한 마음에 하우케를 상급 하인으로 진급시켰다. 하우케가 그후에도 예전과 다름없이 제방 관계 일을 도왔음은 물론이다.

그러나 이듬해에는 하우케 아버지의 몸이 많이 쇠약해진 탓에 주인이 여름철에 내주는 하우케의 휴가 며칠로는 어림도 없게 되었다. 하우케는 엘케에게 아버지가 고생하시는 모습을 더 이상 지켜볼 수 없다는 얘기를 꺼내지 않을 수 없었다. 어느 여름날 저녁이었다. 두 사람은 노을이 지는 대문 앞의 커다란 물푸레나무 아래에 서 있었다.

엘케가 한동안 말없이 나뭇가지를 올려다보다가 대답했다.

"하우케, 당신에게 말하고 싶지 않았는데…… 난 당신이 알아서 잘 결정하리라 생각했어요."

"그러면, 난 당신 집에서 나가게 되는 거예요. 그리고 다시는 돌아오지 못해요!"

하우케가 말했다.

그들은 잠시 침묵에 잠긴 채 제방 너머로 바닷물에 잠기는 저녁노을을 바라보았다.

"당신도 알아야 할 것이 있어요."

엘케가 말했다.

"오늘 아침에도 여느 때처럼 당신 댁에 들렀더니 아버님께서 손에 제도용 펜을 쥔 채 안락의자에 앉아 잠들어 계셨어요. 그러다 만 도면이 담긴 목판은 책상 위에 놓여 있었죠. 잠에서 깬 후에 간신히 저와 십오 분쯤 얘기를 나누셨는데 제가 일어서려고 하자 마치 다시는 못 볼 사람처럼 두려움에 떨며 제 손을 붙드셨어요. 그렇지만……."

"그렇지만, 엘케?"

그녀가 말을 멈추자 하우케가 물었다.

엘케의 뺨 위로 눈물이 몇 줄기 흘러내렸다.

"저희 아버지 생각을 하니……."

그녀가 말했다.

"당신이 없으면 힘드실 거예요."

그리고 마치 그 말에 힘입은 듯 덧붙였다.

"자주, 저희 아버지 역시 돌아가실 채비를 하시는 것만 같아요."

하우케는 대답하지 않았다. 그는 갑자기 주머니 속의 반지가 꿈틀대는 것처럼 느꼈다. 이 느닷없는 충동에 대한 불쾌감을 채 누르기도 전에 엘케가 말을 계속했다.

"마음 상해하지 말아요, 하우케! 난 당신이 우리를 떠나지 않으리라 믿어요!"

그러자 하우케가 다급히 그녀의 손을 잡았고 엘케는 손을 빼지 않았다. 두 젊은이는 손을 풀고 각자 자기 길로 돌아갈 때까지 한동안 가라앉는 어둠 속에 나란히 서 있었다.

돌풍이 일어 물푸레나무 이파리 사이로 쏴쏴 소리를 내며 집 정면의 덧창을 흔들었다. 서서히 밤이 오고 광활한 간척지에 정적이 내렸다.

엘케의 도움으로 하우케는 제때에 통보를 하지 않았어도 제방 감독관 집의 일을 그만둘 수 있었다. 제방 감독관의 집에도 이제 하인 두 명이 새로 들어왔다. 그로부터 다시 몇 달 뒤에 테데 하이엔은 숨을 거두었다. 임종 전에 그는 아들을 침대 곁으로 불렀다.

"애야, 이리 앉아라. 이리로 가까이!"

늙은 테데 하이엔이 칼칼한 목소리로 말했다.

"겁낼 것 없다. 지금 내 곁에 있는 것은 나를 부르러 온 죽음의 천사일 뿐이야!"

충격을 받은 아들은 어두운 간이 침대 곁으로 가까이 다가갔다.

"아버지, 더 하실 말씀 있으시면 하세요."

"그래, 아들아. 아직 몇 가지 더 남았구나."

테데 하이엔은 침대 위로 손을 뻗었다.

"네가 소년 티도 채 못 벗고 제방 감독관 집으로 일하러 갔을 때에는 네 머릿속에 언젠가 한번은 스스로 제방 감독관이 되보자는 포부가 있었을 줄로 안다. 그 생각이 내게도 전염되어 나도 점차 너야말로 그 자리에 앉을 적임자라고 믿게 되었다. 그러나 네가 받을 유산이라곤 보잘것없었다. 네가 거기서 일하는 동안 나도 허리띠를 졸라매면 재산이 늘겠거니 생각했다."

하우케는 부친의 손을 꼭 쥐었고 아버지는 아들의 얼굴을 자세히 보려고 몸을 일으켰다.

"오냐. 그래. 얘야."

테데 하이엔이 말했다.

"저기 저 귀중품 보관함 맨 윗서랍에 문서가 있다. 너도 알다시피, 안테 볼러스 노파에게 오 데마트 반 정도의 소택지가 있었다. 그러나 노파는 거동조차 힘든 나이라 소택지에서 걷는 세만 가지고는 생계를 꾸리기가 힘들었지. 그래서 나는 성 마르틴 축제일 무렵에 임대료를 치르고 여윳돈이 있으면 항상 그 불쌍한 노파한테 주었다. 그리고 소택지를 양도받았지. 법적 절차도 끝나고 이제는 그녀도 죽을 때가 다 된 것 같더구나. 저기 사람들의 고질병인 암으로 쓰러졌다지. 넌 이제 소작료를 낼 필요가 없는 거다!"

그는 잠시 감았던 눈을 뜨고 말을 이어갔다.

"얼마 되지 않는다만…… 그래도 우리가 함께 살던 시절보다는 많잖니. 앞으로 네게 유용하게 쓰이면 좋겠구나!"

아들에게 감사의 말을 들으며 노인은 잠이 들었다. 그는 이제 더 이상 염려할 것이 없었다. 며칠 후, 주님이 보낸 검은 천사가 영원히 그의 눈을 덮었고 하우케는 부친의 유산을 상속받았다.

장례식을 치른 다음날 엘케가 그의 집을 방문했다.

"와줘서 고마워요, 엘케!"

하우케가 인사말을 건넸다.

"인사차 온 게 아니예요."

엘케가 대답했다.

"당신이 좀 쾌적하게 지내도록 정리를 해주고 싶어서 온 거예요! 당신 아버님은 숫자와 도면 말고 다른 일은 안중에도 없으셨잖아요. 게다가 상까지 당해 어수선하니 집 안에 생기를 좀 줘야죠!"

하우케는 신뢰가 넘치는 회색 눈으로 그녀를 바라보며 말했다.

"그래요, 정리를 좀 해줘요! 나도 그랬으면 좋겠어요."

엘케는 청소를 시작했다. 그녀는 나뒹굴던 제도판의 먼지를 털어낸 후 다락방으로 옮기고 제도용 펜과 연필, 분필은 장롱 한쪽 서랍에 가지런히 정리했다. 그러고는 일을 거들 젊은 하녀 하나를 불러와 그녀와 함께 거실의 가구들을 적절히 배치했다. 그러고 나니 같은 거실인데도 한결 밝고 환해 보였다. 엘케는 미소를 지으며 말했다.

"이런 건 우리 여자들만 할 수 있는 일이죠!"

아버지를 잃은 슬픔 속에서도 하우케는 행복한 눈빛으로 그녀를 바라보며 필요할 때는 나서서 돕기도 했다.

9월 초였다. 해질 무렵에 하우케를 위해 계획했던 대로 정리가 되자 엘케가 그의 손을 잡고 짙은 눈동자를 빛내며 고개를 끄덕였다.

"자, 이제 우리집에 가서 저녁식사를 해요. 당신을 데려가기로 아버지와 약속을 했어요. 다시 집에 돌아올 때는 편한 마음으로 들어설 수 있을 거예요!"

그들이 제방 감독관의 넓은 거실에 들어서자 단단히 조여둔 덧문 곁

탁자 위에 벌써 초 두 자루가 타고 있었다. 제방 감독관은 안락의자에서 몸을 일으키려다 육중한 몸을 다시 의자 속으로 묻으며 옛 하인을 향해 말했다.

"잘 왔네, 하우케! 옛 친구들을 찾은 건 잘한 일이야! 이리 가까이 오게, 더 가까이!"

하우케가 의자 곁으로 다가서자 그가 둥그스름한 양손으로 하우케의 손을 잡았다.

"자, 이보게. 마음 편히 갖게. 사람은 누구나 죽는 법 아닌가. 그만하면 자네 부친은 못난 사람도 아니었고! 엘케, 구이를 좀 내와야겠구나. 모두 힘을 내야지! 하우케, 일이 많네! 가을 순찰이 곧 있을 거라네. 제방과 수문의 계산거리가 산더미 같아. 얼마 전에 생긴 서쪽 간척지의 제방 피해까지 도무지 정신을 차릴 수가 없어. 그래도 자네 머리가 나보다야 훨씬 젊으니 얼마나 다행인가. 거, 참 자네는 쓸 만한 젊은일세, 하우케!"

긴 사설 뒤에 속마음을 털어놓은 그는 의자에 몸을 묻고 엘케가 구이 그릇을 가지고 들어서는 문 쪽을 향해서만 애타게 눈을 빛냈다. 하우케는 웃음을 머금고 그의 곁에 서 있었다.

"자, 앉게. 쓸데없이 시간을 낭비하면 쓰나. 식으면 맛이 없네!"

제방 감독관의 말에 하우케는 자리에 앉았다. 그는 엘케 아버지의 일을 돕는 것을 당연하게 여겼다. 가을 순찰이 지나고 다시 몇 달이 흐른 뒤에도 제방 일은 대부분 하우케가 전담하고 있었다.

선생은 얘기를 멈추고 주변을 둘러보았다. 갈매기 울음소리가 창문에 부딪히고 현관 앞 복도에서는 누군가 무거운 장화에 들러붙은 진흙을 털어내는지 탕탕 발 구르는 소리가 났다. 제방 감독관과 관계자들이 고개를 돌려 방문 쪽을 바라보았다.

"뭔가?"

선원용 방수모를 쓰고 들어서는 건장한 남자에게 제방 감독관이 물었다.

"나리, 저희 둘이, 한스 니켈스와 제가 봤습니다. 백마의 기사가 제방의 웅덩이 속으로 몸을 던지는 걸 말입니다!"

"자네들 어디서 그걸 봤나?"

제방 감독관이 물었다.

"웅덩이라곤 한 군데뿐이잖습니까. 하우케 하이엔 둑이 시작되는 얀젠의 소택지 안에요."

"자네들 그걸 한 번만 본 건가?"

"꼭 한 번요. 그런데, 그림자일 뿐인 듯합니다만 처음 나타난 것 같지는 않은 게⋯⋯."

제방 감독관이 일어섰다.

"실례하겠습니다. 재해 예상 지역에 시찰을 가봐야겠군요!"

제방 감독관이 내게로 몸을 돌려 말한 후 전령들과 함께 문을 나서자 나머지 사람들도 자리를 파하고 그를 따라나섰다.

나는 선생과 단둘이 넓고 텅 빈 실내에 남아 있었다. 그때까지 앞에 앉아 있던 손님들 등에 가려 보이지 않던 커튼 없는 창을 통해 폭풍이 하늘을 가로질러 어두운 구름을 쫓는 모습이 훤히 내다보였다. 자리에 앉아 있는 선생의 입가에는 여전히 사람들을 깔보는 듯한, 아니 차라리 연민에 가까운 미소가 돌았다.

"자리가 너무 썰렁해졌군요. 제 방으로 가시지 않으렵니까? 전 이 집에 삽니다. 둑가의 날씨는 제가 알지요. 별일 없을 거예요."

이미 냉기를 느끼던 터라 나는 쾌히 선생의 청을 받아들였다. 우리는 불을 받쳐 들고 다락방으로 향하는 계단을 올라갔다. 그의 방도 서향이었고 창에는 짙은 빛깔의 양모 커튼이 드리워져 있었다. 책꽂이에는 책이 여남은 권 꽂혀 있었고 그 옆에 노교수의 초상화 두 점이 걸려 있었다. 책상 앞에는 양 옆으로 머리받이가 달려 있는 커다란 안락의자가 놓여 있었다.

"편히 앉으세요!"

친절한 주인은 아직 불씨가 남아 있는 작은 화덕에 이탄(泥炭) 몇 덩어리를 던졌다. 화덕 위에는 함석 주전자 하나가 올려져 있었다.

"잠시만요! 곧 끓어오를 겁니다. 그로그주[26]를 조금 마시고 나면 기운이 나실 겁니다."

"그런 이유에서라면, 필요치 않겠는데요."

내가 말했다.

"선생님이 들려주시는 하우케의 일생을 따라가노라면 졸게 될 일은 절대 없을 테니까요!"

"그래요?"

내가 기분 좋게 안락의자에 몸을 묻자 그가 총기 있는 눈으로 나를 바라보며 고개를 끄덕였다.

"자, 얘기가 어디까지 갔었지요? 아, 알겠어요, 그럼."

하우케가 아버지의 유산을 물려받은 후, 안테 볼러스 노파가 죽고 그녀의 소택지까지 그의 소유가 되었다. 그러나 부친의 죽음 이후, 아니 더 정확히는 아버지의 마시막 유언을 듣고 나서 유년 시절부터 지녀왔던 꿈

---

26 Grog: 럼주에 뜨거운 물과 설탕을 섞은 음료.

백마의 기사 71

의 싹이 그의 마음에서 움트기 시작했다. 그는 새로 제방 감독관이 뽑혀야 한다면 그 자신이야말로 적임자라고 끊임없이 되뇌었다. 그것은 누구보다 그 사실을 잘 이해했을 사람, 마을에서 가장 지혜롭던 그의 아버지가 아들에게 유산과 더불어 마지막 유언처럼 남겨놓은 것이었다. 아버지가 남긴 볼러스의 소택지는 이를 위한 디딤돌이 되어야 할 것이었다! 그렇다 해도 제방 감독관이 되기 위해서는 더 많은 재산이 필요했다. 수년간 검소하게 살았던 선친 덕택에 하우케는 새로운 토지의 소유주가 되었고 앞으로도 더 부유해질 가능성이 있었다. 게다가 이미 쇠약했던 아버지와 달리 그는 앞으로 몇 년이든 고된 일을 견딜 기력이 있지 않은가!

이렇게 일을 추진하는 한편 하우케는 늙은 제방 감독관의 사무도 빈틈없이 도왔지만 고지식하고 까다로운 성미로 인해 마을에 자기편을 만들지 못했다. 게다가 그의 오랜 적수인 올레 페터스가 최근 들어 유산을 상속받아 마을의 새로운 유지로 등장했다. 일련의 얼굴들이 그의 내면의 눈앞을 스쳐갔다. 모두가 악이 섞인 눈빛으로 그를 바라보고 있었다. 그들을 향한 증오가 단숨에 그를 사로잡았다. 그는 그들을 잡으려고 팔을 뻗었다. 그들은 그만이 부여받은 소명과 지위로부터 그를 끌어내리고자 하는 것이다. 이런 생각이 줄곧 떠나지 않자 그의 젊은 가슴 속에 자긍심과 사랑뿐 아니라 공명심과 증오심도 함께 자라갔다. 그러나 깊숙이 묻어둔 지나친 야심과 증오는 엘케조차도 눈치 채지 못할 정도였다.

새해 들어 마을에 결혼식이 있었다. 하우케의 친척 아가씨 중 하나가 신부였고 하우케와 엘케 모두 초대를 받은 자리였다. 가까운 친척 중에 결혼식 피로연에 참석하지 못한 사람이 생겨 두 사람은 나란히 자리를 받게까지 되었다. 둘의 얼굴을 얼핏 스쳐간 미소에서 그들의 기쁨을 엿볼 수 있었다. 그러나 엘케는 오늘은 수다 떠는 무리에도 술잔을 부딪치는 틈에도 끼지 않고 우두커니 자리만 지키고 있었다.

"무슨 일 있어요?"

하우케가 물었다.

"아, 아니에요. 그저 여기 사람이 너무 많아서 그런가 봐요."

"왠지 너무 우울해 보여요!"

엘케는 고개를 저으며 더 이상 아무 말도 하지 않았다.

그러자 그녀의 침묵이 그에게 미묘한 질투심을 불러일으켰고 그는 늘어진 식탁보 밑으로 남모르게 그녀의 손을 잡았다. 엘케는 멈칫거리지 않고 미더운 듯 그의 손을 쥐었다.

'하루가 다르게 수척해져가는 아버지의 모습을 바라보려니 새삼 외롭게 느껴지는 걸까?'

하우케는 소리를 내어 물어볼 생각은 하지 않았으나 주머니에서 금반지를 꺼낼 때는 숨이 멎는 것 같았다.

"끼고 있을래요? 설마 빼버리지 않겠지요?"

엘케의 가녀린 손가락에 반지를 끼우며 그가 떨리는 목소리로 물었다.

식탁 맞은편에 앉아 있던 목사의 부인이 갑자기 포크를 내려놓고 옆사람을 향해 몸을 돌리며 외쳤다.

"맙소사, 이 아가씨 얼굴이 백지장 같네!"

그러나 엘케의 얼굴에는 곧 화색이 돌았다.

"하우케, 기다릴 수 있어요?"

그녀가 조용히 묻자 총명한 프리슬란트 사람 하우케는 잠시 말뜻을 새겨본 후 물었다.

"뭘요?"

"알고 있잖아요. 다시 말 안 해도 무슨 뜻인지 알 거예요."

"맞아요."

하우케가 말했다.

"그래요. 엘케. 기다릴 수 있고말고요. 죽기 전까지라면요!"

"아, 하느님. 곧 그런 일이 닥쳐올 것만 같아요! 그런 식으로 말하지 말아요, 하우케. 당신은 우리 아버지의 임종을 얘기하는 거잖아요!"

그녀는 한 손을 가슴에 얹으며 말했다.

"그때까지 이 금반지를 끼고 있을 거예요. 제가 살아 있는 동안은 이 반지를 돌려받게 될까봐 걱정하지 않아도 돼요!"

둘은 미소를 지으며 마주잡은 손에 꼭 힘을 주었다. 보통의 경우라면 아가씨 입에서 환호성이 튀어나올 법도 한 일이었다.

그동안 목사의 부인은 금실로 짠 모자의 베일 아래로 어두운 불꽃처럼 타오르는 엘케의 눈을 줄곧 바라보고 있었다. 그러나 높아지는 탁자 주변의 소음 때문에 아무것도 알아들을 수 없었다. 그리고 이내 옆에 앉은 젊은이들에게서 그녀도 시선을 돌렸다. 얼핏 보기에도 그랬지만, 막움이 트고 있는 부부의 인연을 방해할 이유는 없었다. 더불어 목사인 남편이 훗날 받게 될 주례비도 싹이 트는 것이니까.

엘케의 예감은 틀리지 않았다. 부활절이 지난 어느 날 아침 제방 감독관 테데 폴커츠는 침대에서 숨을 거둔 채 발견됐다. 그의 표정에서 마지막 순간이 평화로웠음을 알 수 있었다. 테데 폴커츠는 지난 몇 달간 여러모로 삶에 의욕이 없는 것처럼 보였었다. 그렇게 즐기던 오리구이조차 그의 입맛을 되돌리지 못했다. 바야흐로 마을에서 큰 장례식이 치러졌다. 건너편 고지의 교회를 둘러싼 묘지 서쪽에 쇠울타리를 둘러친 묘가 있었다. 늘어진 물푸레나무[27] 옆에 푸른빛이 도는 넓은 묘석이 세워져 있었다.

묘석에는 억센 이빨을 드러낸 해골 형상이 새겨져 있었고 그 밑에 큰 글씨로 이런 글귀가 적혀 있었다.

> 죽음이란 그런 것, 모든 것을 삼켜버린다네.
> 재능과 지식도 모두 부질없어라.
> 총명한 그는 가고 없으니,
> 신이여 그에게 부활의 은총을 베푸소서!

그곳은 전임 제방 감독관 폴커트 텟젠[28]의 묘였다. 그리고 이제 그의 아들, 세상을 떠난 제방 감독관 테데 폴커츠가 묻힐 새 묘혈(墓穴)이 파였다. 저지에서는 어느새 장례 행렬이 올라오고 있었다. 제방 감독관의 마구간에서 나온 매끈한 두 마리 가라말이 무거운 관을 끌고 선두에 서서 모래가 이는 고지의 언덕을 올랐고 교구 내에서 온 수많은 마차들이 그 뒤를 따랐다. 말갈기와 꼬리털이 매운 봄바람에 날렸다. 교회를 둘러싼 묘지는 담장 밑까지 구경 나온 사람들로 빙 둘러싸였다. 돌로 쌓아 올린 입구에는 어린 동생들을 안고 나온 조무래기들까지 올라앉아 있었다. 모두가 장례식을 보고 싶어했다.

저지의 집에서는 엘케가 내빈실과 거실에 장례 음식을 차리고 있었다.

---

27 Traueresche: 가지가 아래로 휘어진 물푸레나무. 영어로는 Weeping Ash.
28 18세기까지 프리슬란트에는 상속되는 고정된 성이 없었다. 아들은 세례명을 받은 후 아버지의 이름을 성으로 따르는 경우가 대부분으로 이름에 붙는 -s, -n, -en, -sen, -son 등은 소유격 관사일 뿐이었다. 따라서, 테데 폴커츠는 부모가 정한 대로 할아버지의 이름인 테데를 이름으로, 아버지의 이름인 폴커츠를 성으로 따른 것이다. 그러나 「백마의 기사」에서는 엘케 폴커츠나 하우케 하이엔처럼 이미 고정된 성을 따르는 경우도 보인다. 텟젠Tedsen의 '-sen'이 원래 '-의 아들'이란 뜻이므로 텟젠은 '테데의 아들'이란 의미가 있었다.

백마의 기사 75

오래된 포도주가 음식 그릇 옆에 놓이고 오늘 참석한 제방 관리국장과 목사의 자리에는 고급 포도주가 한 병씩 놓였다. 모든 준비가 끝나자 그녀는 마구간을 지나 안마당으로 통하는 중문으로 갔다. 하인들은 마차 두 대를 끌고 장례 행렬에 가 있었기 때문에 도중에 마주친 사람은 없었다. 그녀는 상복을 봄바람에 나부끼며 건너편 마을에서 마지막 마차가 교회를 향해 달려가고 있는 것을 바라보았다. 한바탕 소란이 일더니 곧 쥐 죽은 듯한 고요가 뒤따랐다. 엘케는 손을 모았다. 아마도 지금 하관을 하는 중이리라.

"그대는 다시 흙으로 돌아갈지니!"

엘케는 저쪽에서 소리가 들려오기라도 하듯 자기도 모르게 조용히 중얼거리고 있었다. 눈물이 고이고 가슴에 모았던 손이 무릎으로 떨어졌.

"하늘에 계신 우리 아버지!"

그녀는 혼신을 다해 기도를 드렸다. 거대한 개펄 농가의 주인이 된 그녀는 기도가 끝나고도 오랫동안 꼼짝 않고 서 있었다. 삶과 죽음에 대한 번민이 그녀의 내부에서 다투어 일어났다.

그때 멀리서 마차 구르는 소리가 그녀를 깨웠다. 눈을 뜨자 마차들이 줄지어 갯가로 내려와 그녀의 집으로 달려오고 있었다. 그녀는 허리를 펴고 다시 주의 깊게 밖을 살펴본 후, 나올 때처럼 헛간을 지나 장례 음식을 차려놓은 내빈실로 돌아갔다. 벽을 사이에 두고 부엌에서 분주히 일하는 하녀들의 목소리만 드문드문 들려올 뿐 그곳에도 사람은 없었다. 음식상이 을씨년스러워 보였다. 그사이 두 창문 사이에 걸린 거울에는 흰색 천이 덮여 있었다.[29] 무쇠 화로의 놋쇠 단추까지 거실에 반짝이는 것은 아무

---

29 Der Spiegel zwischen den Fenstern war mit weißen Tüchern zugesteckt: 토속 신앙에서 거울은 마력(魔力)을 가진 위험한 물건이었다. 장례식에 거울을 비롯하여 형상을 반

것도 보이지 않았다. 엘케는 부친이 마지막으로 잠들었던 벽침대의 문이 열려 있는 것을 보고 단단히 밀어넣다가 무심코 장미와 카네이션 무늬 사이에 금색 글씨로 씌어진 격언을 보았다.

하루 일을 잘 마친 자,
절로 잠이 올 것이니!

그것은 할아버지 때부터 걸려 있던 글귀였다! 벽장을 쓱 훑어보니 유리문 너머 텅 빈 벽장 안에 잘 닦인 우승컵 하나가 보였다. 그녀의 부친이 노상 얘기하던, 언젠가 그가 젊은 시절에 '고리 던지기 시합'에서 탔다는 물건이었다. 엘케는 그것을 꺼내 제방국장의 자리에 놓았다. 마차들이 둔덕을 오르는 소리가 들려오자 그녀는 창가로 갔다. 마차들이 줄지어 한 대씩 집 앞에 멈춰 섰다. 상객들은 장례식에 참석하러 올 때보다 한결 명랑한 기분으로 마차에서 내렸다. 손을 비비며 왁자지껄 거실로 들어선 사람들은 얼마 지나지 않아 김이 오르는 잘 차려진 음식상 앞에 자리를 잡았다. 화려한 내빈실에는 제방 관리국장과 목사가 들어가 앉았다. 죽음의 고요가 언제 이곳을 채웠더냐는 듯이 식탁 주변은 시끌벅적했다. 엘케는 말없이 손님들을 주시하며 하녀들과 함께 장례 음식에 빠진 것이 없도록 식탁 주변을 살폈다. 하우케 하이엔도 올레 페터스와 소지주들과 함께 거실에 앉아 있었다.

시시키는 물건들을 덮어두는 풍습은 다양한 이유에서 독일의 여러 지방으로 확산되었다. 고인이 거울 속에 비친 자기 모습을 보면 이승을 떠나지 못하고 집에 머문다거나 죽은 사람의 모습이 거울에 비치면 줄초상이 이어진다는 속설이 있으며, 거울에 사로잡힌 고인의 영혼은 방문객에게는 위험의 징표였다.

식사가 끝난 후 모퉁이에 있던 하얀 도자기로 만든 장죽(長竹)에 불이 당겨지고, 엘케는 손님들에게 커피를 나르느라 분주했다. 오늘은 커피 인심도 후한 날이었다. 고인이 쓰던 거실의 책상 앞에서는 제방 관리국장과 목사, 머리가 희끗희끗한 제방위원 예베 만너스가 대화를 나누는 중이었다.

"수고들 하셨습니다."

제방국장이 말했다.

"전임 제방 감독관의 장례를 잘 치렀소만, 새 제방 감독관은 어디서 데려온단 말이오? 내가 보기론, 만너스 그대가 그 자리를 대신해야 할 것 같소만!"

만너스 노인이 미소를 지으며 하얗게 센 머리에서 까만 우단 모자를 끌어내렸다.

"친애하는 제방국장님, 그랬다간 그 자리도 오래가지 못할 듯싶군요. 고인이 된 테데 폴커츠가 제방 감독관 자리에 앉을 무렵 저도 제방위원이 되었는데 그로부터 벌써 사십 년이 흘렀습니다!"

"그게 무슨 흠이 되오, 만너스. 그렇게 관록이 있으시니 애로 사항도 적지 않겠소!"

그러나 만너스 노인은 고개를 저었다.

"아니, 아닙니다. 나리, 저를 그냥 이 자리에 놔두십시오. 이대로 몇 해는 더 견딜 테지요!"

목사가 곁에 서 있다가 말했다.

"왜 지난 몇 해 동안 실무를 도맡아온 사람을 그 자리에 앉히지 않습니까?"

제방 관리국장이 그를 바라보았다.

"무슨 말씀이십니까, 목사님?"

목사는 손가락으로 거실을 가리켰다. 하우케는 거기 서서 두 명의 노인에게 뭔가를 신중하게 설명하고 있는 듯했다.

"저기 있네요."

목사가 말했다.

"저 영민해 보이는 회색 눈에 코가 길고 양쪽 눈 언저리가 불룩 튀어나온 키 큰 프리슬란트 사람 말입니다! 전에는 이 집 하인이었는데 지금은 자기 소유로 된 소택지도 몇 군데 있지요. 아직 젊긴 해도!"

"삼십대는 되어 보입니다."

제방국장이 목사가 소개한 사람을 훑어보며 말했다.

"아직 스물넷도 안 됐어요!"

제방위원 만너스가 덧붙였다.

"하지만 목사님 말씀은 맞습니다. 지난 몇 해 동안 제방 감독관의 관저에서 건의된 제방과 배수로 시설 등을 위한 유익한 제안들이 실은 저 사람한테서 나온 거죠. 제방 감독관이 말년에는 있으나마나였습니다."

"아, 그래요? 그러면 당신도 저 사람이 옛 주인의 자리를 이어받아야 한다고 생각하나요?"

제방 관리국장이 물었다.

"저 사람이라면 할 수 있겠죠."

예베 만너스가 대답했다.

"그런데 그는 여기 사람들이 '비빌 언덕'이라고 부르는 게 마땅찮아요. 그의 선친한테 소택지가 십오 데마트 정도 있었고 저 젊은이는 한 이십 데마트쯤 가졌을 겝니다. 하지만 그걸로는 지금껏 누구도 여기서 제방 감독관이 되어본 적이 없습니다."

백마의 기사 79

목사가 뭔가 토를 달려고 입을 떼었을 때 한동안 방에 있던 엘케가 갑자기 그들에게 다가왔다.

"제방국장 나리, 제가 한말씀 드려도 괜찮을까요?"

그녀가 제방 관리국장에게 말했다.

"그저 오해 때문에 불공평한 일이 일어나지 않기를 바라서요."

"말씀하세요, 엘케 양! 어여쁜 아가씨 입에서 나오는 지혜로운 소리란 언제 들어도 좋은 거죠!"

제방 관리국장이 대꾸했다.

"지혜로운 소리는 아닙니다. 저는 그저 사실을 말씀드리고 싶을 따름이니까요."

"그것도 괜찮아요, 엘케 양."

엘케는 쓸데없이 말이 퍼질까봐 염려하듯 다시 한 번 좌우를 살펴보고는 말했다.

"감독관님,"

그녀의 가슴은 고동치고 있었다.

"저의 대부(代父) 예베 만너스 씨께서 감독관님께 하우케 하이엔의 소택지가 겨우 이십 데마트 정도라고 한 것은 현재로서는 맞는 이야기입니다. 그러나 필요하면 하우케는 곧 자기 소유를 늘리게 될 것입니다. 제 아버지의 것이었고 지금은 저의 것인 집과 땅을 더하면 제방 감독관이 되기에 충분하리라 여겨집니다만."

만너스 노인이 거기서 얘기하는 사람이 누구인지 확인해야겠다는 듯 백발이 성성한 고개를 내밀었다.

"이게 무슨 일이냐? 얘야, 무슨 소리를 하고 있는 게야?"

엘케는 까만 끈 하나를 잡아당겨 조끼 안에서 반짝이는 금반지를 꺼냈다.

"만너스 대부님, 저는 약혼했습니다. 이게 그 반지예요. 하우케 하이엔이 저의 신랑감이고요."

엘케가 말했다.

"그게 언제냐고 물어봐도 될 테지? 적어도 내가 너를 세례 때 물에서 꺼낸 사람이니까 말이다. 엘케 폴커츠! 대체 언제 약혼을 했단 말이냐?"

"벌써 꽤 지났어요. 저도 성년이었구요, 만너스 대부님."

그녀가 말했다.

"아버지께 병세가 있으실 때였어요. 아버지 성격을 잘 아는 저로서는 걱정을 끼쳐드리고 싶지 않았고요. 이젠 신의 곁으로 가셨으니 당신 딸이 이 남자에게로 출가하는 것을 기꺼이 이해하시겠죠. 저도 상례 기간 일 년 동안은 이런 문제를 언급하는 게 도리가 아닌 줄은 알지만, 하우케와 간척지 때문에 얘기를 해야만 했어요."

엘케는 다시 제방 관리국장을 향해 몸을 돌리며 덧붙였다.

"나리께서도 무례를 용서하세요!"

세 남자가 서로를 쳐다보았다. 목사는 웃음을 짓고 늙은 제방위원은 제방국장이 중요한 결정 앞에서 이마를 문지르고 있는 동안 '흠흠!' 하는 소리로 대답을 얼버무렸다.

"예, 친애하는 엘케 양."

제방국장이 마침내 입을 열었다.

"그런데, 여기 저지에서는 부부 사이의 재산법이 어떻게 되나요? 솔직히 그 방면에 대해 잘 몰라서."

그러자 제방 감독관의 딸이 이렇게 대답했다.

"감독관님, 그런 문제라면 염려하실 필요가 없을 것 같습니다. 저는 결혼 전에 재산을 모두 신랑에게 양도할 것입니다. 그래야 저도 좀 뽐낼 수 있지 않겠어요. 마을에서 제일 가는 부자와 결혼을 하게 되는 것이니까요!"

그녀가 미소를 지으며 덧붙이자 이번에는 목사가 말했다.

"자, 만너스 씨! 제 생각엔 그만하면 당신도 대부로서 이의가 없으실 듯한데요. 제가 젊은 제방 감독관과 고인의 영양을 축복해드려도 말입니다."

늙은 만너스가 조용히 고개를 젓다가 차분하게 말했다.

"신의 가호가 있기를!"

제방관리국장이 엘케의 손을 잡았다.

"솔직하고 현명하게 말해주었어요. 엘케 폴커츠 양. 제대로 설명해줘서 고마워요. 앞으로 오늘보다 더 좋은 일이 있을 때 손님으로 참석하고 싶군요. 제방 감독관이 이렇게 젊은 아가씨 손에 의해 뽑히다니 참 멋진 일이에요!"

"나리,"

엘케가 너그러운 고위 관리를 다시 한 번 진지하게 바라보며 말했다.

"마땅한 사람이 나타나면 여자라도 기꺼이 나서서 도와야겠죠!"

그리고 그녀는 옆 거실로 가서 말없이 하우케의 손에 자신의 손을 얹었다.

다시 수년이 흘렀다. 테데 하이엔의 옛집에는 아내와 자식을 거느린 건장한 일꾼이 살고 있었고 젊은 제방 감독관은 부인 엘케 폴커츠와 함께 그녀의 부친이 살던 집에 머물렀다. 여름에는 집 앞의 큰 물푸레나무 사이로 예전과 다름없이 쏴쏴 바람 소리가 들려왔지만 나무 아래 놓인 긴 의자에는 저녁이면 젊은 부인이 손에 일거리를 들고 외로이 앉아 있기 일쑤였다. 이 부부 사이에는 아직 아이가 없었고 남편은 일이 끝나도 쉴 여유가 없었다. 전부터 그가 성심껏 도왔음에도 불구하고 전임 제방 감독관이 처리하지 못한 일거리들이 산적해 있었다. 당시에는 그가 손을 대지 않는 것이 좋을 듯해 미뤄둔 일이었지만 이제는 서서히 정리되어야만 하는 일들이었다. 하우케는 단단한 빗자루로 쓸어내듯 단호한 조처들을 취했다. 거기다 확장된 개인 소유지를 돌보는 일까지 하인을 두어 비용을 낭비하려고 하지 않았기 때문에 부부는 예배가 있는 일요일을 빼고는 하우케의 촉박한 점심시간과 동틀 무렵, 해질 무렵에 얼굴을 마주하는 것이 고작이었다. 업무가 끊이지 않는 나날이었지만 한편으로는 만족스러운 삶이었다.

그런데 불쾌한 소문이 퍼지기 시작했다. 예배가 끝난 어느 일요일, 저지와 불모지의 젊은 지주들이 고지의 선술집에 떠들썩한 술자리를 벌였다. 술이 서너 순배 돌아가자 왕이나 황실에 대한 얘기가 아니라— 당시만 해도 그렇게 높은 지위에 있는 사람들을 걸고 넘어지지 못할 시절이었으므로— 지방관이나 상급 관리들에 대한 비판 소리가 드높아졌고 무엇보다 세금과 부역 문제가 으뜸가는 화제로 떠올랐다. 대화가 진행될수록 불만의 강도도 점점 높아졌다. 특히 새로운 제방 부역에 대한 불평이 끊이지 않았다. 모두들 멀쩡하던 둑과 수문을 새삼 모두 수리한다느니, 제방에 흙을 몇백 수레씩 밀어넣을 장소가 쉴 새 없이 생겨난다느니 하며 핏대를 세웠다.

"빌어먹을 사역(使役)!"

"이게 다 똑똑하신 제방 감독관님 덕분이라구. 누상 요리조리 머리만 굴려대고 참견 않는 데가 없는 그 작자 말이야!"

고지 사람 중 하나가 언성을 높였다.

"그래, 마르텐. 자네 말이 맞네. 가뜩이나 응큼한 자가 제방국장의 환심을 사지 못해 안달이 나지 않았나. 그래도 그 자리에 앉혀놓은 이상 어쩌겠어."

맞은편에 앉아 있던 올레 페터스가 말했다.

"누가 그런 자를 그 자리에 앉히랬나?"

상대방이 말했다.

"값을 톡톡히들 치르시는구만."

올레 페터스가 웃었다.

"그래, 마르텐 페터스. 허나 저지의 관례가 그러니 다른 도리가 없지. 이전 제방 감독관은 제 아비 덕에, 지금 제방 감독관은 마누라 덕에 그 자리를 꿰찬 거 아닌가."

탁자 주변을 들썩이는 웃음소리로 그 말이 얼마나 사람들 구미에 딱 맞아떨어지는 소리였는가 알 수 있었다.

여하간 그것은 공공연한 술자리에서 나온 얘기였다. 소문은 머물 새도 없이 고지는 물론 저지에도 두루 퍼져 하우케의 귀에까지 들어왔다. 또다시 그의 내면의 시선이 사심 가득한 얼굴들 위로 잇달아 스쳐갔다. 웃음소리는 실제의 술좌석에서보다 더욱 모욕적으로 울려왔다.

"비열한 놈들!"

그가 소리를 지르며 그들을 향해 채찍을 휘두르려는 양 측면을 노려보자 엘케가 그의 팔을 잡았다.

"그냥 둬요! 다들 당신이 부러워서 그러는걸요."

"그러니까 더 화가 나는 것 아니오!"

그는 성난 듯 대꾸했다.

"게다가,"

엘케가 계속했다.

"올레 페터스는 부인 덕에 재산을 상속 받은 것 아니던가요?"

"그렇지, 엘케. 그래도 폴리나가 가진 것으론 제방 감독관이 되기엔 부족했지!"

"당사자가 자격이 없었다고 해야지요."

엘케는 남편이 자신의 모습을 볼 수 있도록 거울을 향해 몸을 돌려 세웠다. 거울은 창문 사이에 걸려 있었다.

"저기 제방 감독관이 서 있어요!"

그녀가 말했다.

"좀 보세요. 능력이 돼야 지위도 얻게 되는 거죠!"

"당신 말이 맞아."

그는 침착하게 대꾸했다.

"그렇지만…… 아, 엘케! 난 동쪽 수문에 좀 가봐야겠소. 수문이 다시 잠기질 않아요!"

엘케가 그의 손을 잡았다.

"저 좀 보세요! 왜 그래요, 당신 눈빛이 허공에 떠 있어요."

"아무 일도 아니오, 엘케. 당신 말이 맞아요."

집을 나서자 수문 수리 문제는 하우케의 뇌리를 곧 벗어났다. 그 대신 그가 반쯤 구상한 바 있고 수년간 간직해왔으나 시급한 일거리들에 치여 뒷전에 밀려나 있던 계획이 불현듯 날개라도 돋친 것처럼 어느 때보다 강렬하게 그를 사로잡았다.

그는 어느새 시내 남쪽으로 한 마장쯤 떨어진 중앙 제방에 서 있었다. 그쪽으로 자리 잡은 마을이 벌써 그의 왼쪽 시야에서 사라진 지 오래였다. 그는 눈을 바다 쪽의 충적지(沖積地)에 고정시킨 채 계속해서 걸었다. 그때 누군가 그의 곁을 지나기라도 했다면 그 눈 뒤로 오가는 열띤 지적 구상들을 눈치 채지 않을 수 없었으리라. 드디어 그는 충적지가 가느다란 선이 되어 제방과 합쳐지는 곳에서 멈춰 섰다.

"분명히 될 거야!"

그는 혼잣말을 했다.

"제방 감독관 자리에 앉은 지도 칠 년, 그저 마누라 덕에 제방 감독관이 됐다는 소리 따윈 쑥 들어가도록 해주지!"

그는 거기 서서 날카롭고 신중한 시선으로 푸른 충적지 구석구석을 살폈다. 가느다란 목초지가 눈앞의 넓은 육지와 맞붙어 사라지고 있었다. 제방 바로 곁에서 솟아나는 해안의 지류가 주 제방 앞의 충적지와 육지를 둘로 나누어 충적지를 외딴 섬으로 만들었다. 가축이나 곡물 수레가 오갈 수 있도록 밋밋한 나무다리가 그리로 놓여 있었다. 마침 썰물 때여서 눈부신 9월의 해가 백 보 정도 너비의 이토(泥土) 위에서 이글거리고 그 바닥 한가운데 파인 수로에 바닷물이 막 들어오고 있었다.

"여기 댐을 쌓을 수 있을 거야!"

그 광경을 한동안 지켜보던 하우케가 혼잣말을 했다. 그리고 머릿속으로 그가 서 있는 제방에서 출발하여 개펄의 수로를 지나고, 연안의 충적지 모양새를 따라 남쪽으로 갔다가 다시 동쪽으로 돌아오는, 해안 물줄기를 가로질러 현재의 제방까지 이르는 선을 그어나갔다. 그가 그려본 가상의 선은 새 제방이 될 것이었다. 그것은 지금까지 구상해왔던 제방 측면의 구도 중에서도 새로운 것이었다.

"약 천 데마트 정도의 간척지가 생길 거야."

그는 미소를 지으며 혼자 중얼거렸다.

"그렇게 큰 것은 아니지만……"

그는 마음속으로 새로운 계산을 시작했다. 제방 앞 충적지는 이곳에서는 조합의 소유이며 개별 조합원들은 각자 그들이 소유한 소택지의 규모와 합법적 구매 여부에 따라 땅을 분배 받게 된다. 그는 엘케의 부친으로부터 상속 받은 것과 결혼 후에 스스로 사들인 것 등을 합쳐 그의 몫이 얼마쯤 될 것인가를 따져보기 시작했다. 땅의 일부는 불확실하지만 미래의 잇속을 예감하며, 또 다른 일부는 늘어가는 양을 사육하기 위해 사둔 것이었고 그것들은 이미 상당한 규모였다. 올레 페터스의 땅까지 몽땅 사들인 적이 있기 때문이다. 올레의 소유지 내에 물이 범람해 제일 튼실하던 숫양이 익사한 사고가 생긴 후 올레는 홧김에 땅을 처분하고자 했었다. 그것은 드문 사고였다. 하우케의 기억으로는 침수가 심할 때도 그곳은 끄트머리에만 물이 넘치곤 했기 때문이다. 얼마나 멋진 목초지와 들판이 생길 것인가! 모든 것이 그의 새로운 제방으로 둘러싸인다면 얼마나 가치가 오를 것인지! 일종의 짜릿한 흥분이 그의 뇌를 타고 오르는 것 같았으나 그는 손톱으로 손바닥을 지그시 눌렀다. 그리고 지금 눈앞에 펼쳐진 땅을 명확하고 객관적으로 파악할 수 있도록 스스로를 다잡았다. 둑이 없는 넓은 평지. 지금은 외곽에서 꾀죄죄한 양떼들만이 풀을 뜯어 먹으며 한가로이 거니는 저곳에 앞으로 수년 내에 험한 폭풍우와 홍수가 밀어닥칠지 누가 알겠는가. 산더미 같은 업무와 분쟁 그리고 골칫거리들! 그러나 그 모든 염려에도 불구하고 제방을 내려와 소택지를 지나는 좁다란 도보를 따라 그가 사는 언덕배기로 걸으며 그는 커다란 보물이라도 집으로 가져가는 기분이었다.

복도의 맞은편에서 엘케가 걸어나오고 있었다.
"수문은 괜찮은가요?"
그녀가 묻자 그는 알쏭달쏭한 미소를 지으며 그녀를 내려다보았다.

"우리는 곧 새로운 수문이 필요할 것 같소! 그리고 배수로와 새 제방도!"

그가 말했다.

"무슨 말이에요?"

방으로 들어가며 엘케가 되물었다.

"뭘 하려는 거예요, 하우케?"

"내가 뭘 하려냐 하면……"

천천히 말끝을 늘이던 그가 말했다.

"나는 우리 농장 건너편에서 시작해서 서쪽으로 뻗어 있는 충적지를 제방으로 둘러쌓아 단단한 간척지로 만들고 싶소. 홍수가 사람 수명만큼 오랜 세월 동안 우리를 비껴가지 않았소? 만약 심한 홍수가 다시 몰려와 충적지가 망가지는 날에는 모든 것이 한꺼번에 끝장나는 거요. 구태의연한 관행을 따르다 보니 오늘까지 이 모양이지!"

엘케는 몹시 놀라 그를 쳐다보았다.

"그런 말은 당신한테는 누워서 침 뱉기나 다름없잖아요!"

그녀가 말했다.

"그래요, 엘케. 그러나 지금까지는 그것 말고도 할 일이 너무 많았소!"

"맞아요, 하우케. 정말이지 당신은 할 만큼 했어요!"

그는 고인이 된 제방 감독관의 안락의자에 앉아 양쪽 팔걸이를 힘껏 잡았다.

"그럴 용기는 충분한가요?"

아내가 그에게 물었다.

"있고말고, 엘케!"

그가 쫓기듯 말했다.

"너무 서두르지 말아요, 하우케. 그건 일생을 걸 큰 사업이에요. 게다가 너나없이 당신 의견에 반대하고 나설 거구요. 당신의 노고나 염려에 대해 감사할 이는 더욱 없겠죠."

그는 고개를 끄덕이며 말했다.

"알고 있소."

"그리고, 만에 하나 성공하지 못하는 날에는요!"

그녀가 다시 말했다.

"소싯적부터 들어온 얘긴데, 개펄의 수로는 막을 수 없는 곳이래요. 그래서 손을 대면 안 된다고요."

"그건 게으른 자들의 변명이지! 어째서 개펄의 물줄기를 메울 수 없단 말이오?"

하우케가 물었다.

"그건 모르겠어요. 아마도 해류가 곧장 흐르기 때문 아니겠어요. 물살이 워낙 세니까."

그녀에게 한 가지 일화가 떠올랐다. 어딘지 장난기 어린 미소가 그녀의 진지한 눈매에 묻어났다.

"어렸을 때 하인들이 하는 얘기를 들은 적이 있어요. 그 사람들 말로는 그곳에 댐을 세우려면 산 것을 집어넣고 막아야 한다나요. 백 년쯤 전인가 저 건너 어떤 제방에는 집시 아이 하나를 묻었다죠. 그 어미가 적잖은 돈을 받아 챙겼다지만 요즘 세상에 누가 자식을 팔겠어요."

하우케는 고개를 저었다.

"우리한테 자식이 없는 게 천만다행이구려. 그랬다면 여지없이 우리 애를 내놓으라고 했을 테니 말이오!"

"그럴 순 없어요!"

엘케는 무서운 듯 몸을 움츠렸다.

하우케가 미소를 지었으나 엘케가 되물었다.

"그리고 그 어마어마한 비용은요? 그것도 산정해봤어요?"

"그래요, 엘케. 그러나 긴 안목으로 보면 거기서 얻게 될 이득이 더 많을 거요. 구제방을 유지하는 데 드는 비용도 새 제방이 생기면 상당히 절감될 것이고. 우리가 직접 나서서 일을 하는 거지. 조합에 마차가 여든 대나 있고 젊은 일손도 부족함이 없어요. 적어도 당신이 날 쓸데없이 제방 감독관 자리에 올려놓은 건 아닐 거요. 엘케, 난 저들에게 내가 어떤 사람인지 보여주고 싶소!"

웅크리고 앉아 근심 어린 눈으로 그를 바라보던 엘케가 이내 한숨을 내쉬며 몸을 일으켰다.

"아직 할 일이 남아 있어요. 당신도 일 보세요, 하우케!"

그녀는 차분히 그의 뺨을 어루만지며 말했다.

"알았소, 엘케!"

그는 진지한 미소를 지으며 말했다.

"우리 둘 다 할 일이 많구려!"

두 사람은 분주한 일상을 보냈다. 그러나 그중 가장 무거운 짐은 사내의 어깨에 지워졌다. 일요일 오후나 사무를 끝낸 저녁 시간에 하우케는 유능한 토지 측량 기사와 함께 계산과 도면, 제도에 몰두했고 혼자일 때도 한밤중이 되어서야 일을 마치고는 했다. 일과를 마치면 그는 엘케와 함께 쓰는 침실로 갔다. 거실의 몽롱한 벽침대는 하우케에게는 무용지물이었다. 그의 아내는 실상은 가슴을 두근거리며 그를 기다리고 있다가도 남편이 늦게나마 휴식을 취할 수 있도록 눈을 감고 잠이 든 체하며 누워 있었다. 때때로 그는 아내의 이마에 입을 맞추고 나지막이 다정한 말들을 속삭이다가 드러눕고는 했는데 첫닭이 울 무렵에야 잠드는 날도 드물지 않았다. 겨울에 폭풍이 몰려오자 그는 제방으로 뛰어나갔다. 그가 도면을 그리고 중요한 사항들을 기록하는 동안 돌풍이 그의 모자를 벗겨가기도 하고 긴 납빛 머리카락이 달아오른 얼굴 위에서 흩어지기도 했다. 얼음이 얼어 길이 막히기 전에 하인 하나를 태우고 갯가로 나가 연추(鉛錘)와 막대로 불확실하던 조수(潮水)의 깊이를 재기도 했다. 엘케는 그가 염려되어 마음 편할 날이 없었다. 그러나 하우케는 아내가 일을 마치고 돌아온 그의 손을 꼭 잡거나, 평소에는 고요하던 그녀의 눈에 불안한 광채가 보일 때에만 겨우 그런 낌새를 알아차릴 뿐이었다.

"인내심을 가져요, 엘케."

한번은 엘케가 쉽사리 그를 보내주지 않자 하우케가 말했다.

"매립 허가 신청서를 내기 전에 모든 준비를 제대로 해야 하오!"

그제서야 엘케는 고개를 끄덕이며 그를 놓아주었다. 시내에 사는 제방 관리국장에게로 말을 달리는 일도 잦아졌다. 집안일, 농사일이 끝나도 제방 설계와 관련된 잡무는 한밤중까지 이어졌다. 농사일과 사무 외의 인간관계는 거의 사라지고 부인과의 관계마저 소원해질 정도였다.

"힘든 나날이구나. 쉽게 끝나지는 않을 거야."

엘케가 이렇게 혼잣말을 하며 자기 일을 보러 나갔다.

햇살과 봄바람이 북해 전역의 얼음을 깨뜨릴 즈음 비로소 마지막 준비 작업이 끝났다. 상급 관청의 허가를 받기 위해 제방국장에게 제출할 청원서와 충적지 매립 사업안에는 간척지 개발이 공공 이익을 촉진함은 물론, 수년 내에 약 천 데마트 정도에 해당하는 소작료를 추가로 거둬들이게 됨으로써 영주(領主)의 재정에도 보탬이 되리라는 내용이 깨끗이 정서되어 있었다. 거기에 제방이 축조될 지역의 현존하는 수문과 배수로들,

새로 시공될 시설들을 표시한 설계 도면과 도안이 기타 첨부 자료와 더불어 단단한 마패로 묶여졌으며, 그 위에 제방 감독관의 직인이 찍혔다.
"이거요, 엘케. 성공을 빌어줘요!"
젊은 제방 감독관 하우케가 말했다.
엘케는 그의 손을 잡으며 말했다.
"우리가 마음을 합쳐야 해요!"
"그럼."
청원서는 말을 탄 우편배달부에 의해 배달되었다.

"선생께서도 짐작하시겠지만,"
선생이 얘기를 멈추고 부드러운 눈으로 나를 물끄러미 바라보며 말했다.
"지금까지 해드린 얘기 중에는 제가 이 간척지에서 사십 여 년을 살며 식자들이 남긴 기록을 통해 알게 된 것도 있고, 그 사람들의 손자, 증손자들로부터 전해 들은 일화들도 있습니다. 이야기란 원래 시작이 있으면 끝도 있어야 하는 법이니 구색을 맞춘다고나 할까요. 앞으로의 이야기는 예나 지금이나 만성절이 다가와 물레 잣는 소리가 시작되면 갯마을 전역을 떠도는 애깃거리입죠."

당시 제방 감독관의 농장에서 북쪽으로 오육백 걸음 쯤 떨어져 있던 제방에서 내다보면 연안을 따라 몇 천 걸음 되는 반대편 갯가에 '예버스 모래섬' 혹은 그저 '예버스 섬'이라고 부르는, 만조 때면 물에 잠기는 외딴 섬이 있었다. 선조 대에만 해도 풀이 돋아 양들의 목초지로 쓰이던 곳이었으나 홍수 때마다 수차례 물에 잠겨 풀마저 자취를 감추자 그 낮은 섬은 어느덧 목초지 구실도 못 하게 되었다. 달 밝은 밤 제방에서 보면 안개의 장막이 짙어졌다 흐려지기를 반복할 뿐 섬은 갈매기와 해변을 나는 이름 모를 새들, 드물게 나타나는 물수리 외에는 무엇도 눈에 띄지 않는 곳이 되었다. 달이 동쪽에서 섬을 비추는 밤이면 익사한 양들의 빛바랜 뼈와, 어떻게 그곳까지 갔는지 누구도 알 바 없는 말의 뼈대가 하얗게 모습을 드러냈다.

3월 말이었다. 테데 하이엔의 집에 기거하는 날품팔이 일꾼과 젊은 제방 감독관 집의 하인 이벤 욘스는 일을 마친 후 희미한 달무리 아래 나란히 서서 식별조차 하기 힘든 섬을 물끄러미 바라보고 있었다. 그들은 무엇인가에 홀려 그 자리에 붙들려 있는 것 같았다. 날품팔이 일꾼이 손을 주머니에 찔러 넣고 몸을 떨며 말했다.

"어이, 이벤. 저런 데 정신 팔면 못써. 집으로 가자구!"

이벤 역시 등골이 오싹했으나 웃음을 흘리며 말했다.

"어, 이거 왜 이래! 저거 살아 있는데, 무지 큰걸! 세상에 어떤 자가 저걸 개펄까지 갖다놓은 거야! 저것 좀 보라구! 우리를 향해 목을 쭉 빼고 있잖아. 어, 고개를 수그리고 뭘 먹고 있어! 저기 먹을 거라곤 씨가 마른 줄로 아는데! 대체 저게 뭐야?"

"그게 우리랑 무슨 상관인가!"

날품팔이 일꾼이 대답했다.

"잘 자라구, 이벤. 자네가 정 가기 싫다면 나 혼자 집으로 가겠네!"

"그래, 그래. 자네는 마누라가 있다 이거지. 이불 속이 뜨듯하겠구먼. 난 집에 가봐야 삼월 찬바람만 쌩쌩 분다구!"

"그럼, 먼저 자러 가네!"

제방을 따라 내려가며 날품팔이 일꾼이 대꾸했다. 이벤은 앞서가는 일꾼을 한두 차례 쳐다보았으나 기이한 것을 보고 싶은 호기심이 아직 그를 붙들고 놓아주지 않았다. 그때 마을 쪽에서 제방 위로 땅딸막하고 어두운 형체가 그를 향해 다가오고 있었다. 제방 감독관 집의 심부름꾼 소년이었다.

"무슨 볼일 있냐, 카르스텐?"

이벤이 그를 보고 물었다.

"저는 아니고요."

소년이 말했다.

"주인어른이 좀 보자시는데요. 이벤 욘스!"

이벤은 어느새 다시 섬을 바라보고 있었다.

"알았어, 금방, 금방 간다구!"

"뭘 그렇게 봐요?"

소년이 묻자 이벤이 손을 들어 말없이 섬을 가리켰다.

"와!"

소년이 속삭이듯 말했다.

"저거 말이네요! 백마요. 저건 악마가 타는 말이 분명해요. 저게 어떻게 예버스 섬까지 갔을까요."

"모르겠다. 카르스텐. 저게 진짜 말이라면!"

"글쎄, 맞다니까요. 맞아요, 이벤! 저것 좀 봐요. 진짜 말처럼 풀을 뜯고 있잖아요! 저걸 누가 저기에 데려다놓았나 참말로. 우리 동네에 저놈을 실어갈 만큼 큰 배는 없어요! 아니면, 그저 양 한 마리인가. 페터 옴이 그러는데 달빛 아래서는 이탄 열 개만 모아놓아도 동네 하나를 갖다놓은 듯 커 보이는데요. 아니, 저기 봐요! 저게 뛰어오르네! 말이 틀림없어요!"

두 사람은 대화를 멈추고 건너편에서 희미하게 움직이고 있는 것에 시선을 고정시켰다. 달은 높이 떠서 연안을 멀리 비추고 높아져가는 밀물이 윤기 나는 개펄의 흙을 훑어내기 시작했다. 광막한 주변에는 낮게 물결치는 소리뿐 동물의 울음소리 같은 것은 들리지 않았다. 제방 뒤의 저지대도 텅 비어 있었고 암수 가릴 것 없이 소들은 모두 외양간에 들어 있었다. 그들이 백마라고 생각하는 말 한 마리만 예버스 섬에서 아직 꿈적댈 뿐 그 외에 움직이는 것이라고는 아무것도 없었다.

"훤해지는데……."

이벤이 정적을 깨뜨리며 말했다.

"희미해도 하얀 양뼈가 분명히 보이는걸!"

"저도요!"

소년이 목을 쭉 빼고 보다가 갑자기 생각난 듯 이벤의 팔을 잡아당기며 말했다.

"이벤! 그런데, 저기 저 자리에 있던 말뼈는 어디 갔어요? 안 보이는데요!"

소년이 숨죽여 말했다.

"어, 없네! 별일이군."

이벤이 말했다.

"이상한 일도 아니에요, 이벤! 전 잘 모르지만 어떤 밤에는요, 뼈들이 일어나서 살아 있는 것처럼 돌아다닌대요!"

"뭐라구? 그건 할망구들이나 믿는 미신 아냐!"

이벤이 말했다.

"그러지 말란 법도 없죠, 이벤."

소년이 말했다.

"참, 나 부르러 왔다며. 자, 이제 그만 돌아가야지! 백날 봐야 똑같은 놀음인걸, 뭐!"

소년은 이벤이 억지로 끌고 갈 때까지 그 자리를 떠나려고 하지 않았다.

"이봐, 카르스텐."

유령 같은 섬에서 좀 떨어진 곳에 이르자 이벤이 말했다.

"넌 배짱 두둑하기로 소문난 녀석이라며 직접 건너가서 살펴보고 싶지 않냐?"

"좋아요."

다시 한 번 몸을 오싹하며 카르스텐이 대답했다.

"그럴래요, 이벤!"

"진짜로? 그렇다면……."

소년과 다짐이라도 하듯 악수를 나누며 하인이 말했다.

"우리 내일 저녁 여기서 배를 띄우자. 네가 예버스 섬에 가 있는 동안 난 여기 제방 위에 서 있으마."

"그래요. 그거 괜찮겠네요! 채찍도 가져올게요!"

소년이 대답했다.

"그래라!"

침묵 속에 그들은 천천히 높은 둔덕을 올라 주인집에 도착했다.

다음날 비슷한 시간에 소년이 채찍을 들고 탕탕 소리를 내며 다가왔을 때 이벤은 외양간 앞 커다란 바위 위에 앉아 있었다.

"채찍 소리 한번 오싹하다!"

"그럼요, 아저씨도 조심하세요!"

소년이 말했다.

"노끈 끝에 못까지 매단걸요."

"자, 그럼 가자!"

하인 이벤이 말했다.

달은 전날처럼 동쪽 하늘 높은 곳에 훤히 떠 있었다. 얼마 후 두 사람은 다시 바깥 제방 위로 가서 물 위에 안개 조각처럼 떠 있는 예버스 섬을 바라보았다.

"또 시작이구나."

이벤이 말했다.

"점심 나절에 나와봤을 땐 아무것도 없더니. 어제도 하얀 말뼈가 있는 걸 분명히 봤는데."

"지금은 없는데요, 이벤!"

소년이 목을 빼고 속삭였다.

"자, 카르스텐, 어떠냐? 아직도 건너가고 싶어 몸이 근질근질하냐?"

이벤의 말에 카르스텐은 잠시 골똘히 궁리하다 채찍을 허공으로 높이 휘둘렀다.

"배의 닻줄이나 끌러요, 이벤!"

건너편에서는 섬을 거닐던 짐승이 목을 빼고 육지를 바라보는 듯하다가 이내 사라졌다. 그들은 어느덧 제방을 따라 배가 묶인 곳으로 내려왔다.

"자, 타라!"

이벤이 닻줄을 끄른 후 말했다.

"네가 돌아올 때까지 여기서 기다리마! 동쪽으로 배를 대야 한다. 거기라면 언제든 배를 댈 수 있으니까."

소년이 말없이 고개를 끄덕이며 채찍을 들고 어스름한 달빛 속으로 사라져갔다. 이벤은 제방 아래에서 배회하다가 조금 전까지 서 있던 자리로 다시 발길을 돌렸다. 곧 갯가의 수로와 맞닿는 가파르고 어두운 자리에 배가 닿고 어둠 속에 땅딸막한 형체가 섬으로 뛰어오르는 것이 보였다. 소년이 내리치는 채찍 소리였을까? 아니, 밀물이 높아가는 소리였을 수도 있다. 북쪽으로 몇 백 보 앞에 그들이 백마라고 생각한 것이 보였다. 바로 그 순간 소년은 그곳으로 다가가는 중이었다. 말이 고개를 쳐들고 놀란 듯 주위를 살폈다. 그리고 이제는 소년이 채찍을 내리치는 소리가 확실히 들렸다. 그런데, 무슨 일이었을까? 소년은 되돌아오고 있었다. 건너편에서는 말이 끊임없이 풀을 뜯고 있는데도 말 울음소리라고는 털끝만치도 들리지 않고 하얀 테를 두른 물안개 비슷한 것이 그 위를 지나고 있었다. 이벤은 넋 빠진 듯 그 광경을 바라보았다.

그때 이쪽 물가에 다시 배 닿는 소리가 들리고 여명 속에서 소년이 제방으로 올라왔다.

"그래, 카르스텐, 그게 뭐든?"

이벤이 묻자 소년이 고개를 설레설레 저으며 말했다.

"아무것도 아니었어요! 배가 닿을 때까지는 그놈이 보였는데, 섬에 내리자 땅으로 꺼졌는지 하늘로 솟았는지 달빛만 훤히 비추고 있잖겠어요. 그놈이 있던 자리로 가니까 모아놓으면 예닐곱 마리나 될까 싶은 색 바랜 양뼈만 남아 있더라구요. 거기서 좀 떨어진 곳에는 해골까지 달린 하얗고 긴 말뼈가 달빛에 뻥 뚫린 눈자위를 빛내며 누워 있었구요."

"흠!"

이벤이 말했다.

"제대로 본 거 맞지?"

"그럼요, 이벤. 바로 옆에서 봤잖아요. 그 우라질 놈의 도요새가 뼈다귀 위에서 웅크리고 자다가 소리를 지르며 날아가는 통에 엉겁결에 거기다 대고 몇 차례 채찍을 휘둘렀어요."

"그게 다야?"

"예, 이벤. 더는 몰라요."

"그걸로 충분해."

이벤이 소년의 팔을 잡아끌어 건너편 섬을 가리키며 말했다.

"저기 뭐가 보이냐, 카르스텐?"

"아니, 저런. 또 시작이네요!"

"또?"

이벤이 말했다.

"내가 그동안 쭉 건너다보고 있었는데 달라진 건 없어. 네가 다짜고짜 괴물에게 덤벼들던 것 빼고는!"

소년이 그를 뚫어질 듯 바라보았다. 평소 대담하던 그의 얼굴에 갑자기 섬뜩한 표정이 스쳐갔다. 이벤의 얼굴에서도 여전히 공포가 가시지 않았다.

"자, 돌아가자!"

이벤이 말했다.

"여기서 보면 진짜 살아 있는 것 같고 저 건너편에는 뼈만 누워 있으니…… 이건 우리 머리로 풀 수 있는 일이 아닌 게야. 입 꾹 다물고 있어라. 이런 얘기는 떠벌리고 다닐 일이 아니다!"

그렇게 그들은 돌아섰다. 소년과 하인은 나란히 걸으며 서로 아무 말도 나누지 않았고 개펄은 쥐 죽은 듯 그들 곁에 누워 있었다.

그런데 달이 기울고 점점 어두운 밤이 찾아올 무렵 또 다른 일이 일어났다.

말 시장이 열리던 날 하우케 하이엔은 시내로 말을 달렸다. 작정하고 간 것은 아니었으나 저녁 귀가길에 그는 말 한 필을 더 데리고 왔다. 갈비뼈 하나하나를 셀 수 있을 만큼 앙상하고 털이 거친 말이었으며 움푹하게 쑥 들어간 말의 눈은 해골에 난 검은 구멍을 연상시켰다. 엘케는 남편을 맞으러 현관으로 나갔다가 비명을 질렀다.

"에그머니나! 이 늙어빠진 백마는 뭐예요?"

하우케가 말을 집까지 끌고 들어와 물푸레나무 아래 서 있었기 때문에 그 불쌍한 짐승의 절름거리는 모습이 엘케의 눈에 띄었던 것이다.

그러나 젊은 제방 감독관은 웃으며 거세한 갈색 수말에서 뛰어내렸다.

"신경 쓰지 말아요, 엘케. 말값으로 얼마 치르지도 않았소!"

영민한 부인이 대답했다.

"하지만 싼 게 비지떡이란 것은 당신도 알잖아요!"

"꼭 그런 건 아니잖소, 엘케. 이놈은 많아봐야 네 살이오. 자세히 봐요! 워낙 굶주린 데다 함부로 휘둘려서 그렇지. 우리집 귀리가 이놈에게 좋은 보약이 될 거요. 너무 먹어 탈이 나지 않게 내가 직접 이놈을 돌볼 거고."

줄곧 고개를 숙이고 서 있는 말의 목 언저리에 갈기가 축 늘어져 있었다. 남편이 하인을 부르러 간 사이 엘케는 가까이 다가가 말을 자세히 살펴보았다. 그러나 그녀는 고개를 저었다.

"우리 마구간에 이런 놈은 들어와본 적이 없어!"

그때 심부름꾼 소년이 집 모퉁이를 막 돌아서다 갑작스레 놀란 눈빛으로 그 자리에 멈춰 섰다.

"이봐, 카르스텐."

제방 감독관이 말했다.

"뭘 그리 놀라지? 내 백마가 마음에 들지 않느냐?"

"아니, 저, 나리. 그럴 리가요!"

"그럼, 이 놈들을 마구간으로 데려가거라. 내가 곧 갈 테니 여물은 주지 말고!"

소년은 한 손으로 조심스레 백마의 고삐를 잡고 다른 손으로는 그로부터 보호하듯 낯익은 갈색 말의 고삐를 급히 다잡았다. 하우케는 아내와 함께 엘케가 그를 위해 데워놓은 맥주와 빵, 버터가 준비된 방으로 들어갔다. 요기를 하고 나서 그는 아내와 함께 방을 서성였다.

"엘케, 내 얘기 좀 들어봐요."

벽에 붙은 타일에 저녁 해그림자가 어른거리자 그가 말했다.

"저 말을 사게 된 사연을 듣고 싶지 않소? 제방 관리국장님 댁에 한 시간쯤 있었을까. 국장님이 오늘 내게 반가운 소식을 전해주셨거든. 내가 제출한 설계도에서 변경될 사항도 여러 가지 있지만 중요한 건 내 설계도에 허가가 떨어졌다는 거요. 며칠 후면 새 제방 축조령이 떨어질 거요!"

엘케가 무심코 한숨을 내쉬었다.

"그럼, 역시?"

"그래요, 여보."

그가 조심스레 말했다.

"힘들긴 할 테지. 하지만 난 그래서 신이 우리를 맺어주신 게 아닌가 싶소! 우리 살림살이는 별 탈이 없으니까 당신이 얼추 꾸려나갈 수 있을 거요. 앞으로 십 년 후를 생각해봐요. 그때는 새로운 소유지가 우리 앞에 놓여 있을 테니!"

그러나 남편의 말을 들으며 다짐하듯 그의 손을 꼭 쥐고 있던 엘케는 그의 마지막 말을 듣고 기뻐할 수 없었다.

"그건 누구를 위한 재산이죠?"

엘케가 물었다.

"당신은 다른 여자를 맞아들여야 할 거예요. 저는 아이를 낳지 못해요."

눈물을 흘리는 그녀를 하우케가 꼭 끌어안았다.

"그 문제는 주님께 맡기기로 합시다."

"지금도 그렇지만, 우리는 우리가 거둔 성과에 자족할 수 있을 만큼은 젊지 않소."

엘케는 하우케가 그녀를 안고 있는 동안 검은 눈으로 그를 오래도록 바라다보았다.

"미안해요, 하우케."

그녀가 말했다.

"저도 별수 없이 소견머리 없는 아낙인가 봐요!"

하우케가 고개를 숙여 그녀에게 입을 맞추었다.

"엘케! 당신은 나의 아내이고 나는 당신의 남편이오. 그리고 어떤 일이 있어도 그 사실은 변치 않아요!"

그러자 엘케가 그의 목을 꼭 끌어안았다.

"그래요, 하우케. 무슨 일이 닥치든 우리 둘은 함께예요."

그리고는 상기된 얼굴로 그에게서 벗어났다.

"백마에 대해 얘기한다고 했잖아요?"

엘케가 조용히 말했다.

"그랬지, 엘케. 방금 전에 당신에게 말했듯 제방 관리국장님이 전해주신 반가운 소식을 듣고 나는 너무 기뻐 둥실 뜬 기분이었소. 그렇게 시내를 다시 빠져나오다가 항구 뒤의 도로변에서 행색이 남루한 어떤 사내와 마주쳤소. 지나가는 뜨내기인지 땜질장이인지, 어디서 굴러먹던 자인지는 모르지만 아무튼 그 사람이 백마의 고삐를 끌고 오더란 말이오. 그 짐승이 머리를 들고 뭐라도 구걸하듯 멍한 눈으로 나를 바라다보더라구. 마침 주머니도 두둑했겠다, 내가 사내에게 물었소.

'이보게, 젊은 양반! 이 늙고 말라빠진 말을 어디로 데려가는 중인가?'

'팔러 가는데요!'

그자가 백마와 함께 멈춰 서더니 이렇게 대답하질 않겠소.

'나한테는 아니겠지!'

내가 농담 반 대답했지. 그랬더니 이 작자가 다시 이러더라구.

'그러지 말란 법 있나요. 이래 뵈도 좋은 말이라 백 탈러[30] 이하로는 안 팔 겁니다.'

나는 녀석의 얼굴에 대고 웃어버리고 말았지.

'그렇게 표나게 웃지 마십쇼. 나리께서 꼭 사실 필요도 없는뎁쇼. 그나저나 저한테는 쓸모도 없고 이놈도 제 곁에선 몸만 상할 듯싶습니다. 나리께서 데려가시면 제 꼴이 나올 갭니다!'

녀석이 청산유수로 읊어대더라고. 그래서 나는 갈색 말에서 내려 백마의 주둥이를 들여다보았다오. 그랬더니 과연 그의 말대로 아직 어린 놈이지 않겠어.

'얼마면 되겠소?'

어쩐지 말이 애원하듯 나를 바라보는 것 같아 나는 묻지 않을 수 없

---

30 Taler: 18세기 중엽까지 통용되던 독일 은화(銀貨)의 단위. 현재 화폐 가치로 환산하면 약 1.5유로.

었지.

'나리, 삼십 탈러만 내십쇼! 그럼, 내 고삐째로 드릴 테니!'

그래서, 여보. 내가 그 사람이 내민 시커먼 갈퀴 같은 손에 돈을 쥐어 주었단 말이오. 그렇게 백마가 우리 것이 된 거요. 아마도 밑지는 흥정을 한 건 아닐 게요. 이상한 것은 내가 말을 데리고 길을 떠나려는데 바로 뒤에서 웃음소리가 들려왔어요. 돌아보니 그 집시 사내가 뒷짐을 진 채 아직 떡 버티고 섰더라고. 내 뒤통수에다 대고 악마처럼 웃으면서 말이오."

"퉤!"

엘케가 소리를 질렀다.

"백마가 옛 주인에게서 부정한 것을 옮겨오지 말아야 할 텐데. 백마가 부디 당신에게 행운을 불러들이길 바래요, 하우케!"

"할 수 있는 만큼 정성을 다할 테니 녀석은 적어도 잘 커줘야지."

제방 감독관은 조금 전 심부름꾼 소년에게 말했던 대로 마구간으로 갔다. 그러나 그가 말에게 꿀을 먹인 것은 그날만이 아니었다. 그날부터 그는 손수 먹이를 주어가며 백마에게서 눈길을 떼지 않았다. 그는 손해 보는 흥정을 한 것이 아니라는 것을 증명하고 싶었다. 한 치의 실수도 용납될 수 없었다. 그리고 몇 주 지나지 않아 말은 과연 허물을 벗은 듯 멀끔해졌다. 서서히 거친 털이 빠져나간 흰색 바탕에 매끈한 푸른 점이 돋아나기 시작했고 뜰에서 시험 승마를 했을 때는 탄탄한 다리가 날렵하게 움직였다. 하우케는 기괴했던 말 주인을 떠올렸다.

"그자는 바보였든가 어디서 말을 훔친 부랑아였음이 틀림없어!"

그가 혼잣말로 중얼거렸다.

얼마 지나지 않아 말은 마구간에서 멀리 떨어진 곳에서 주인의 발소리만 울려도 고개를 돌려 그를 향해 '히잉' 하며 울었다. 하우케는 이 말이 아랍인들이 찾는 명마, 얼굴에 군살이 없고 화염이 솟을 듯한 번쩍이는 갈색 눈을 가진 말이라는 사실을 이내 알아차렸다. 그는 말을 끌고 나와 가벼운 안장을 얹었다. 그가 앉기 무섭게 말은 환호성을 지르듯 목청을 높여 '히잉' 울며 하우케를 태우고 둔덕을 내려가 제방까지 나는 듯 달려갔다. 기수는 말 등에 요동 없이 앉아 있고 그들이 제방 위에 서자 말은 고요하고 가볍게 춤을 추듯 바다를 향해 머리를 돌렸다. 하우케는 말의 매끈한 목을 토닥토닥거리며 쓰다듬어주었다. 그러나 어루만져줄 필요도 없이 말과 기수는 하나가 된 듯 보였다. 그는 제방 북쪽으로 한 구역쯤 달리다가 말머리를 가볍게 돌려 다시 농장으로 돌아왔다.

하인들이 입구에 서서 주인이 돌아오기를 기다리고 있었다.

"자, 욘스! 이번엔 자네가 타고 소택지를 한번 달려보게나. 아마 요람에 탄 기분이 들 걸세!"

하우케가 말에서 내리며 외쳤다.

심부름꾼 소년이 하인 이벤 욘스가 끌러놓은 안장을 들고 마구간으로 가는 도중에 백마는 고개를 흔들며 햇살이 퍼지는 개펄을 향해 크게 코울음 소리를 내더니 머리를 주인의 어깨에 기대고 그의 편안한 손길에 기분 좋게 몸을 내맡겼다. 그런데 하인이 자기 등에 오르려 하자 돌연 펄쩍 뛰어올라 옆으로 비켜서며 아름다운 눈을 주인에게 고정시킨 채 움직이지 않았다.

"저런, 이벤, 다친 게냐?"

하우케가 하인을 땅에서 일으켜주며 물었다.

"아닙니다요, 나리. 괜찮습니다. 그나저나 저 백마는 유령이나 타겠습니다!"

하인은 연신 엉덩이를 문지르며 말했다.

"그리고, 나!"

하우케가 웃으며 덧붙였다.

"자, 녀석의 고삐를 잡고 소택지로 데려가게나!"

하인이 멋쩍은 듯 주인의 명령을 따르자 백마는 순순히 그를 따라갔다.

그로부터 며칠 후 해 질 무렵, 하인 이벤 욘스와 심부름꾼 소년 카르스텐은 마구간 앞에 서 있었다. 제방 너머로 노을이 지고 간척지에는 이미 짙은 어둠이 뒤덮이고 있었다. 멀리서 놀란 소 울음소리와 족제비나 물쥐의 습격을 받아 죽어가는 종달새의 비명 소리만 간간이 들려왔다. 하인은 문설주에 기대어 곰방대를 빨고 있었다. 담배 연기는 더 이상 보이지 않았고 하인과 심부름꾼 소년은 둘 다 말이 없었다. 소년은 뭔가 속으로 끙끙거리고 앓으면서도 입을 다물고 있는 이벤에게 어떻게 말을 붙여야 좋을지 안절부절못하는 눈치였다.

"저기, 이벤!"

소년이 마침내 말을 꺼냈다.

"그 예버스 섬의 말뼈 있잖아요."

"그게 뭐?"

하인 이벤이 물었다.

"이벤! 그게 뭐라니요? 그거 이젠 거기에 없어요. 낮에도 달밤에도. 제가 아마 스무 번도 넘게 제방에 올라갔었을 거예요!"

"오래된 뼈들은 서로 부딪혀 삭아버리기도 하는 법이야!"

이벤이 계속해서 곰방대를 빨며 조용히 말했다.

"그렇지만, 제가 달밤에도 나가봤는걸요. 저 건너 예버스 섬에서도 감쪽같이 사라졌다니까요!"

"그럼 뼈들이 무너져 내려서 다시는 못 일어나는가 보지!"

이벤이 말했다.

"농담 말아요, 이벤! 전 이제 알아요. 그게 어디 있는지 안다니까요!"

하인이 돌연 그를 향해 몸을 돌렸다.

"그래, 그게 어디 있는데?"

"어디냐구요?"

소년이 의미심장하게 말을 반복했다.

"우리집 마구간에요. 저기요. 섬에서 그게 사라진 날부터라구요. 주인 나리가 저 녀석을 손수 먹이는 것도 다 이유가 있다니까요. 틀림없어요, 이벤!"

이벤은 한동안 어둠 속을 향해 담배 연기를 뻑뻑 내뿜었다.

"이런 실없기는, 카르스텐. 우리집 백마? 그 말이 살아 있는 거였다면 저놈이었을 수도 있겠지. 너같이 담 크고 빠릿빠릿한 녀석이 설마 그따위 미신 나부랭이를 믿는 건 아니겠지!"

그러나 심부름꾼 소년의 생각은 바뀌지 않았다. 살아 있는 백마에게 유령이 씌이지 말란 법이 있나! 정반대로 그래서 더 사악할 수도 있는 법이지! 그는 저녁 무렵 마구간으로 들어설 때마다 경기를 하곤 했다. 여름에는 때때로 마구간에 들어가 있다가 백마가 불꽃이 이는 듯한 눈으로 돌연 그를 바라보면 이렇게 으르렁거렸다.

"에이, 귀신은 저런 거 안 잡아가고 뭐 하나. 네 낯짝 볼 날도 이제 얼마 안 남았다구!"

그렇게 그는 비밀리에 새로운 일자리를 찾았고 '모든 성인 대축일〔萬聖節〕' 무렵에 올레 페터스의 집으로 자리를 옮겨 갔다. 거기서 그는 제방 감독관 집의 악령 씌인 말 얘기를 반색하며 들어줄 청중들을 만났다. 뚱뚱한 폴리나 부인과 좀 모자라는 그녀의 아버지, 그리고 전 제방위원 예스 하르더스는 몸에 소름까지 돋혀가며 이야기를 듣고 나서 제방 감독관에게 반감을 품고 있는 사람들이나 쑤군덕거리기 좋아하는 사람들에게 들려주었다.

3월 말에는 벌써 제방국장으로부터 새 제방 축조령이 하달되었다. 하우케는 어느 날 제방위원들을 교회 근처 주점에 소집했다. 제방위원들이 모두 참석해 하우케가 지금까지 모아온 문서들을 읽는 것을 경청했다. 하우케의 신청서와 제방국장의 통지서, 그리고 그가 제안해서 허가를 받은 제방의 측면도가 들어 있는 최종 통지서였다. 세 제방은 전처럼 가파르지 않고 바다 쪽으로 완만한 경사를 이루게 될 것이었다. 그러나 열렬한 지지를 보내거나 만족스런 얼굴로 듣고 있는 이들은 없었다.

"이거, 원."

늙은 제방위원 하나가 말했다.

"난처하게 됐군. 제방 관리국장님이 우리 제방 감독관님만 철석같이 믿고 계시니 설사 우리가 반대한대도 무슨 소용이 있겠어!"

"데트레브 빈스 씨 말이 맞아요. 봄철 부역이 코앞인데, 이제 만 리도 넘는 제방을 쌓게 생겼으니 이러다 두 마리 토끼 쫓는 꼴 나는 거 아닌가 모르겠소."

누군가 덧붙였다.

"여러분들은 올해 안으로 공사를 마칠 수 있습니다."

하우케가 말했다.

"물론, 번갯불에 콩 구워 먹듯 끝날 일은 아닙니다만."

하우케의 말에 수긍하는 사람은 거의 없었다.

"저 제방 측면도는 뭐구요? 바다 쪽으로 뻗은 새 제방의 측면이 저렇게 넓은데요. 원 만리장성도 저것보담은 짧겠네.[31] 재료는 또 어디서 다 구해 오고요? 일이 언제 끝을 보겠소?"

"올해가 아니면, 내년에는 끝납니다. 그건 전적으로 우리에게 달린 문제입니다."

하우케가 말했다.

성난 웃음소리가 좌중을 뚫고 지나갔다.

"아무튼 어째서 이런 쓸데없는 사업을 벌인단 말이오? 제방이 이전보다 더 높아지는 것도 아니구만. 지금 것도 삼십 년 동안 멀쩡하기만 한데."

누군가 큰 소리로 말했다.

"그렇습니다."

하우케가 말했다.

"삼십 년 전에 구제방이 무너졌었죠. 그리고 또 삼십오 년 전에도, 거기서 또 사십오 년 전에도 그랬고요. 그후로는 제방이 저렇게 가파르고 위험하게 서 있음에도 불구하고 홍수가 우리를 피해갔습니다. 새 제방은 홍수가 몰려와도 백 년, 아니 수백 년 동안 건재할 것입니다. 바다를 향한 새 제방의 완만한 경사는 파도가 부딪힐 때의 충격을 완화시켜 제방의 붕괴 위험을 차단합니다. 그렇게 되면 여러분들은 여러분 자신은 물론 후손한테까지 안전한 땅을 물려주게 되는 것이지요. 그것이 고위 관리들과 제

---

31 so breit, wie Lawrenz sein Kind nicht lang war: 원문은 "라브렌츠의 아들도 그것보다는 짧겠네." 함부르크에서 유래된 듯한 관용어구. 1600년경 라우렌티우스 담Laurentius Damm이란 사람의 아들이 견진성사(堅振聖事)를 받을 무렵 키가 이미 2미터 80센티미터에 달했다고 전해진다. 여기서는 제방의 길이를 빗대어 한 말인데 한국어 독자에게는 의미 전달이 힘든 비유이고, 일반화될 가능성도 없는 비유라고 판단해서 옮긴이가 임의로 의역했다.

방국장님이 저의 편을 들어주시는 까닭입니다. 그러니, 이 사업이 여러분 자신들에게 이익이 될 것임을 자각하시기 바랍니다!"

참석자들에게서 선뜻 대답이 없자 머리가 희끗한 노인 한 명이 어렵사리 의자에서 일어났다. 그는 하우케의 간청으로 아직 제방 고문 자리에 머물러 있던 엘케의 대부 예베 만너스였다.

"제방 감독관, 하우케 하이엔!"

노인이 말했다.

"당신이 신경 쓰이고 비용이 드는 일을 자초하는구려. 나는 솔직히 내가 저 자비로운 주님 곁으로 불려 갈 때까지는 당신이 그 일을 미뤘으면 하고 바랐소. 당신 말이 옳소. 누구든 반대한다면 어리석은 자일 테지. 우리가 그렇게 태만했음에도 신께서 저 기름진 간척지를 폭풍과 범람으로부터 지켜주신 걸 모두 매일 감사해야 할 거요. 그러나 이제는 우리 스스로 팔을 걷어부칠 시기가 온 것 같소. 우리의 모든 지식과 능력을 동원하여 신의 은덕을 거스르지 않도록 말이오. 친애하는 여러분, 이 늙은이는 제방이 축조되는 것도 무너지는 것도 봐야 했소. 그러나 하우케 하이엔이 신의 지혜를 빌려 설계하고 영주께서 승인하신 새 제방은 여러분이 살아 있는 한 붕괴되지 않을 것입니다. 여러분 자신이 아니더라도 여러분의 자손들이 그에게 감사의 화환을 바치지 않을 수 없을 것이오!"

예베 만너스는 다시 자리에 앉아 주머니에서 푸른 손수건을 꺼내 이마에 흐르는 땀방울을 훔쳐냈다. 그는 노령이었지만 아직 정정하고 사리분별이 바른 사람으로 알려진 이였다. 그의 의견에 이의가 없었으므로 누구도 입을 열지 않았다. 그의 말을 이어가는 하우케의 얼굴이 핼쑥했다.

"예베 만너스 어른! 이렇게 참석해주시고 의견까지 표명해주셔서 감사합니다. 여기 계신 다른 제방위원들께서도 새 제방 건설이 제게도 무거운 짐이라는 것과 이제는 이미 결정된 일이라는 점을 상기하시고 구체적인 세부 사항 논의로 들어가주셨으면 합니다."

"시작하시오!"

제방위원들 중 한 사람이 말했다.

하우케가 새 제방의 설계도를 탁자 위에 펼쳤다.

"조금 전에도 어느 분이 물으셨죠? 어디서 그 많은 흙을 퍼오느냐구요."

하우케가 말을 꺼냈다.

"보시다시피 충적지는 멀리 뻘까지 이어지고 제방선 밖에는 버려진 기다란 땅이 있습니다. 흙은 새 간척지와 제방을 남북으로 연결할 충적지에서 퍼올 수 있습니다. 바다 쪽에 질 좋은 점토가 있음은 물론이고 그 안쪽이나 가운데에서 모래 역시 퍼올 수 있을 겁니다. 그러나, 우선은 난바다에 새 제방선을 표시해줄 측량 기사를 불러야지요. 제 설계 일을 도와줬던 사람이 적임자일 듯합니다만. 그 다음에는 흙과 재료를 나를 자귀 달린 수레의 제작을 몇몇 수레 제작인들에게 위탁해야 할 것 같습니다. 개펄의 물줄기와, 모래를 좀 퍼내고 나면 별 쓸모가 없는 제방 안쪽을 메우는 데 짚이 몇 백 마차나 필요할지는 제가 지금 단언할 수 없습니다. 저지에 남아 있는 것만으로는 충당이 어려울 것 같은데…… 우선 이 모든 것을 어떻게 달성하고 일의 순서는 어찌 세울지 의견을 내주시기 바랍니다. 또 바다 저편 서쪽의 새 수문 제작도 솜씨 있는 목수에게 위탁해야 합니다."

제방위원들은 탁자 주변에 둘러서서 설계 도면을 지그시 바라보며 서서히 의견을 내기 시작했다. 그러나 그것도 어쩐지 무엇이든 얘기가 오가야 한다는 강박관념에서 그러는 것처럼만 보였다. 토지 측량 기사에 대한 문제가 거론되자 젊은 위원들 중 한 명이 말했다.

"제방 감독관님이 고안해낸 일이니 누가 적임자일지는 제방 감독관님이 제일 잘 아시겠지요."

그러자 하우케는 대답했다.

"야콥 마이엔 씨! 여러분들도 발언권이 있으시니 제 의견이 아닌 독자적인 의견을 내셔야지요. 위원님의 제안이 더 적합하면 저는 제 의견을 거두겠습니다."

"아이, 뭐. 어련히 잘 알아서 하시려구요."

야콥 마이엔이 말했다.

나이 든 위원 중 한 사람은 하우케의 제안에 그다지 흡족해하지 않았다. 그의 조카가 아마도 제방 감독관의 선친인 테데 하이엔보다 실력이 더 나을, 저지에 둘도 없는 빼어난 토지 측량 기사라고 했다. 두 토지 측량 기사를 놓고 논쟁을 벌이다 결국에는 두 사람에게 공동으로 일을 위임하기로 결정이 났다. 흙과 지푸라기를 운반할 수레 문제와 다른 안건들 역시 비슷한 과정을 거쳤다. 하우케는 저녁이 다 지나서야 녹초가 되어 그 무렵만 해도 늘 타고 다니던 가라말을 타고 집으로 돌아왔다. 그가 체중은 무거워도 가볍게 살다 간 전임 제방 감독관의 안락의자에 앉자 아내가 어느새 곁에 와 있었다.

"하우케, 너무 피곤해 보여요."

엘케가 가녀린 손으로 그의 이마에 흘러내린 머리카락을 쓸어주며 말했다.

"좀 그렇겠지."

그가 대답했다.

"일은 잘되어가요?"

"그럭저럭."

그가 쓴웃음을 지으며 말했다.

"바퀴까지 내가 직접 굴려야 하지만, 그나마도 뒤에서 잡아끌지만 않으면 다행이지!"

"모두 다 그런 건 아니겠죠?"

"그렇소, 엘케. 당신 대부이신 예베 만너스 씨는 좋은 분이오. 그가 삼십 년만 더 젊었으면 싶구려."

몇 주 후 제방선이 표시되고 흙을 실은 수레가 상당량 운반되었을 때 매립될 땅에 지분을 가진 이들과 구제방 안의 토지 소유주들이 제방 감독관의 소집 하에 교회 근처 주점에 모였다. 모임의 목적은 공사와 비용을 분담하고 이의가 있으면 수렴하는 것이었다. 새로운 제방과 수문을 설치하면 옛 간척지와 제방의 유지비가 줄어들게 되므로 현재의 토지 소유주들도 그만큼 비용을 부담할 책임이 있었다. 제방 관리국장이 나서서 일을 도울 사환과 서기를 보내주지 않았더라면 하우케가 불철주야 일했어도 그리 쉽게 결말이 나지 않았을 것이다. 그가 초죽음이 되어 집에 돌아오면 아내도 예전처럼 자는 체하며 그를 기다리지 않았다. 그녀 역시 반복되는 빡빡한 일과로 깊은 우물 바닥에 드러누운 사람처럼 세상모르는 깊은 잠에 빠져 있었던 것이다.

서류들을 주점에 게시한 지 사흘 후, 하우케가 계획안을 낭독하고 탁자 위에 펼쳐놓자 제방 감독관의 사심 없는 열정에 감동하여 고민 끝에 그의 의견을 따르는 사람들이 하나 둘씩 생겨났다. 한편 새로운 간척지가 될 땅이 선친이나 전 소유주에 의해 이미 처분됐거나, 혹은 스스로 지분을 팔아치워 새삼 이해관계를 따질 필요도 없는 사람들은 아무 연고도 없는 새 간척지 공사에 당찮은 비용을 부담하게 되었다고 불평 소리가 드높았다. 그들은 새 간척지가 조성되면 지금 소유한 자기네들의 땅에도 점차 혜택이 돌아가게 되리라는 사실을 간과하고 있었다. 운 좋게 새 간척지가 될 곳에 땅을 가진 사람들조차도 과중한 공사 비용을 부담할 수 없으니 이 참에 땅을 헐값에 팔아버리겠노라고 아우성이었다. 그런 와중에 분한 얼굴로 문설주에 기대 있던 올레 페터스가 좌중을 향해 소리를 질렀다.

"잘들 생각 좀 해보시고 우리 제방 감독관님의 말을 믿든가 말든가 하쇼. 계산이라면 저 양반을 따라갈 이가 없지 않소! 우리 중에 땅도 제일 많지 않냐 말이오. 내 땅도 이미 열에 아홉은 흥정해 가버렸고. 흥, 제 땅이 불어나기 무섭게 제방을 쌓으라고 나서는군!"

그 말과 동시에 좌중은 물을 끼얹은 듯 조용해졌다. 제방 감독관은 방금 전 서류들을 펼쳐놓았던 탁자 앞에 서서 고개를 들어 올레 페터스를 바라보았다.

"올레 페터스, 당신 스스로가 잘 알겠지."

하우케가 말했다.

"그 말이 터무니없는 비방이라는 것을. 그럼에도 당신이 이러는 이유는 당신이 던진 더러운 욕지거리들이 쉽사리 떨어져나가지 않으리라는 것을 누구보다 잘 알기 때문이지. 실은 땅을 팔려고 나선 것이 당신이었고, 나는 당시 내 양들을 먹일 목초지가 필요했던 것뿐이었단 말이오. 더 듣고 싶소? 당신이 술자리에서 입에 올렸다는 파렴치한 말, 내가 아내 덕에 제방 감독관이 됐다는 소리는 내게 오히려 자극제가 되었지. 그래서, 나는 언젠가 당신에게 보여주고 싶었소. 내 스스로 제방 감독관이 될 자격이 있다는 걸 말이오. 올레 페터스, 난 지금껏 선임 제방 감독관이 처리했어야 할 일들을 해왔소. 당신은 과거의 당신 땅이 내 소유가 돼버린 게 분할 뿐이야. 당신도 들어서 알겠지만, 당신보다 싼 값에 땅을 팔아넘기려는 사람들이 지천이오. 할당될 일거리가 너무 부담스러워서 말이오!"

모여 있던 사람들 중 일부가 웅성거리며 동의했다. 군중들 틈에 서 있던 예베 만너스 노인이 큰 소리로 외쳤다.

"하우케 하이엔 만세! 하느님께서 그대의 사업을 성공으로 이끄시리다!"

올레 페터스가 입을 다물었지만 회의는 사람들이 저녁식사를 하러 뿔뿔이 흩어질 때까지 매듭을 짓지 못하고 재개된 모임에서야 모든 안건이 해결되었다. 그러나, 그 역시 하우케가 다음 달에 자기가 부담해야 할 짚세 마차분 대신 네 마차분을 내겠다고 제안하고 나섰다.

성령강림제(聖靈降臨祭)[32] 종소리가 마을 전역에 울려 퍼질 무렵 마침내 공사가 시작되었다. 달구지들이 충적지에서 제방선까지 진흙을 날라와 부리고 다시 새 흙을 실으러 부지런히 오갔다. 제방선에서는 인부들이 곡괭이와 삽을 들고 부려놓은 흙을 쓸 자리로 옮겨 와 고르고 있었다. 엄청난 양의 짚이 날라져와 쌓였다. 짚은 모래나 마른 흙처럼 제방 안쪽을 메울 가벼운 자재들을 덮는 데만 쓰이는 것이 아니었다. 제방이 한 구간씩 서서히 완성되어가자 제방 위에 깐 뗏장들이 덤벼드는 파도에 맞서 견디도록 튼튼한 새끼줄로 엮어두어야 했다. 공사장 감독들이 이리저리 누비며 폭풍우가 몰려오면 입이 찢어져라 외치며 바람과 빗속을 뚫고 명령을 내렸다. 제방 감독관은 애마가 된 백마를 타고 그 사이를 누볐다. 그가 간결한 어조로 명령을 내리거나 인부들에게 칭찬을 할 때, 혹은 게으른 자나 일이 서투른 자를 매몰차게 작업장에서 내쫓을 때도 백마는 기수를

---

32 Pfingsten: 오순절(五旬節)이라고도 함. 성령이 세상에 임한 날을 기념하는 축일로 그리스도의 부활에서 50일째에 해당하는 날이다.

태우고 이리저리 달렸다.

"이런 쓸모 없는!"

그가 외쳤다.

"당신같이 게으른 자들이 우리의 제방을 망쳐서는 안 돼!"

그가 간척지로부터 올라올 때면 멀리서 말의 거친 숨소리가 먼저 들려왔고 그러면 모두가 더 힘을 내서 일에 매달렸다.

"힘내라! 백마의 기사가 온다!"

아침 먹을 시간이 되어 인부들이 빵을 들고 삼삼오오 무리를 지어 자리를 잡고 앉으면 하우케는 텅 빈 작업장을 따라 말을 달리며 꼼꼼하게 작업장을 살펴본 후 삽질이 엉성한 곳을 족집게로 집어내듯 찾아내곤 했다. 그러나 그가 인부들에게 다가와 일을 지시하면 그들은 멀뚱히 바라보며 천천히 빵을 씹을 뿐 가타부타 말이 없었다.

한번은 아침식사 시간으로는 조금 늦다 싶을 무렵이었는데 제방 감독관이 유난히 공사가 잘 마무리된 부분을 발견하고 근처에서 아침을 먹고 있던 무리들에게 말을 타고 다가갔다. 그는 백마에서 뛰어내리며 유쾌한 어조로 그렇게 말끔하게 일처리를 한 사람이 누구냐고 물었다. 그러나 인부들은 멈칫대며 언짢은 양 바라보다가 내키지 않는 듯 꾸역꾸역 몇몇 이름을 댔다. 제방 감독관의 말을 건네받은 사람은 양처럼 순하게 서서 두 손으로 말을 붙든 채 겁먹은 표정으로 여느 때처럼 주인을 바라보는 말의 아름다운 눈을 바라보고 있었다.

"이보게, 마르텐!"

하우케가 물었다.

"가랑이 사이로 벼락이라도 쳤나? 왜 그렇게 엉거주춤 서 있지?"

"감독관님, 말이 마치 무슨 꿍꿍이라도 꾸미는 것처럼 너무 조용해서요!"

하우케가 큰 소리로 웃으며 스스로 고삐를 쥐자 말은 기다렸다는 듯 주인의 어깨에 머리를 대고 어루만져주기를 기다렸다. 인부들 중 몇몇은 말과 기사를 곁눈질로 훔쳐보고 어떤 이들은 주위에 상관없이 묵묵히 아침을 먹다가 먹이 냄새를 맡고 날씬한 날갯죽지를 펴서 머리 위를 바짝 덮은 갈매기들에게 부스러기를 던져주었다. 제방 감독관은 잠시 무심하게 먹이를 구하는 새떼를 바라보았다. 새들은 던져준 먹이를 부리로 낚아채고 있었다. 이윽고 하우케는 사람들을 외면하고 말 안장에 올랐다. 인부들 사이에 떠들썩하게 오가는 말 중의 몇 마디는 그를 조롱하는 소리처럼 들렸다.

"왜들 저럴까?"

하우케는 혼잣말로 중얼거렸다.

"너나 할 것 없이 반대하리라던 엘케의 말이 맞는 걸까? 하인들과 평민들까지 나의 새 제방 덕에 점차 형편이 나아질 텐데도?"

그가 말 옆구리를 치자 말은 미친 듯 간척지로 내달렸다. 예전에 그의 집에서 일하던 심부름꾼 소년이 백마에게 붙여준 으스스한 후광에 대해 그는 물론 짐작조차 하지 못했다. 그러나 사람들은 이제 그의 여윈 얼굴에서 빛나는 눈이며 펄럭이는 외투자락, 그리고 불꽃이 튈 것 같은 백마의 눈을 보며 떠도는 소문의 진상을 확인하는 것만 같았다.

그렇게 여름과 가을이 지나가고 공사는 11월 말경까지 계속됐다. 이후로는 서리와 눈 때문에 일을 추진할 수 없었다. 사람들은 공사를 끝내지 못하고 간척지를 그대로 두기로 결정했다. 제방은 이제 바닥에서 8피트 가량 솟아 있었고 바다를 마주보며 수문이 설 서쪽에만 공터가 남아 있었다. 구제방 앞 개펄 수로도 아직 손을 대지 못한 상태였다. 구제방이나 새 제방에 피해를 주지는 않더라도 밀물이 지난 30여 년간 그랬듯 간척지로 밀려 들어올 수도 있었다. 사람들은 인간의 손으로 벌인 사업을 위대한 신께 위탁하고 신의 가호로 봄볕이 공사를 완성시켜주기만을 기원했다.

　한편 그동안 제방 감독관의 집에는 경사가 있었다. 결혼 9년 만에 엘케와 하우케 사이에 아이가 태어난 것이었다. 붉고 쭈글쭈글한 아기의 몸무게는 7파운드[33] 정도였다. 아이는 갓 태어난 여느 계집아이들과 별반 다를 것이 없었지만 기이하게도 우는 소리가 거의 들리지 않아 산파에게 께름칙한 기분을 남겼다. 그리고 무엇보다 힘들었던 것은 아이를 낳은 지 3일 만에 산모가 심한 산욕열에 시달리며 병상에서 헛소리를 하고 남편도 산파도 알아보지 못하는 것이었다. 아기를 보았을 때 느낀 하우케의 무한한 기쁨은 순식간에 슬픔으로 변해버렸다. 시내에서 의사가 불려왔으나 침대 곁에서 맥박을 재고 처방을 쓰는 것 외에는 별수 없이 환자 곁을 서성일 뿐이었다. 하우케는 고개를 저었다.

　"의사도 소용이 없군! 믿을 건 하느님뿐인가."

　그가 나름대로 키워온 기독교 신앙에는 기도를 주저케 하는 무엇이 있었다. 의사가 돌아가자 그는 창가에 서서 겨울 풍경을 내다보며 환영 속에 헛소리를 지껄이는 환자를 두고 두 손을 모아 기도를 올렸다. 그것이 신에 대한 외경심에서였는지 견딜 수 없는 공포 속에서 자신을 지탱하기 위한 방법이었는지는 하우케 스스로도 알 수 없었다.

　"물! 무울!"

　환자가 중얼거렸다.

　"나를 잡아요!"

---

33 Pfund: 1파운드는 500그램.

그녀가 소리쳤다.

"나를 잡아줘요, 하우케!"

높아졌다가 사그라지는 그녀의 목소리는 꼭 흐느낌처럼 들렸다.

"바다요? 먼 바다로 나가요? 아, 하느님, 이제 다시는 그를 못 만날 거예요!"

하우케가 돌아서서 간병인을 그녀의 침대에서 밀어낸 후 무릎을 꿇고 아내를 자기 품에 안았다.

"엘케! 엘케! 나를 못 알아보겠소? 내가 여기 있지 않소!"

그러나 열에 들뜬 환자의 큰 눈은 가망 없이 초점을 잃어갔다. 하우케가 엘케를 다시 자리에 누이고 두 손을 움켜쥐었다.

"자비로운 주님!"

그가 외쳤다.

"그녀를 제게서 데려가지 말아주소서! 제가 이 사람 없이 살 수 없다는 건 당신께서 잘 알고 계십니다."

뭔가를 골똘히 생각하는 듯하던 그가 작은 소리로 덧붙였다.

"저는 알고 있습니다. 당신 역시 모든 일을 바라는 대로 행할 수는 없다는 사실을. 지혜로우신 주님! 당신의 뜻대로 행하소서. 오, 주여! 제게 한 마디만 응답을 주소서!"

일순에 적막감이 돌고 낮은 숨소리만 들려왔다. 그가 침대 곁으로 돌아가자 아내는 고요히 잠들어 있고 다만, 간병을 하는 여자가 놀란 눈으로 그를 바라보고 있었다. 문 여닫는 소리가 났다.

"누구요?"

그가 물었다.

"나리, 하녀 안네 그레테가 나갔습니다. 방금 보온통을 가져왔다가요."

"그런데, 레프케 부인은 왜 저를 그렇게 이상한 눈으로 쳐다보십니까?"

"제가요? 나리의 기도를 듣고 놀랐나 봅니다. 그런 식으로는 어느 누구도 죽음에서 구해내실 수 없을 것 같아서요!"

하우케는 그녀를 뚫어질 듯 바라보았다.

"당신도 안네 그레테처럼 네덜란드인 수선공 얀테 집에서 열린다는 비밀 집회에 나가요?"

"예, 나리! 저희 둘 다 독실한 신자인걸요."

하우케는 더 이상 대꾸하지 않았다. 당시 성행하던 네덜란드의 분리정교[34]가 프리슬란트 사람들 사이에서도 꽃을 피우고 있었다. 몰락한 수공업자나 술 때문에 자리에서 쫓겨난 교사들이 주동이 되고 하녀나 늙고 젊은 아낙네들, 게으름뱅이나 외로운 사람들이 열렬히 집회를 찾아다녔는데 그곳에서는 누구나 설교자가 될 수 있었다. 제방 감독관 집의 안네 그레테와 그녀에게 홀딱 반한 잡부도 일을 마친 저녁이면 그리로 갔다. 엘케가 이교도에 대한 그녀의 우려를 솔직하게 털어놓은 적이 있으나 하우케는 신앙의 문제란 타인이 참견할 것이 아니라고 여겼으므로 관여하지 않았다. 더구나 누구를 해치는 것도 아니니 술집에 가 있는 것보다야 낫다고 생각했다.

그래서 이번에도 그때처럼 별다른 토를 달지 않았다. 하지만 다른 이들도 그에 대해 입을 다문 것은 아니었다. 그의 기도 내용이 집집마다 퍼져갔다. 그는 신의 전지전능하심을 부인한 것이다. 전지전능함을 뺀 신이란 무슨 존재인가! 그는 무신론자였다. 악령 씌인 말에 대한 소문도 사실

---

34 separatistische Konventikelwesen: 네덜란드에서 북프리슬란트로 넘어와 성행하던 이단 종교 집회.

일지 모른다!

하우케는 아무것도 눈치 채지 못했다. 이즈음 그의 눈과 귀는 오직 그의 부인을 향해서만 열려 있었고 아기조차도 그의 안중에는 없었다.

늙은 의사가 하루도 거르지 않고, 어떤 날은 두 번씩 왕진을 와서 밤을 새우며 환자를 돌보았다. 처방전이 나오면 이벤 욘스는 쏜살같이 약국으로 말을 달렸다. 그러던 어느 날 의사의 얼굴에 화색이 돌았다. 그가 제방 감독관에게 고개를 끄덕이며 말했다.

"됐어요. 이제 됐어요. 하느님께서 도우십니다!"

그의 의술이 병마를 이겨낸 것인지 아니면 하우케의 기도가 자비로운 신의 마음을 움직인 것인지 알 수 없었지만 의사는 환자와 단둘이 되자 그녀에게 눈웃음을 지어 보이며 말했다.

"부인, 이제는 자신 있게 말씀드릴 수 있습니다. 오늘이 이 의원에게 참 기쁜 날입니다. 부인께서 위독한 고비를 넘기셨어요."

그녀의 검은 눈에 기쁨의 물결이 일렁였다.

"하우케! 하우케! 어디 있어요?"

엘케가 하우케를 불렀다. 그를 부르는 환한 목소리를 듣고 하우케가 방으로 들어와 아내의 침대 위로 몸을 굽히자 그녀가 그의 목을 껴안았다.

"하우케, 여보! 살았대요! 당신 곁에 있게 됐어요!"

늙은 의사는 주머니에서 비단 수건을 꺼내 이마와 뺨의 땀을 닦고 고개를 수그리며 방을 나갔다.

그로부터 사흘째 되던 날 저녁, 한 신앙심 깊은 설교자가―그는 공사장에서 제방 감독관에 의해 쫓겨난 슬리퍼 제조공이었다― 네덜란드인 재단사 집의 이교도 비밀 집회에서 '신의 고유성이란 무엇인가'라는 주제로 설교를 늘어놓다가 이렇게 말했다.

"신의 전지전능하심을 부인하는 자들은, 신께서도 원하시는 걸 할 수 없을 때가 있다고 말합니다. 우리 모두 그 불경한 영혼의 주인공이 누구인지 알고 있습니다. 그는 암반처럼 교구를 짓누르고 있습니다. 그는 신으로부터 벗어나 악령을 벗삼고 있습니다. 누구든 의지하고 기댈 곳은 필요한 법이니까요. 그러나, 여러분! 여러분들은 자신들을 그러한 사탄의 손길로부터 지켜야 합니다. 이제 기도하십시다. 그의 기도는 저주요!"

그런 작은 교구에 비밀이란 없는 법. 이 소문 역시 집집마다 퍼져나갔다. 그러나 하우케는 아내를 가끔씩 품에 꼭 끌어안는 것 말고는 그에 대해 한마디도 언급하지 않았다.

"엘케, 변하지 말아요. 변치 말고 늘 내 곁에……."

그녀는 놀란 눈으로 그를 바라보았다.

"변하다뇨? 그러면 저더러 누구에게로 가란 말인가요?"

그러나 그녀는 이내 그의 말뜻을 이해했다.

"그래요, 하우케! 우리는 변치 않아요. 단순히 서로 필요해서만은 아니지요."

그럭저럭 그때까지는 모든 일이 순조로웠으나 바쁜 와중에도 그의 주변에는 늘 외로움이 감돌았고 하우케의 마음속에는 반감과 고립이 둥지를 틀기 시작했다. 그러나 그런 그도 아내에게만은 한결같은 사람으로 머물렀으며 마치 영원한 안식처라도 되듯 아침저녁으로 아이의 요람 곁에 무릎을 꿇고 앉아 있곤 했다. 하인과 인부들에게도 그는 점점 완고해져갔다. 서툴고 칠칠치 못한 이들에게 전처럼 조용히 나무라며 이끌어주는 대신 다짜고짜 혹독한 벌을 내리는 바람에 이따금 엘케가 나서서 조용히 그런 이들의 마음을 다독거려주었다.

봄이 가까워오자 제방 공사가 다시 시작됐다. 새로 축조 중인 수문을 보호하기 위해 반달 모양으로 가제방을 쌓아 서쪽 제방선에 난 틈을 안팎으로 메웠다. 수문과 마찬가지로 주제방도 당초 계획된 높이만큼 빠른 속도로 치솟아갔다. 그러나 공사의 총지휘자인 제방 감독관의 일은 수월해지지 않았다. 겨울에 세상을 떠난 예베 만너스 노인 대신 올레 페터스가 제방위원의 자리를 맡았기 때문이었다. 하우케는 이를 막지 않았다. 그가 종종 그의 아내의 대부로부터 받았던 따뜻한 격려와 왼쪽 어깨를 두드리던 다정한 손길 대신 그의 후임자로부터는 드러나지 않는 반목(反目)과 쓸데없는 시빗거리가 불거져 나왔다. 올레 페터스는 중요한 자리에 앉기는 했지만 제방 일에 대해서는 무지한 사람이었다. 게다가 그 옛적의 '펜대나 굴리는 하인놈'이 그에게는 여전히 눈엣가시였다.

바다와 개펄 위로 펼쳐진 하늘이 일 년 중 가장 맑은 때였다. 살진 소들이 다시 밖으로 나와 간척지에 알록달록 색을 입혔고, 소 울음소리는 이따금씩 광막한 적요를 깨뜨렸다. 높은 하늘에 지칠 줄 모르고 이어지는 종달새의 노래는 한 차례씩 멎고 난 후에야 제대로 들려왔다. 어떤 악천후에도 공사는 중단되지 않았다. 그동안 단 하룻밤도 임시 제방을 쌓아 보호할 필요가 없었으며 골격이 이미 완성된 수문에 색을 칠하는 일만 남아 있었다. 신은 이 새로운 과업에 은총을 베푸시는 듯했다. 남편이 백마를 타고 바깥 제방에서 집으로 돌아오면 엘케도 웃으며 그를 맞았다.

"이제 의젓한 준마가 되었구나!"

그녀는 말의 날씬한 목을 두드려주며 말했다. 엘케가 아이를 품에 안고 나오면 하우케는 말에서 뛰어내려 조그만 아이를 받아 품 안에서 얼러주었다. 그리고 말이 갈색 눈으로 아이를 바라보면 이렇게 말하며 어린 빙케—아이의 세례명이었다—를 안장 위에 앉혀 말을 끌고 농장을 한

바퀴 돌았다.

"자, 이리 와봐라. 너도 우리 아가씨에게 예를 표해야지!"

늙은 물푸레나무도 가끔 경의를 표할 영광을 누렸다. 하우케는 잘 휘는 나뭇가지에 아이를 올려놓고 그네를 태워주었다. 엘케는 현관문에서 웃음 띤 눈으로 바라보았으나 아이는 웃지 않았다. 아담한 코를 중심으로 자리 잡은 두 눈은 멍하니 허공을 바라볼 뿐 아버지가 내미는 조그만 나무 토막을 잡으려고 하지 않았다. 어린애들에 대해 잘 몰랐던 하우케는 그런 점에 그다지 신경 쓰지 않았다. 그러나 엘케는 종종, 비슷한 시기에 해산한 하녀의 팔에 안긴 계집아이의 또렷한 눈망울을 바라보며 괴로운 듯 말했다.

"우리 애는 아직 너희 애만 못하구나, 스티나!"

그러면 하녀는 곁에 있던 살찐 사내 녀석을 잡아당겨 정겹게 흔들어주며 대답했다.

"마님, 애들마다 다르답니다. 이 녀석은 두 살도 되기 전에 벌써 창고에서 사과를 훔쳐낼걸요."

엘케는 통통한 소년의 눈 위로 흘러내린 고수머리를 쓸어주다가 말수 적은 자기 아이를 조용히 가슴에 안았.

10월로 접어들자 주제방의 양끝이 만나는 서쪽에 이미 새로운 수문이 견고하게 세워졌다. 중앙 제방은 개펄 수로에 난 틈까지 완만한 경사를 이루며 바다 쪽으로 기울었고 만조 때의 물 높이보다 약 15피트가량 여유를 두고 높이 치솟았다. 제방의 북쪽 모퉁이에 서면 예버스 섬을 지나 갯가까지 한눈에 들어왔다. 그러나 머리카락을 헝클어뜨리는 세찬 바람 탓에 여기서 바다를 바라보려는 사람들은 모자가 날려가지 않도록 꼭 붙들고 있어야 했다.

폭풍우가 몰아치던 11월 말이 되자 구제방 근처의 갈라진 틈을 메우는 일만 남아 있었다. 이곳으로 들어온 바닷물이 갯가의 수로를 따라 새 간척지로 흘러들고 있었다. 양쪽에 제방의 벽이 섰으니 그 사이에 있던 고랑도 이제 사라져야 했다. 여름 건기라면 훨씬 수월한 일이었겠지만 그렇다고 공사를 중단할 수도 없었다. 폭우가 이제껏 해온 작업을 망칠 수도 있었으므로 하우케는 공사를 서둘러 마무리하고자 전력을 기울였다. 비가 억수같이 몰아치고 바람이 심하게 불어왔으나 제방 북쪽의 구덩이 위아래로는 인부들이 새까맣게 들러붙어 일하고 있었다. 불을 뿜는 듯한 백마에 앉은 수척한 제방 감독관의 모습도 공사장 여기저기에 나타났다.

그가 제방 앞 초지에서 진흙을 날라 오는 수레들 근처에 나타났다. 일꾼들이 개펄 수로 근처로 몰려와 흙을 비우려는 중이었다. 철썩대는 비와 윙윙거리는 바람을 뚫고 때때로 오늘은 단독으로 이곳을 감독하기로 맘먹은 듯한 제방 감독관의 매몰찬 명령 소리가 들려왔다. 그는 번호순으로 불러가며 밀려드는 수레들을 제지시켰다. 그의 입에서 '멈춰!' 소리가 들리면 아래쪽에서도 일이 중지됐다.

"짚! 짚 한 대분을 풀도록!"

그가 위를 향해 외치면 대기해 있던 마차에서 짚이 뻘 위로 쏟아졌다. 아래쪽에서는 그 사이로 인부들이 뛰어들어 짚단을 헤치며 자기들을 묻어 버리지나 말라고 위를 보며 외쳤다. 새로운 수레들이 다시 도착하면 하우케는 어느새 백마를 타고 위쪽에 서서 일꾼들이 삽질을 하고 흙을 부리는 구덩이를 내려다보았다. 그러다 그는 문득 바다 쪽으로 시선을 돌렸다. 바람은 매섭게 불어왔으며 제방 주위의 물이 점점 불어나며 파도가 더 높아지고 있었다. 바람에 맞서 힘겹게 일하는 사람들은 흠뻑 젖은 채 숨조차 제대로 내쉴 수 없었다. 바람이 입가의 공기마저 앗아가고 쏟아지는 차가운 비가 인부들 주변에 넘쳐흘렀다. 하우케가 그들을 향해 외쳤다.

"이제 일 피트 남았소! 그러면, 만조(滿潮)라도 염려 없어요!"

노호하는 폭우 속에서도 인부들의 아우성이 들려왔다. 철퍼덕거리며 쏟아지는 진흙 소리, 수레바퀴가 덜컹거리는 소리, 위에서 우수수 지푸라기 쏟아지는 소리가 그치지 않았다. 그 와중에 누런 강아지 한 마리가 추위에 떨며 길 잃은 듯 사람과 수레 사이에 거치적거리며 돌아다니다가 이따금 낑낑거리며 우는 소리를 냈다. 그런데 느닷없이 조그만 짐승의 찢어질 듯한 비명이 구덩이에 울려퍼졌다. 하우케가 내려다보니 개가 아래로 떨어지고 있었다. 하우케의 얼굴이 달아올랐다.

"멈춰! 멈추란 말이다!"

그가 수레들이 즐비한 아래쪽을 향해 외쳤으나 젖은 진흙이 멈추지 않고 그 위로 쏟아지고 있었다.

"뭐요?"

아래쪽에서 거친 목소리가 되돌아왔다.

"설마 이따위 볼품없는 개새끼 때문은 아니시겠죠?"

"멈추라고 하지 않았어!"

하우케가 다시 외쳤다.

"개를 이리 데려와! 우리 일에는 어떤 삿된 것도 껴서는 안 돼!"

그러나 대답 대신 진흙 몇 삽이 비명을 지르는 짐승 위로 더 날아갔을 뿐 누구 하나 꿈쩍하지 않았다. 하우케가 백마에 박차를 가하자 말은 비명을 지르며 날듯이 제방 아래로 달려갔다. 모두가 뒤로 물러섰다.

"그 개!"

그가 소리쳤다.

"그 개를 이리 내놔!"

그때 누군가 예베 만너스 노인이 예전에 그랬듯 그의 어깨를 부드럽게 토닥였다. 돌아보니 그는 고인의 옛 친구였다.

"조심하게, 제방 감독관! 여기 자네 편에 설 이는 아무도 없어. 저 개는 그냥 두게!"

노인이 그에게 낮게 속삭였다.

바람 소리가 날카로워지고 빗줄기는 바닥에 부딪혀 후드득 소리를 냈다. 인부들은 모두 삽을 땅에 꽂고 개중에는 아예 바닥에 내던진 이들도 있었다. 하우케가 고개를 숙이고 노인에게 물었다.

"하르케 엔스 씨, 제 백마를 좀 잡아주시겠습니까?"

노인이 말고삐를 채 쥐기도 전에 하우케는 구덩이로 뛰어내려 낑낑거리는 작은 개를 팔에 안았다. 그리고 눈 깜짝할 새에 다시 말 안장에 뛰어올라 제방 위로 질주했다. 그가 마차 주변의 인부들을 둘러보며 물었다.

"누군가? 누가 이 짐승을 내던졌어?"

잠시 모두가 질끈 입을 다물었다. 제방 감독관의 여윈 얼굴이 분노로 끓어오르는 데다 모두들 그에게 정체 모를 공포심을 가지고 있기 때문이었다.

그때 우마차에서 우락부락한 사내 하나가 그의 앞으로 나섰다.

"제방 감독관님!"

그가 씹는 담배 한 끝을 잘라 천천히 입 속으로 밀어 넣으며 말했다.

"제가 한 짓은 아닙니다만, 누가 했건 나무랄 일이겠습니까. 당신의 제방이 무사하려면 산 짐승이 들어가야 한단 말입니다!"

"산 짐승? 어느 교리문답서에서 배운 것이냐?"

"배운 곳 없습니다, 나리!"

사내는 뻔뻔한 웃음소리를 내며 말했다.

"그건 기독교 신앙이라면 당신 못지않았을 우리 선조 때부터 내려오는 얘기입죠. 어린애 하나를 바친다면야 금상첨화겠으나 아쉬운 대로 개 한 마리도 괜찮지 않겠습니까?"

"그따위 이교도 교리는 당장 집어치워!"

하우케가 사내를 향해 소리쳤다.

"차라리 너 같은 놈을 파묻어버리면 둑이 더 잘 막힐 게다!"

"저런!"

열두어 명 남짓한 인부들의 목에서 비명이 튀어나왔다.

제방 감독관은 그를 둘러싼 격노한 얼굴과 불끈 쥔 주먹들을 보았다. 그들은 그의 편이 아니었다. 제방 공사에 대한 불안이 불현듯 그를 덮쳐 왔다. 지금 여기서 모두 삽을 내동댕이쳐버린다면 어찌 된단 말인가? 아래쪽에서는 예베 만너스 노인의 친구가 인부들 사이를 오가며 이 사람 저 사람에게 말을 건네기도 하고 웃음 띤 온화한 얼굴로 사람들의 어깨를 두드려주고 있었다. 일꾼들은 하나 둘씩 다시 삽을 들고 제자리로 돌아갔다. 무엇을 더 바랄 것인가? 아직 갯가의 수로도 막아야 했다. 하우케는 개를 외투자락에 단단히 숨겼다. 그는 가까운 마차를 향해 단호하게 백마를 몰았다.

"짚을 모퉁이로!"

하우케는 위압적으로 외쳤고 마부들은 기계적으로 명령을 따랐다. 곧 짚이 우수수 소리를 내며 쏟아지고 일꾼들은 사방에서 새로운 마음으로 전력을 다해 일했다.

한 시간가량 작업은 계속됐다. 벌써 6시도 넘어 짙은 어둠이 밀려왔고 비는 그쳐 있었다. 하우케가 십장(什長)들을 가까이로 불렀다.

"내일 새벽 네 시, 전원 이 자리로 다시 모이도록! 달이 아직 떠 있을 거요. 그때 하느님의 뜻에 따라 공사를 마칩시다!"

사람들이 자리를 뜨려 할 때 하우케가 외쳤다.

"아, 한 가지 더! 이 개 주인이 누군가?"

그는 벌벌 떨고 있는 개를 외투에서 꺼냈다.

모두가 이구동성으로 모른다고 하는데 한 사람이 말했다.

"그놈은 벌써 며칠째 동네에서 밥 구걸을 하며 돌아다녔습니다. 주인 없는 개예요!"

"그럼, 내가 데려가도록 하겠다!"

제방 감독관이 말머리를 돌리며 대답했다.

"잊지 말도록! 내일 오전 네 시요!"

그가 집에 도착하자 안네 그레테가 말끔히 차려입고 문을 나서는 중이었다. 문득 하우케는 그녀가 이교도 재단사의 집으로 가는 중이라는 생각을 했다.

"앞치마를 펴라!"

하녀가 엉겁결에 주인의 명령대로 움직이자 그는 흙투성이 개를 그녀의 앞치마 속으로 던졌다.

"빙케에게 친구 삼으라고 갖다줘! 그전에 씻겨서 몸을 좀 덥혀주도록! 그러면 주님도 기뻐하실 게다. 그놈 몸이 어지간히 얼었구나."

안네 그레테는 주인의 명을 거역할 수가 없어 그날 저녁 비밀 집회에 나갈 수 없었다.

다음날은 바람이 잔잔히 가라앉고 새 제방을 마무리하는 인부들의 삽 놀림이 분주했다. 갈매기와 뒷부리장다리물떼새들이 우아한 곡선을 그으며 육지와 바다 위를 오가고 있었다. 예버스 섬에서는 예나 지금이나 북해변을 떠도는 무수한 흑기러기들이 떼 지어 갖가지 음색으로 울어대는 소리가 들려왔다. 개펄을 뒤덮은 희뿌연 아침 안개 속에서 서서히 황금빛 가을해가 솟아 인간의 손으로 이룬 축조물의 모습을 드러냈다.

몇 주 후 제방 관리국장과 영주의 감찰원[35]들이 제방을 시찰하러 오고 제방 감독관의 집에서 테데 폴커츠의 장례식 이후 처음으로 성대한 잔치가 벌어졌다. 제방위원들과 중요 관계자들이 모두 초대되었다. 식사 후에는 손님들과 제방 감독관의 마차가 떠날 채비를 했다. 갈색 수말이 편자를 구르며 대기하고 있는 이륜마차에 제방국장이 엘케를 손수 태워주고 자신도 뒤따라 말에 뛰어올라 고삐를 잡았다. 그는 총명한 제방 감독관의 부인을 손수 끄는 마차에 태워주고 싶어했다. 그렇게 모두들 들뜬 기분으로 농장 언덕에서 이어지는 내리막길을 달려 새로 조성된 간척지 주변을 둘러보았다. 가벼운 북서풍이 불어오고 새 제방의 북쪽과 서쪽으로 밀물이 밀려왔다. 새 제방의 완만한 경사가 파도를 누그러뜨리고 있음은 의심

---

[35] 프로이센의 왕 빌헬름 1세를 황제로 옹립하여 1871년 수립된 독일 제국Das Deutsche Reiche은 1918년 제1차 세계대전 시기까지 지속된다. 프랑스 혁명 이후, 시민과 봉건 영주들 사이의 갈등이 첨예화되며 몇 차례의 혁명을 거듭했던 독일은 1848년에는 국민의회를 출범시키기도 했으나 유럽 전역의 정치 상황과 맞물려 다시 혁명 이전의 사회 상황으로 돌아가는 아이러니컬한 국면을 맞게 된다. 그러나 경제적으로는 산업혁명의 후발국이었음에도 불구하고 1848년 혁명 전에 이미 부분적으로 철로와 철도망이 구축되었고, 이후 철도 건설과 관련한 각종 철강 산업, 기계 공업과 부품 산업의 호황으로 산업의 토대가 다져졌다. 정치 구도의 안정과 더불어 장기 투자와 자본 유입이 이어지고 도시로 대량 유입된 값싼 노동력도 경제 성장에 촉진제 역할을 하였다. 화학, 물리학, 전기공학의 발달과 모터와 자동차, 조종 가능한 비행기의 발명 등으로 인해 독일은 바야흐로 농업국에서 공업국으로 변모하고 이 과정에서 지방 귀족들과 장교들은 경제적 실권을 잃어갔으나 정치적 영향력은 계속 쥐고 있었다. 「백마의 기사」에서 보이는 활발한 제방 축조 사업과 각종 기술 발달의 흔적도 이 시기 독일 인구의 폭발적인 증가, 산업혁명 등과 무관하지 않으며 이 작품의 시대적인 배경에 따라 황실과 영주 등이 거론되지만 관료 체제는 이미 봉건 체제에서 현대적 정부의 시스템으로 이동하고 있었다고 할 수 있다(임종대 외, 『독일 이야기 1-독일어권 유럽의 역사와 문화』(거름, 2000) 참고).

할 여지가 없었다. 영주의 감찰단들은 제방 감독관의 노고를 치하하느라 입에 침이 마를 정도였다. 그간 제방위원들간에 오르내리던 불평 소리가 이제 곧 저 바다 속으로 사라지고 말 것이라고.

이렇게 세월이 가던 어느 날 자긍심을 느끼며 조용히 새 제방을 거닐던 제방 감독관에게 흐뭇한 일이 한 가지 더 생겼다. 그는 자기가 아니었으면 생겨나지도 않았을 땅인, 그의 땀과 밤샘의 노고가 어린 간척지를 왜 영주의 딸 이름을 딴 '신 카롤리네 간척지'라고 부르는지 내심 되묻지 않을 수 없었던 것이다. 그것은 기정사실이기는 했다. 제방 관련 서류들에 일체 그 이름이 사용되는 것은 물론이었고 가끔은 붉은 고딕체까지 눈에 띄었다. 그런 생각을 하다 눈을 들자 농부 두 명이 농기구를 들고 서로 20보쯤 떨어져 앞서거니 뒤서거니 다가오고 있었다.

"거, 좀 기다려보게나!"

뒤에서 부르고 있었지만 앞서가는 사람은 간척지로 내려가는 둑길에 서서 그를 향해 외쳤다.

"옌스! 다음에 보세. 벌써 늦었어. 난 여기서 진흙을 다져줘야 한다구!"

"대체 어디서 말야?"

"아, 어디긴 어디. 하우케 하이엔 간척지지!"

농부는 제방 비탈길을 내려가며 마치 개펄 전체가 그 소리를 들으라는 듯 큰 소리로 외쳤다. 하우케는 공적인 찬사를 들은 것 같은 기분이었다. 그는 말 안장에 앉은 채 허리를 펴고 백마에게 박차를 가했다. 그리고 눈을 부릅뜨며 왼편의 너른 땅을 바라보았다.

"하우케 하이엔 간척지!"

그는 나직이 되뇌어보았다. 그것은 영원히 변치 않을 이름처럼 들렸다. 누가 뭐라 해도 그의 이름을 어쩌지는 못할 것이다. 영주의 딸 이름은 머지않아 낡은 문서들 속에서 곰팡이가 슬지 않겠는가! 백마는 당당하게 말발굽 소리를 내며 달리고 그의 귓전에는 이 소리만 쟁쟁하게 울려왔다.

'하우케 하이엔 간척지!'

그의 마음속에서는 새 제방이 세계 7대 불가사의를 잇는 여덟번째 불가사의[36]로까지 확대되고 있었다. 프리슬란트를 통틀어 그만한 제방은 없을 것 같았다. 그는 백마가 노닐도록 두었다. 그는 프리슬란트 사람들에게 둘러싸여 그들 위에 군림하는 느낌이었다. 날카롭고 연민 가득한 눈빛이 그 위로 스쳐갔다.

새 제방이 축조되고 3년이 흘렀다. 그동안 새 제방은 여러모로 진가를 발휘하고 있었다. 수리 비용이 전에 비해 큰 폭으로 줄었음은 물론 간척지에는 이제 곳곳마다 토끼풀꽃이 피어났다. 제방으로 둘러싸인 목초지를 거니노라면 서늘한 산들바람이 구름 가득 달콤한 향기를 싣고 불어왔다. 지금까지 머릿속으로만 그려보던 지분을 실제화하고 참여자 모두에게 땅을 영구 소유로 분배할 시기가 온 것이다. 하우케는 새로 땅을 늘릴 기회를 놓치지 않았다. 올레 페터스는 입을 다문 채 뒤로 물러나 있었다. 새 간척지에 그의 몫이 될 땅은 한 뼘도 없었다. 이런 분배 업무라는 것이 욕설과 분쟁 없이 진행되기 힘든 법이었으나 그래도 그럭저럭 일은 마무리되었다. 제방 감독관은 이날도 무사히 넘길 수 있었다.

---

36 zu einem achten Weltwunder: 세계 7대 불가사의란 이집트 쿠푸 왕의 피라미드(7대 불가사의 중 유일하게 현존), 바빌론의 공중 정원, 에페소스의 아르테미스 성전, 올림피아 성전의 제우스 상, 할리카르나소스의 마우솔로스왕 영묘(靈廟), 로도스 섬의 크로이소스 거상(巨像), 알렉산드리아 파로스의 등대 등인데, 하우케는 자신의 제방이 그에 뒤따를 여덟번째 불가사의라고까지 생각할 정도로 자기 업적에 도취되어 있다.

그후로 하우케는 제방 감독관과 농장주로서 자신의 임무를 수행하고 가족들을 돌보며 단출하게 지냈다. 옛 친구들은 이미 이 세상 사람이 아니었고 새로운 친구를 사귀는 데 그는 젬병이었다. 그러나 적어도 그의 집 울타리 안은 평화로웠다. 말수 없는 아이도 그 평화를 깨지 않았다. 활달하고 영리한 아이들이 끊임없이 질문을 퍼부어대는 것과 달리 아이는 묻는 일이 드물었다. 그리고 어쩌다 뭘 물어봐도 대답하기 곤란한 질문일 때가 많았다. 그러나 아이의 순진무구한 얼굴에는 늘 만족스런 빛이 돌았다. 소꿉친구 둘로 아이는 충분했다. 아이가 농장 둔덕을 종종거리며 걸어다니면 언젠가 하우케가 구해준 누렁 강아지가 그 주변을 줄곧 뛰어다녔다. 누렁이가 보이면 거기서 멀지 않은 곳에 빙케가 있었다. 두번째 친구는 웃음소리가 흡사 사람 같은 붉은부리갈매기였다. 개 이름이 '페를레'인 것처럼 갈매기한테도 '클라우스'란 이름이 있었다.

클라우스는 천진스런 데가 있는 트린 얀스 노파가 농장으로 거처를 옮길 때 딸려온 새였다. 여든 살이 다 된 트린 얀스에게 바깥 제방 근처의 움막에서 생계를 이어가는 일은 무리였다. 엘케는 조부 시절 집안일을 돌본 하녀에게 얼마간이라도 고요한 저녁 시간을 보내고 편안히 숨을 거둘 장소를 마련해주고 싶었다. 그래서 트린 얀스는 엘케와 하우케에 의해 끌려오다시피 농장으로 옮겨 오고 몇 해 전 농장을 확장하며 본채 곁에 새로 늘려 지은 헛간의 북서편 골방에 살게 되었다. 하녀들 중 몇몇이 그녀의 옆방에 기거하고 있어 밤에는 노파를 돌봐줄 수 있었다. 노파는 벽을 빙 둘러싸며 낡은 가구들을 들여놓았다. 설탕이 들어 있던 나무 상자를 다시 쪼개서 만든 귀중품힘과 그 뒤로 색채를 덧칠한 돌아온 탕자의 초상화 두 점,[57] 그리고 이미 오래전부터 자리만 지키고 있는 먼지투성이 물레와 휘장이 달린 깨끗한 침대가 놓였다. 침대 앞에는 죽은 앙고라 수고양이의 털을 덮어씌운 초라한 디딤대가 있었다. 한편 그녀가 가져온 것 중에는 살아 있는 것도 있었는데 그것이 갈매기 클라우스였다. 갈매기는 여러 해 동안 그녀의 집에 머물며 모이를 받아먹었다. 겨울이 되면 녀석도 다른 갈매기들과 함께 남쪽으로 날아갔다가 해변에 약쑥 향기가 물씬 오르면 다시 돌아왔다. 헛간은 농장 둔덕보다 조금 낮은 곳에 있었다. 그래서 노파의 방 창문으로 제방 너머 바다가 보이지 않았다.

"제방 감독관, 당신이 날 여기 가둔 셈이로군!"

어느 날 하우케가 들어서자 그녀가 구부정한 손가락으로 소택지를 가리키며 궁시렁거렸다.

"예버스 모래섬은 대체 어디 있소? 저기 저 붉은 놈 너머인가 아니면 저 꺼먼 소 뒤에 보이는 건가?"

"예버스 섬은 왜 찾으세요?"

하우케가 물었다.

"왜는! 예버스 모래섬이 예전에 우리 아들이 주님께로 불려간 곳 아니던가! 그래서 그러는 게야!"

노파가 얹짢은 듯 말했다.

"정 보고 싶으시면,"

하우케가 대꾸했다.

"저기 위의 물푸레나무 밑에 앉아 계시면 바다가 훤히 보일 텐데요."

---

37 zwei bunte Bilder vom verlorenen Sohn: 기존 번역에서는 모두 트린 얀스 노파의 '죽은 아들의 초상화 두 점'으로 번역되었는데 당시의 사회, 경제적 신분을 고려할 때, 빈민에 가까운 트린 얀스 노파의 가족이 개인 초상화를 가졌다고 볼 수는 없을 것 같다. 대신 당시에 방물장수들이 흑백으로 그려진 성경의 삽화들 위에 다시 색을 덧입힌 그림을 가지고 다니며 팔던 일이 잦았으므로 여기서는 『구약성서』에 나오는 돌아온 탕자의 삽화가 더 타당할 듯하다.

"아이고, 누가 뭐래. 내 다리가 당신만큼만 젊다면이야, 제방 감독관!"

노파가 대꾸했다.

그녀는 제방 감독관 집 사람들로부터 도움을 받고도 고마워할 줄 모르고 늘 이런 식이었다. 그러던 어느 날 뜻밖의 일이 일어났다. 어린 빙케가 어느 날 아침 반쯤 열린 노파의 방문을 열고 들어선 것이다.

"누구야?"

손을 포개고 나무의자 위에 앉아 있던 노파가 말했다.

"여기서 뭘 하는 게야?"

그러나 아이는 말없이 다가와 무표정한 눈으로 노파를 마냥 바라보기만 했다.

"네가 제방 감독관의 아이냐?"

노파의 물음에 아이가 머리를 끄덕이자 노파는 계속해서 물었다.

"자, 이리 온. 여기 디딤대에 앉거라. 앙고라 수고양이의 털이지. 이만큼 큰 고양이였단다! 그런데 너희 아버지가 그놈을 때려죽였어. 그놈이 아직 살아 있었다면 너를 등에 태울 수도 있었을 텐데 그랬구나."

빙케는 말없이 하얀 털을 바라보다가 무릎을 꿇고 앉아 마치 살아 있는 고양이를 쓰다듬듯 조그만 손으로 다시 그것을 쓰다듬기 시작했다.

"불쌍한 수고양이!"

그녀는 이렇게 말하며 계속해서 어루만졌다.

"됐다! 이제 그만하면 됐어. 다 지난 일인걸. 그래도 네가 지금 이렇게 앉아 있을 수는 있잖니. 아마 그러라고 네 아버지가 이놈을 때려죽였나 보구나!"

노파는 아이를 안아 올려 디딤대 위에 털썩 주저앉혔다. 그러다가 아이가 꼼짝하지 않고 그녀를 쳐다보기만 하는 것을 보고는 고개를 설레설레 젓기 시작했다.

"하느님이 벌을 내리시는구나. 세상에 주님, 당신께서 그의 죄를 벌하십니다!"

그녀의 마음 한켠에서 저도 모르게 아이를 향한 측은한 마음이 일어났다. 노파가 뼈마디가 툭툭 튀어나온 손으로 아이의 힘없는 머리를 쓰다듬자 아이의 눈매에 기분 좋은 빛이 어렸다

그때부터 빙케는 하루도 빠짐없이 골방으로 노파를 찾아왔다. 따로 이르지 않아도 아이는 앙고라 털 위에 가서 앉고 트린 얀스는 모아두었던 고깃점과 빵 부스러기 따위를 아이 손에 쥐어주며 바닥에 던지도록 했다. 그러면 갈매기가 끼룩대며 날갯죽지를 퍼덕이다가 어느 구석에선가 날아와 먹이를 덮쳤다. 처음에 아이는 큰 새가 달려드는 것을 보고 놀라 소리를 질렀지만 그것은 곧 익숙한 놀이가 되었다. 아이가 자그마한 머리통을 문틈으로 들이밀기만 해도 새는 아이가 노파의 도움을 받아 먹이를 던져줄 때까지 아이의 머리며 어깨 위로 날아 앉았다. 평소에는 누가 그녀의 '클라우스'에게 손만 내밀어도 경을 치는 트린 얀스였지만, 아이가 서서히 새를 길들이는 모습을 잠자코 지켜보고 있었다. 갈매기는 꼬마가 움켜잡아도 도망치지 않았다. 아이가 새를 들고 돌아다니다가 조그만 앞치마에 싸서 언덕배기에 올라가면 누런 강아지가 시샘을 하며 새에게 달려들었다. 그러면 빙케는 소리를 쳤다.

"안 돼! 그러지마, 페를레!"

그리고 팔을 높이 들어 갈매기가 울부짖으며 둔덕을 날아갈 수 있게 도와주었다. 그러면 개는 새 대신 아양을 떨며 아이의 품에 안기려고 했다.

어떤 결함 때문에 한 줄기에 붙어버린 네잎클로버 같은, 이 네 명의 존재와 마주치면 하우케와 엘케는 부드러운 눈길로 아이를 바라보았다. 그러나 몸을 돌리면 그들 각자의 표정에는 쓸쓸한 고통만이 남아 있었다. 아직 아이에 대해 서로 속을 털어놓고 얘기해본 적이 없기 때문이었다. 그러던 어느 여름날 오전, 빙케가 노파와 애완동물들과 헛간 앞 큰 바위 위에 앉아서 놀고 있을 때 그녀의 부모들이 왔다. 제방 감독관은 고삐를 손목에 감아쥐고 백마를 끌고 그 앞을 지나갔다. 제방에 나가려고 말을 소택지에서 손수 끌고 오는 중이었다. 엘케도 그의 팔짱을 끼고 함께 둔덕을 올라오고 있었다. 후덥지근할 정도로 햇살이 따뜻하게 내리쬐고 때때로 남남동에서 돌풍이 불어왔다.

"빙케도 갈래!"

아이가 지루했던지 소리를 지르며 무릎에 안고 있던 갈매기를 날려보내고 아버지의 손을 잡았다.

"이리 온!"

하우케가 말했으나 부인 엘케는 만류했다.

"이 바람 속에요? 애가 날아가버리겠어요!"

"내가 붙들고 있겠소. 게다가 오늘은 공기도 따뜻하고 물결도 살랑이는 게 이 애도 바다가 춤추는 걸 볼 수 있을 거야."

엘케는 집으로 들어가 목도리 한 장과 아이의 두건을 가져왔다.

"그래도 날씨가 심상치 않아요."

엘케가 말했다.

"얼른 돌아올 수 있게 서두르세요!"

하우케가 웃었다.

"폭풍우가 온대도 끄떡없소!"

그리고 아이를 들어올려 말 안장에 앉혔다. 엘케는 한동안 둔덕에 서서 손차양을 만들어 두 사람이 제방을 향해 달려가는 모습을 지켜보았다. 트린 얀스는 돌 위에 앉아 바싹 마른 입술로 무슨 말인가 궁시렁거리고 있었다.

아이는 꼼짝달싹 않고 아버지의 품에 안겨 있었다. 폭풍을 몰고 오는 무거운 공기에 짓눌려 숨을 헐떡이는 것 같았다. 하우케는 아이에게로 고개를 숙였다.

"어디, 괜찮니, 빙케?"

그가 물었다.

"아빠! 아빠는 할 수 있어! 아빠는 못 하는 게 없지?"

아이가 한동안 그를 바라보다가 말했다.

"아빠가 할 일이라도 있니, 빙케?"

그러나 딸은 입을 다물었다. 아이는 자기가 뭘 물어보는지도 잘 모르는 것 같았다.

그들이 제방에 닿았을 때는 만조였다. 넓은 바다에서 반사되는 햇빛이 눈을 쏘았다. 물결은 회오리바람을 따라 빙빙 하늘로 치솟고 순식간에 다시 밀려드는 파도는 해변에서 철썩이고 있었다. 겁을 먹은 빙케가 말고삐를 쥔 아버지의 주먹을 세게 잡아당기자 백마가 옆으로 펄쩍 비켜섰다. 공포에 질린 청회색 눈이 하우케를 바라보고 있었다.

"물! 아빠! 저 물 좀 봐!"

아이가 외치자 하우케는 잡고 있던 손을 슬며시 풀며 말했다.

"괜찮다, 애야! 아빠가 곁에 있잖니. 바다를 겁낼 필요가 없어요!"

아이는 이마를 덮은 가느다란 금발을 쓸어올리며 다시 바다를 보려고 했다.

"괜찮아!"

그녀가 떨리는 목소리로 말했다.

"아니, 우리한테 나쁜 짓 하지 말라고 말해줘. 아빠는 할 수 있어. 그러면 바다가 꼼짝 못할 거야!"

"빙케야, 아빠도 그건 못해."

하우케가 진지하게 말했다.

"그러나, 우리가 달리고 있는 이 제방이 우리를 지켜줄 거다. 이 아빠가 고안해서 만든 제방 말이지!"

아이는 무슨 말인지 모르겠다는 듯 다시 그를 바라보았다. 그러고는 작은 머리통을 아버지의 넓은 외투 속에 파묻었다.

"왜 숨는 거지, 빙케?"

하우케가 속삭이듯 물었다.

"아직도 무섭니?"

그러자 작고 떨리는 음성이 외투자락을 비집고 나왔다.

"빙케는 안 볼래. 하지만 아빠는 뭐든 할 수 있지?"

천둥 소리가 멀리서 바람을 타고 울려왔다.

"이런, 폭우가 쏟아지겠구나!"

하우케가 말을 돌려세우며 외쳤다.

"자, 이제 집에 계신 엄마한테 가자!"

아이는 깊은 숨을 내쉬었다.

그러나 그들이 다시 농장으로 돌아올 때까지 아이는 아버지의 품에서 고개를 들지 않았다. 엘케 부인이 방에서 목도리와 두건을 벗겨내자 아이는 조그만 구주놀이 기둥처럼 잠자코 그녀 앞에 서 있었다.

"그래, 빙케!"

엘케가 가볍게 아이의 몸을 흔들며 말했다.

"물 구경은 잘하고 왔니?"

그러나 아이는 눈을 크게 뜨고 말했다.

"바다가 말을 해. 빙케는 무서워!"

"말을 하다니. 그저 쏴쏴 소리를 내고 철썩대는 것이지!"

아이는 멍하니 바라보며 다시 물었다.

"발도 있어? 물이 제방 위로 넘어올 수 있는 거야?"

"아니야, 빙케! 그러지 않게 아빠가 보고 계시지 않니. 아빠는 제방 감독관이잖아!"

"맞아."

아이는 백치처럼 웃으며 손뼉을 쳤다.

"아빠는 뭐든 할 수 있어! 뭐든지!"

그리고 갑자기 엄마에게서 몸을 돌리며 외쳤다.

"빙케는 트린 얀스한테 갈래. 할머니 집에 빨간 사과가 있어!"

엘케는 아이를 내보내고 다시 문을 닫고 돌아섰다. 평소에는 하우케에게 위안과 용기를 주던 그녀의 눈에 깊은 수심이 어려 있었다. 하우케는 더 이상 둘 사이에 아무 말도 필요 없다는 듯 그녀의 손을 잡았다. 그러나 엘케가 조용히 입을 열었다.

"아, 하우케! 말을 하게 해줘요! 아이는, 내가 수년을 기다려 당신께 낳아드린 아이는 언제까지나 아이 노릇만 하게 될 것이 분명해요. 어떻게 이런 일이! 저 애는 백치예요. 언젠가 한번은 당신에게 꼭 얘기해야 했어요."

"나는 오래전부터 알고 있었소."

하우케가 빠져나가려는 부인의 손을 꼭 잡으며 말했다.

"있으나마나 한 자식이니, 우린 결국 둘뿐이잖아요."

그녀의 말에 하우케는 고개를 저었다.

"난 그애를 사랑하오. 그애가 짧은 팔을 둘러 꼭 껴안으면 난 어떤 금은보화도 부럽지 않소."

엘케는 우울한 표정으로 멍하니 앞을 바라보았다.

"그렇지만, 왜?"

그녀가 말했다.

"내가 무슨 죄를 지었기에 어미로서 이런 벌을 받아야 하는 거지요?"

"그래요, 엘케. 나 역시 그런 질문을 해보았소. 오직 한 분만이 그 대답을 아시겠지. 그러나 당신도 알다시피 전지전능한 신은 인간의 물음에 대답하지 않소. 그렇다 해도 어차피 인간은 이해할 수도 없을 테니까."

하우케는 부인의 다른 손을 마저 잡고 그녀를 부드럽게 끌어당겼다.

"복잡하게 생각할 것 없이 아이를 지금까지 해왔듯 그렇게 사랑해주어야 하는 거요. 아이도 우리 마음을 알게 되리라 믿고!"

그러자 엘케는 남편의 품에 얼굴을 묻고 실컷 울었다. 이제 고통은 그녀 혼자만의 것이 아니었다. 그녀가 갑자기 그를 향해 웃으며 손을 한 번 꾹 눌러 쥐더니 곧 트린 얀스 노파의 골방에서 아이를 데려와 무릎에 앉히고는 아이가 더듬거리며 이렇게 말할 때까지 다정하게 어루만지고 입을 맞추었다.

"엄마, 착한 우리 엄마!"

그렇게 제방 감독관 집 식구들은 아이가 없었다면 너무 적적했을 정도로 평화로이 살고 있었다.

서서히 여름이 지나갔다. 철새들이 이동하고 허공의 종다리 노래도 종적이 없었다. 타작 마당에 떨어지는 곡식 낟알을 쪼아 먹느라 헛간 앞에 모여든 새들이 새된 소리를 지르며 이따금 사방으로 날아갈 뿐 이미 만물이 꽁꽁 얼어붙고 있었다. 어느 날 오후 트린 얀스가 본채 부엌 화덕 옆에 있는, 다락방으로 오르는 나무 계단 한 구석에 앉아 있었다. 지난 몇 주 동안 그녀는 다시 원기를 회복한 듯 자주 부엌으로 와서 엘케 부인의 일하는 모습을 즐겨 지켜보았다. 어느 날 꼬마 빙케가 그녀의 앞치마를 끌고 이곳까지 데려온 이후로 그녀의 다리로 여기까지 걸어오는 것은 어림없다고 비아냥대던 소리들이 쑥 들어갔다. 아이는 그녀 곁에 앉아 한 손으로 노파의 팔을 잡고 다른 한 손으로는 밝은 금발을 만지작거리며 화덕에서 솟아오르는 불꽃을 빤히 바라보았다. 트린 얀스는 아이에게 이야기를 들려주고 있었다.

"아가야, 너도 알겠지만,"

노파가 말했다.

"나는 네 증조할아버지가 살아계실 때 이 집에서 일을 했단다. 돼지 먹이도 주고 일도 하는 하녀였단 말이지. 그분처럼 영민하신 분은 다시없을 거야. 그러니까, 참 까마득한 옛날이구나. 어느 날 저녁이었는데 달빛이 휘영청 밝았어. 사람들이 막 해안의 수문을 닫고 있었지. 그래서 그것이 다시 바다로 돌아가질 못한 거야. 지느러미가 돋은 손으로 머리를 쥐어뜯으며 얼마나 소리를 지르던지! 그렇지, 얘야! 이건 내가 직접 보고 들은 거란다. 소택지 안의 도랑이 삽시간에 물바다로 변하고 그것의 몸은 은빛으로 빛났단다. 그것이 이 도랑에서 저 도랑으로 헤엄쳐 가다가 팔을 들어 기도를 올리면 멀리서도 철썩이는 지느러미 소리가 들렸어. 그렇지만, 그런 것들은 기도를 드릴 수가 없단다. 나는 그때 뭘 지으려고 갖다놓은 문 앞의 각목 더미에 앉아서 그 광경을 지켜봤지. 소택지 너머로 인어가 여전히 도랑 사이를 헤엄쳐 가는 게 보였는데 팔을 치켜들면 은이나 다이아몬드처럼 반짝거렸어. 마침내 인어가 시야에서 사라지고 나니, 그동안 기척조차 들리지 않던 갈매기떼들이 다시 끼룩끼룩, 꽥꽥 울부짖으며 날아가고 있었지."

노파가 말을 멈췄다. 아이의 맘에 걸리는 말이 있었다.

"기도를 못 하다니요?"

아이가 물었다.

"그게 무슨 말인데요? 그런 건 누구예요?"

"애야, 그건 인어 아가씨였단다. 그것들은 요괴라 구원받지 못하는 것들이야."

"구원받지 못해!"

아이가 되뇌이며 작은 가슴이 들먹일 정도로 깊은 한숨을 내쉬었다.

"트린 얀스!"

부엌 문 쪽에서 낮게 가라앉은 음성이 들려왔다. 노파가 몸을 움찔했다. 기둥에 서 있던 것은 제방 감독관 하우케 하이엔이었다.

"애한테 무슨 소리를 하시는 겁니까? 제가 그런 괴담일랑은 혼자서 알고 계시든가 거위나 닭들한테 들려주시라고 부탁하지 않았던가요?"

노파는 독살맞은 눈초리로 그를 쏘아보며 아이를 앞으로 밀었다.

"그건 괴담이 아니야."

노파가 말을 삼킬 듯 중얼거렸다.

"우리 종조부[38]께서 내게 해주신 얘기란 말이지."

"당신 송조부라니요, 트린? 방금 직접 겪으신 거라 하지 않았나요?"

---

38 Großohm: 할아버지나 할머니의 형이나 아우.

"그런 건 중요하지 않아."

노파가 말했다.

"당신은 허튼소리로만 알겠지, 하우케 하이엔! 내 종조부까지 거짓말쟁이로 만들면서!"

그러고는 화덕 가까이로 몸을 구부려 불구멍을 비집고 나오는 불꽃에 두 손을 쬐었다.

제방 감독관은 창가로 눈을 돌렸다. 밖은 아직 밝았다.

"빙케, 이리 온!"

그가 백치 아이를 끌어당기며 말했다.

"아빠와 가자꾸나. 아빠가 제방 위에서 보여줄 게 있단다. 그런데 백마가 대장장이네 집에 있으니 좀 걸어야겠구나."

그는 아이와 함께 거실로 갔다. 엘케가 두꺼운 모직 수건으로 아이의 목과 등을 감싸주었다. 얼마 지나지 않아 아버지는 딸을 데리고 북서쪽의 구제방을 오르고 있었다. 예버스 섬을 지나 넓은 개펄이 끝없이 펼쳐졌다.

그가 아이를 안았다가, 손을 잡고 걷다가 하는 동안 서서히 어둠이 내려앉으며 모든 것이 안개와 연기 속으로 아스라이 사라졌다. 가까운 곳에서 갯가의 물살이 희미하게 불어나며 얼음을 깨뜨리고 있었다. 그리고 하우케가 언젠가 어린 시절 보았던 것처럼 갈라진 틈에서 안개가 피어오르고 그 주변에 기묘한 형체들이 마주 보며 펄쩍펄쩍 뛰고 있었다. 몸을 굽신거리다 그들의 형체가 갑자기 소름 끼치게 옆으로 늘어나자 아이는 아버지에게 찰싹 달라붙어 손으로 얼굴을 가렸다.

"바다귀신!"

손가락 사이로 아이의 떨리는 목소리가 새나왔다.

"바다귀신!"

하우케가 고개를 저었다.

"아니다, 빙케! 저건 인어도 바다귀신도 아니야. 그런 건 세상에 없단다. 누가 그런 얘기를 하든?"

아이는 멍한 눈길로 그를 바라볼 뿐 아무 대답도 없었다.

"자, 저길 다시 봐라!"

그는 부드럽게 아이의 뺨을 쓰다듬으며 말했다.

"저건 그냥 춥고 배고픈 새들일 뿐이야. 연기가 올라오는 틈으로 몰려들어 물고기를 낚고 있는 거란다."

"물고기……."

빙케가 따라했다.

"그래, 빙케! 저것들은 모두 살아 있는 거야. 우리처럼 말이다. 요괴 따윈 없어. 자비로운 주님만이 어디든 계실 뿐이지."

그냥 그렇게 봐서일지도 모르지만 어린 빙케는 마치 겁에 질려 지옥의 구덩이를 들여다보듯 땅에 시선을 꽂고 숨을 죽였다. 아버지는 오래도록 몸을 굽혀 딸애의 조그마한 얼굴을 들여다보았다. 그러나 닫혀버린 아이의 마음에서는 어떤 변화도 읽을 수가 없었다. 그는 아이를 팔에 안고 추위에 곱은 손을 그의 두툼한 털장갑 안에 넣어주었다.

"자, 빙케, 이러면 따뜻해질 거다! 너는 우리들의 아이, 단 하나뿐인 자식이다. 너는 엄마, 아빠를 사랑하고……!"

아이는 그의 말 속에 담긴 의미심장한 어조를 알아차리지 못했다. 말이 끊어지자 아이는 조그만 머리를 까끌까끌한 수염 속에 부벼왔다.

그렇게 그들은 평온하게 집으로 돌아갔다.

새해가 지나자 집 안에 다른 우환이 생겼다. 갯마을을 돌던 열병[39]이

제방 감독관을 덮친 것이다. 사경을 헤매던 그는 엘케의 간호와 근심 덕택에 다시 기운을 차렸으나, 사람이 이전 같지 않았다. 육체의 무기력함이 영혼까지 침투해 무슨 일이건 대충대충 지나치게 된 그를 엘케는 걱정스런 마음으로 지켜보았다. 3월 말경에야 그는 병석에서 일어난 후 처음으로 다시 백마를 타고 제방 시찰을 나갔다. 오전에 내리쬐던 햇살이 이미 희미한 안개 속으로 자취를 감춘 오후였다.

겨울에 몇 번 홍수가 있었지만 그리 대단한 것은 아니었다. 건너편 섬에서 양 한 무리가 빠져 죽고 갯가의 충적지 한 귀퉁이가 떨어져나간 정도였다. 마을과 새 간척지에는 이렇다 할 피해가 없었다. 그러나 간밤에 심한 폭풍이 날뛴 탓에 제방 감독관이 직접 나가서 상황을 둘러보아야 했다. 남동쪽부터 새 제방까지 말을 타고 돌아보니 제방은 제대로 관리되고 있는 듯했다. 그러나 구제방과 새 제방이 만나는 북동쪽 모퉁이에 이르자 전에 구제방과 수로가 만나던 지점에서 뗏장이 큰 폭으로 뜯겨져나가고 제방 본체의 일부는 파도에 씻겨내려 구멍이 나 있었으며 그곳으로 쥐들이 들락거리고 있었다. 하우케가 말에서 내려 근방의 피해를 조사해보니 쥐가 망쳐놓은 부분은 보이지 않는 곳까지 이어짐이 분명했다.

그는 소스라치게 놀랐다. 이 모든 것이 실은 새 제방 축조시에 미리 고려되었어야 하는 일이었다. 당시에 간과되었기 때문에 지금 와서 이런 일이 벌어진 것이다! 아직 가축들이 소택지에 나올 철도 아닌데 풀은 평소와 달리 거의 자라지 않았다. 어디를 보아도 휑하고 황량했다. 그는 다시 말에 올라 바닷가를 여기저기 살펴보았다. 썰물 때라 조류가 개펄의

---

39 Marschfieber: 북해 연안 저지대의 열병. 특히 동서 프리슬란트에는 중세부터 인명을 앗아가는 치명적인 열병이 떠돌곤 했다. 19세기 말에 말라리아로 병명이 알려진 후에야 치료가 가능해졌다.

진흙을 헤치고 새로운 물길을 뚫어 북서쪽 구제방에 가서 부딪히는 모습이 훤히 보였다. 새 제방은 그가 보는 한도 내에서는 완만한 경사로 충격을 제대로 완화시키고 있었다. 제방 감독관의 눈앞에 산더미 같은 새 뗏장과 일거리가 어른거렸다. 구제방뿐 아니라 새 제방의 경사면도 좀더 보완할 필요가 있었다. 그러나 무엇보다 매립지를 따라 새 둑이나 방파제를 쌓아 위험해 보이는 물길을 돌려주는 일이 시급했다. 새 제방을 따라 해안의 북서쪽 끝까지 달려갔다 오는 동안 그는 개펄의 수로가 만든 하상(河床)에서 눈길을 떼지 않았다. 옆에서 보니 갯바닥에 난 물길이 한층 뚜렷해 보였다. 백마는 앞으로 나아가려고 '히잉' 콧소리를 내뿜으며 앞발굽을 굴렸으나 기수는 고삐를 뒤로 당겼다. 그는 점점 심하게 끓어오르는 마음의 동요를 가라앉히기 위해 천천히 달리고 싶었다. 만약 1655년과 같은 해일이 다시 몰려온다면? 이곳 사람들이 벌써 여러 번 겪어온, 사람과 세간을 모조리 삼켜버리는 그런 홍수가 다시 오면? 기수는 등골에 소름이 쭉 끼치는 것 같았다. 구제방은 밀려드는 폭풍의 충격을 견뎌내지 못할 것이다. 그렇다면, 그러면 무슨 일이 일어날 것인가? 옛 간척지와 재산과 인명을 구할 방법은 오직 한 가지! 하우케의 심장은 얼어붙는 듯했다. 언제나 냉철하던 머리조차 혼란스러웠다. 소리 내어 말하지 않았어도 마음속으로는 충분히 되뇌이고 있었다.

'너의 간척지! 하우케 하이엔 간척지를 포기하고 새 제방을 허물어야 해!'

그의 마음속에서는 벌써 격심한 파도가 밀려와 거품이 이는 소금물로 잔디와 토끼풀을 뒤덮고 있었다. 둔부에서 '철썩' 소리가 나자 백마는 외마디 비명을 지르며 제방 비탈길을 달려 제방 감독관의 농장으로 달려갔다.

머릿속 가득 두려움과 어지러운 계획들을 담고 집으로 돌아온 하우케는 안락의자에 몸을 던졌다. 엘케가 딸과 함께 방으로 들어섰을 때에야 그는 비로소 일어나 아이를 안아올려 다정하게 입을 맞추었다. 그리고 누런 개를 몇 차례 가볍게 토닥여 내보냈다.

"난 윗마을 주점에 좀 다녀와야겠소."

그가 문에 달린 고리에서 방금 걸어둔 모자를 빼들며 말했다.

엘케가 걱정스런 눈길로 그를 바라보았다.

"거기는 무슨 볼일이에요? 곧 저녁이에요, 하우케!"

"제방 일이오."

그가 중얼거렸다.

"가서 제방위원들을 좀 만나려고."

엘케가 그를 따라가 손을 잡았다. 평소에는 모든 일을 자기 혼자 결정하는 하우케 하이엔이었지만 지푸라기라도 건지는 심정으로 누구에게서든 상관없이 무슨 말이라도 듣고 싶었다.

주점 객실에는 올레 페터스와 제방위원 두 명, 간척지 주민 한 사람이 탁자에 둘러앉아 카드놀이를 하고 있었다.

"바깥 제방에서 오시는구려, 감독관!"

반쯤 돌리다 만 카드패를 집어던지며 올레 페터스가 말했다.

"그렇소, 올레!"

하우케가 대답했다.

"가보니 심상치 않소."

"심상치 않아? 뗏장 몇 백 장하고 제방 표면 메꿀 비용은 필요하겠지. 나도 오늘 오후에 거기 갔더랬소."

"그렇게 쉽게 끝날 일은 아닌 것 같소, 올레!"

제방 감독관이 대꾸했다.
"수로가 다시 생겼소. 물길이 당장은 북쪽 구제방에 피해를 주지 않더라도 자칫 북서쪽을 뚫고 나올 수 있을 것 같아서……."
"갯가의 물줄기는 원래대로 놔뒀어야 했어!"
올레가 딱딱하게 말했다.
"그건,"
하우케가 대답했다.
"새 간척지가 자네와는 하등 상관이 없다. 그러니 없어져도 그만이라는 얘기 같은데. 땅을 받지 못한 건 자네 탓이야! 구제방을 보호하기 위해 해안에 방조림(防潮林)을 조성한다고 해도 새 제방 뒤에 파릇하게 돋아날 토끼풀들이 그 비용을 보상하고도 남을 거요."
"뭐라고요, 제방 감독관?"
제방위원들이 외쳤다.
"방조림이라니요? 얼마나요? 당신은 뭐든 비용이 제일 많이 들어가는 쪽을 좋아하시는구려!"
카드는 손대지 않은 채 탁자에 놓여 있었다.
"제방 감독관, 내가 한마디해야겠소."
올레 페터스가 팔꿈치를 탁자 위에 세우고 말했다.
"당신이 우리에게 선사했다는 새 간척지는 돈 잡아먹는 귀신이오. 그 잘난 제방에 드는 과중한 비용 때문에 모두들 이만저만 고생이 아니란 말요. 게다가 이제는 그 잘난 것이 구제방까지 삼키려 드는데 우리더러 그 길 보수하라고요? 다행히 상태가 그리 험해 보이시는 않으니 이번에도 그렇고 앞으로도 큰 탈은 없을 것 같소. 내일 아침 당신 백마를 타고 한번 돌아보시구려!"

하우케는 집에서 안정을 되찾고 이곳으로 왔었다. 그러나 가까스로 예의를 차린 듯한 말 뒤의 숨은 적의를 모를 그가 아니었다. 완강한 저항이었으나 그는 예전처럼 올레와 맞설 힘이 없는 것 같았다.

"그럼, 올레. 당신 얘기대로 해보리다. 오늘 본 것이 내일도 눈에 띨까 겁이 나지만 말이오."

그로부터 며칠간 불안한 밤들이 계속됐다. 하우케는 잠을 이루지 못하고 몸을 뒤척였다.

"당신, 왜 그래요?"

남편이 염려되어 잠을 못 이루던 엘케가 하우케에게 물었다.

"무슨 걱정 있어요? 그럼 제게 말을 좀 해봐요. 우린 늘 그래왔잖아요!"

"별거 아니오, 엘케! 제방과 수문에 수리할 곳이 좀 있거든. 당신도 알다시피, 나는 밤이라야 일이 더 잘되지 않소."

하우케는 더 이상 말하지 않았다. 그는 누구의 간섭도 없이 일을 처리할 여지를 남겨두고 싶었다. 몸과 마음이 쇠약해진 그는 은연중에 아내의 밝은 통찰력과 강인한 정신력을 부담스럽게 느끼며 피하고 있었다. 다음날 오전에 그가 다시 제방에 도착했을 때, 주변은 전날과는 딴판으로 보였다. 여전히 썰물 때였으나 아직 오전이었고 끝없이 펼쳐지는 갯가에 봄 햇살이 거의 수직으로 쏟아지고 있었다. 흰 갈매기들이 오락가락 한가로이 떠다니고 그 너머로 까마득히 높은 물빛 하늘에서 종달새들이 지칠 줄 모르고 노래하고 있었다. 자연이 인간을 매혹시킬 수 있다는 사실을 몰랐던 하우케는 제방 북서쪽 모퉁이에서 어제 그를 그토록 놀래킨, 수로가 만든 새로운 하상을 찾고 있었다. 정오의 햇살 때문에 처음에는 쉽사리 같은 장소를 찾아낼 수 없었다. 손차양을 만들어 눈을 쏘는 햇빛을 막은 후에야 그 자리가 확실히 보였다. 어제는 저물 녘의 그림자 때문에 착시 현상이 있었던 것일까. 다시 보니 대수롭지 않은 결함 같기도 했다. 그보다는 오히려 쥐들이 파헤쳐놓은 곳이 썰물이 제방에 끼친 피해보다 클 듯싶었다. 당연히 세심하게 파내고 보수 작업을 해야겠으나 올레 페터스 말대로 새 뗏장과 짚단 십여 미터 정도면 피해를 완전히 복구할 수 있을 것 같았다.

"대수로운 건 아니었군!"

그는 안도하며 혼잣말을 내뱉었다.

"어제는 내가 뭐에 홀렸던가."

그는 제방위원들을 소집했다. 다른 때와 달리 이 절차는 만장일치로 결정되었다. 아직 기력을 다 회복하지 못한 제방 감독관은 깊은 안도감이 온몸으로 퍼져가는 것을 느꼈다. 몇 주 후 모든 일은 깨끗이 정리됐다.

세월은 부단히 흘러갔다. 그러나 시간이 흐르고 새로 깐 풀들이 짚 거적을 뚫고 탈없이 잘 자랄수록 그곳을 지나치는 하우케의 마음은 더욱 불안해져갔다. 그곳을 지날 때면 그는 눈길을 저만치 돌리고 말을 제방 안쪽으로 바짝 몰아갔다. 몇 번인가는 안장까지 얹은 말을 다시 마구간으로 보내고 볼일도 없는 곳에서 서성이다가 사람들 눈에 띄지 않게 재빨리 농장에서 나와 그리로 갔다가 되돌아온 적도 있었다. 어떤 때는 거꾸로, 집에서 제방으로 갈 때도 그 비밀스런 장소를 새삼 주시할 용기가 없어 마침내 두 손으로 모든 것을 다시 허물고 싶은 심정이었다. 양심의 가책이 밖으로 불거져 나오듯 제방의 그 자리가 눈앞에서 어른거렸다. 그래도 제방에는 더 이상 손을 댈 수 없었다. 누구를 막론하고, 아내에게조차 알릴 수 없는 얘기였다. 그렇게 9월이 찾아왔다. 밤마다 거센 비바람이 날뛰다가 북서쪽으로 옮겨가던 어느 흐린 오후, 말을 타고 제방으로 나가 우연히 갯가를 둘러보던 하우케의 몸에 경련이 일었다. 북서쪽에서 수로가 만들어낸, 이전보다 더 믿기 힘들 정도로 깊고 심한 하상을 새로 발견한 것이다. 아무리 눈을 부릅뜨고 다시 보아도 그것은 명백한 사실이었다.

집으로 돌아오자 엘케가 그의 손을 잡았다.

"하우케, 무슨 일이에요?"

엘케가 남편의 어두운 안색을 살피며 물었다.

"나쁜 일이 또 생긴 건 아니죠? 지금 우리는 이렇게 행복한데. 내 생각에 이제는 당신도 마을 사람들과 무난히 잘 지내는 것 같구요."

그런 아내에게 그의 공포로 뒤엉킨 속마음을 고백할 수는 없었다.

"그래요, 엘케! 아무도 나를 적대시하지 않소. 그저 신의 바다로부터 마을을 구하는 것이 제방 감독관의 임무이니까."

대답을 마친 그는 사랑하는 아내의 다음 질문을 피하려고 자리를 떴다. 그는 살펴볼 것이라도 있는 양 마구간으로 갔다. 그는 그저 마음속에서 병적으로 확대되어가고 있는 불안을 가라앉히자고 스스로 타일러볼 뿐이었다.

"그 일이 일어난 해에,"

나를 접대해준 선생이 잠시 여유를 두고 말했다.

"이 근방 사람이라면 아무도 잊지 못할 그해에 하우케 하이엔의 집에서 초상이 났습니다."

9월 말, 헛간에 마련했던 방 안에서 아흔 살 노령의 트린 얀스가 숨졌다. 그녀가 원하는 대로 사람들이 침상에서 몸을 일으켜주자 노파의 눈은 납테를 두른 작은 창문 너머로 먼 바다를 보고 있었다. 하늘에는 가벼운 공기가 무거운 공기 위로 층층이 떠 있었는지 신기루가 보였다. 반사된 빛이 한순간 바다를 넘실대는 은색 띠처럼 제방 가장자리에 올려놓고 방 안을 환히 비추었다. 예버스 섬의 남쪽 끝까지 시야에 들어왔다. 침대 발치에는 아버지의 손을 꼭 잡은 어린 빙케가 쪼그리고 앉아 있었다. 죽어 가는 이의 얼굴에 히포크라테스가 묘사한 죽음의 징후[40]가 보였다. 아이는 숨을 죽을 죽인 채 아름답지 못한, 그러나 낯익은 얼굴에서 일어나는 섬 뜩하고 이해하기 힘든 탈바꿈을 응시하고 있었다.

"아빠, 할머니가 뭐 해, 뭐 하는 거야?"

무서운 듯 속삭이는 아이의 손톱이 아버지의 손을 파고들었다.

"할머니는 죽는 거야."

하우케가 말했다.

"죽는 거야!"

끝말을 반복하는 아이의 심정이 혼란스러워 보였다.

노파는 다시 한 번 입술을 달싹였다.

"인스! 인스!"

절박한 비명을 터뜨리며 트린 얀스는 뼈만 앙상히 남은 두 팔을 바닷가의 신기루를 향해 뻗었다.

"도와주소서! 제 곁에 있어주소서! 주님은 물 위에 계시니…… 저들에게 자비를 베푸소서!"

노파의 두 팔이 축 처지며 침대가 조용히 삐걱이는 소리가 났다. 그녀가 숨을 거둔 것이다. 아이는 깊은 한숨을 내쉬며 맥없는 눈길을 아버

---

40 das hypokratische Gesicht: 의학의 창시자 격인 그리스의 의사 히포크라테스(기원전 460?~377?)가 묘사한 임종에 다다른 사람이 보이는 여러 가지 징후, 죽은 후의 표정의 변화를 말함.

지에게로 돌렸다.

"할머니가 아직도 죽고 있어?"

"이제, 끝났구나!"

제방 감독관이 아이를 품에 안으며 말했다.

"그녀는 이제 우리 곁을 떠나 자비로운 주님 곁으로 가신 거야."

"자비로운 주님 곁으로!"

아이가 같은 말을 반복하며 의미를 되새기는 듯 한동안 침묵했다.

"자비로운 주님 옆은 좋은 거야?"

"그래, 가장 좋은 곳이지."

하우케의 마음속에는 죽어가며 남긴 노파의 마지막 말이 메아리쳤다.

"신이시여 저들에게 자비를 베푸소서!"

그가 낮게 소리 내어 말해보았다.

"이 마귀 같은 할멈이 뭘 기원했던 걸까? 죽어갈 때는 누구나 예언자가 된다는데?"

트린 얀스가 고지의 교회 무덤에 묻힌 지 얼마 지나지 않아 북프리슬란트 사람들을 공포에 빠뜨리는 갖은 재앙과 혐오스러운 독충들 얘기가 사람들 입에 오르내리기 시작했다. 사순절(四旬節)의 둘째 주 일요일[41]에 회오리바람이 불어 교회 첨탑의 금으로 만든 수탉이 떨어진 일과 한여름에 하늘에서 끔찍한 해충들이 눈 오듯 쏟아져 내린 것은 모두 사실이었다. 한 치 앞이 보이지 않을 정도로 떨어지던 벌레들이 나중에는 소택지에 한 뼘이나 쌓이기도 했다. 과거에는 어느 누구도 듣도 보도 못한 일들이었다. 3월 말에 곡식과 버터를 들고 시내의 장에 다녀온 상급 하인과 하녀 안네

---

41 am Sonntage Lätare: 직역하면 '기쁨의 일요일'이나, 한국 교회에서는 사순절 둘째 주 일요일이란 명명이 일반적이다.

그레테는 창백하게 질린 얼굴로 마차에서 내렸다.

"왜 그래요, 무슨 일들 있었어요?"

마차 구르는 소리를 듣고 나와 있던 다른 하녀들이 물었다.

안네 그레테가 외출복 차림으로 숨을 죽인 채 넓은 부엌으로 들어갔다.

"아이, 얘기 좀 해보라니까!"

다른 하녀들이 다시 물었다.

"어디 또 재앙이 내렸대요?"

"아, 자비로운 주님! 저희를 지켜주소서!"

안네 그레테가 외쳤다.

"왜 너희도 알지? 바다 건너 벽돌집에 사는 늙은 마리켄 할멈! 우리가 평소처럼 버터를 들고 약국 모퉁이에 서 있는데 그 할머니가 그러는 거야. 이벤 욘스도 '재앙이 온다! 북프리슬란트 전역에 재앙이 닥쳐와. 내 말을 믿어! 안네 그레테!'라며……."

그녀는 다시 목소리를 죽여 말했다.

"그리고, 제방 감독관님의 백마도 결국은 성치 못할 거라고!"

"쉿, 쉿!"

다른 하녀들이 소리를 냈다.

"어쨌든 그게 나와 무슨 상관이람! 그나저나 저 건너 마을은 우리보다 더 야단인가봐! 파리와 해충만이 아니고 하늘에서 피가 비처럼 쏟아지기도 했대.[42] 일요일 아침에 목사님이 세숫대야를 앞에 가져왔는데 그 속에 완두콩만 한 죽은 사람 머리 다섯 개가 떠 있더래. 모두 그걸 구경한답

---

42 Blut ist wie Regen vom Himmel gefallen: 피가 하늘에서 비 오듯 쏟아졌다. 고대부터 재앙의 전조로 여겨숨. 실제로 바람에 실려 온 먼지나 홍조(紅藻), 붉은 물벼룩 등에 의해 비가 붉은색을 띨 수도 있다고 함.

시고 달려갔더래지 뭐야. 팔월에는 빨간 머리가 달린 흉칙한 애벌레들이 돌아다니며 곡식이며 밀가루며 닥치는 대로 빵을 먹어치우고 불을 붙여도 죽지를 않더라는 거야."

그녀는 갑자기 얘기를 멈췄다. 누구도 엘케가 그곳에 들어온 줄 알아차리지 못했었다.

"무슨 얘기들이냐?"

엘케가 물었다.

"주인어른께서 듣지 않으시게 해라."

모두가 입을 열려 하자 엘케가 입을 막았다.

"쓸데없다! 그런 얘기라면 나도 들을 만큼 들었다. 가서 너희들 일이나 보도록 해. 그러는 편이 너희들한테 더 복이 될 게야."

엘케는 안네 그레테를 거실로 데리고 들어가 시장에서 거래한 물건들의 내역을 정리했다.

그렇게 제방 감독관 내외에게는 미신과 괴담이 통하지 않았다. 그러나, 밤이 길어질수록 집집마다 이런 얘기들은 더 급속히 번져갔고 소문이 무거운 공기처럼 마을을 짓누르고 있었다. 사람들은 무시무시한 재앙이 북프리슬란트를 덮쳐오고 있다고 쉬쉬하며 얘기하곤 했다.

10월이 오고 '모든 성인 대축일'이 코앞으로 다가왔다. 낮에는 남서쪽에서 강한 폭풍이 불고 저녁에 반달이 뜨면 먹구름이 달을 덮었다. 그늘과 희미한 빛이 땅 위를 교차하며 폭풍은 점점 거세어졌다. 제방 감독관 집의 저녁 식탁에는 아직 빈 그릇들이 놓여 있었다. 하인들은 마구간의 가축들을 점검하고 하녀들은 폭풍이 불어와 재해를 입지 않도록 문과 창들이 잘 잠겼는지 집 안과 헛간을 살펴야 했다. 제방을 둘러보고 돌아와 서둘러 저녁식사를 마친 하우케는 아내와 함께 창가에 서 있었다. 그는 오후 일찍이 걸어서 제방을 둘러본 후 뾰족한 말뚝과 진흙, 마른 짚으로 가득 채운 자루들을 여기저기 허술해 보이는 장소로 옮기도록 지시를 했다. 그리고 밀물이 높아져 제방을 손상시키기 시작하면 곧바로 말뚝을 박고 자루로 둑을 메울 수 있도록 곳곳에 사람들을 배치해두었다. 구제방과 새 제방이 만나는 북서쪽 모퉁이에는 가장 많은 인원이 배정됐는데 그들은 비상시에만 자리를 뜰 수 있었다. 이렇게 일을 처리하고 15분쯤 전에 그는 물에 빠진 생쥐 꼴로 집으로 돌아와 납틀을 댄 유리창을 흔드는 바람 소리에 귀를 기울이며 멍하니 황량한 어둠 속을 내다보고 있었다. 유리로 덮인 벽시계가 막 8시 종을 쳤다. 어머니 곁에 서 있던 빙케가 소스라치게 놀라며 머리를 어머니 옷 속으로 파묻었다.

"클라우스!"

아이가 울며 소리쳤다.

"우리 클라우스는 어딨어?"

아이가 그렇게 묻는 데는 이유가 있었다. 갈매기는 작년에 이어 올해도 이곳을 떠나지 않았기 때문이다. 아버지는 아이의 묻는 소리를 못 들은 척 흘려듣고 어머니가 아이를 무릎에 앉혔다.

"클라우스는 헛간에 있잖니. 거기서 따뜻하게 잘 있으니 염려 마라, 아가야."

"왜요?"

빙케가 물었다.

"그럼 좋은 거야?"

"그럼, 그러면 좋지."

하우케는 여전히 창가에 서 있었다.

백마의 기사 157

"얼마 가지 못할 것 같구려, 엘케!"

그가 말했다.

"하녀를 한 사람 불러요. 폭풍이 창을 부수고 들어오기 전에 덧창을 더 조여야 해!"

여주인의 말이 떨어지자 하녀 하나가 냉큼 달려나갔다. 하녀의 치맛자락이 바람에 날리는 것이 내다보였다. 하녀가 덧창의 죔쇠를 푸는 순간, 폭풍에 덧창이 날아가 안쪽 유리창에 부딪히는 바람에 유리 파편 몇 장이 거실로 날아 들어왔다. 촛불 한 자루가 자욱한 연기를 내며 힘없이 꺼졌다. 하우케가 직접 도우러 나가야 했다. 덧창은 사력을 다해 잡아당기자 조금씩 창 앞으로 끌려왔다. 그들이 집 안으로 들어가려고 문을 열자 돌풍이 뒤따라 불어닥쳐 벽장 안의 유리잔과 은식기들이 부딪히며 달그락거렸다. 머리 꼭대기 지붕 위에서는 각목들이 삐걱거리며 소리를 냈다. 폭풍이 지붕을 떼어갈 기세였다. 하우케는 다시 안으로 들어오지 않았다. 엘케는 그가 헛간 앞 타작 마당을 지나 마구간으로 가는 소리를 들었다.

"백마를! 욘스, 서둘러라. 백마를!"

그의 고함 소리가 들리고 그가 머리를 헝클어뜨린 채 잿빛 눈에서 광채를 뿜으며 다시 거실로 들어섰다.

"바람이 방향을 돌렸어!"

그가 외쳤다.

"북서쪽으로! 물높이가 한사리의 반쯤은 되겠소! 바람은 그쳤어도 이런 지독한 폭우는 처음 보는군!"

엘케는 사색이 되었다.

"그럼 당신, 다시 나가시려고요?"

그는 엘케의 두 손을 온 힘을 다해 쥐었다.

"꼭 가봐야 하오, 엘케!"

엘케가 깊은 눈으로 천천히 그를 올려다보았다. 둘이 서로를 바라본 것은 몇 초에 불과했으나 마치 영원같이 느껴지는 시간이었다.

"그래요, 하우케!"

아내가 말했다.

"당신이 가야 한다는 것은 저도 알고 있어요."

그때 바깥 문 앞에서 말발굽 소리가 나고 엘케가 하우케의 목에 매달려 잠시 그를 놓아주지 않았으나 그것은 단지 한순간이었다.

"이건 우리가 이겨내야만 하는 싸움이오!"

하우케가 말했다.

"집안사람들은 여기 있으면 안전할 거요. 이 집이 물에 잠긴 적은 없으니까. 내게 신의 가호가 함께하길 기도해주구려!"

하우케가 외투를 입자 엘케는 목도리를 꺼내 그의 목에 단단히 둘러주었다. 엘케는 하고 싶은 말이 있었으나 입술만 떨려올 뿐 말이 나오지 않았다.

밖에서는 백마의 히잉거리는 울음소리가 나팔 소리처럼 폭풍의 울부짖음 속으로 빨려 들어갔다. 엘케는 남편과 함께 밖으로 나섰다. 늙은 물푸레나무가 곧 넘어져 사방으로 휘어질 듯 삐걱거리고 있었다.

"나리, 타십시오!"

하인이 외쳤다.

"백마가 어찌나 뻗대는지 고삐가 끊어지는 줄 알았습니다."

하우케가 아내를 안았다.

"동틀 무렵이면 돌아올 거요!"

그가 말 위에 올라타기 무섭게 말은 앞발굽을 높이 쳐들었다. 싸움터로 향하는 군마처럼 말은 기수와 함께 농장의 둔덕을 달려 내려가 어둠과 폭풍 속으로 사라졌다.

"아빠, 아빠!"

애처로운 아이의 음성이 그의 뒤를 따랐다.

"사랑하는 아빠!"

빙케는 아버지를 뒤쫓아 어둠 속을 달렸으나, 백 걸음도 못가서 흙무더기에 걸려 쓰러지고 말았다. 하인 이벤 욘스가 우는 아이를 엄마에게 데려다주었다. 엘케는 물푸레나무에 기대 서 있었다. 나뭇가지가 그녀 위에서 허공을 후려치고 있었다. 엘케는 정신이 나간 듯 남편이 사라진 어둠 속을 바라보고 있었다. 포효하는 폭풍우와 멀리서 철썩이던 파도 소리가 잠깐씩 멎을 때마다 그녀는 소스라치게 놀랐다. 지금 그녀에게는 주변의 모든 것이 남편을 해치려는 것만 같았고 그를 앗아간 후에야 소란이 멈출 듯 여겨졌던 것이다. 그녀의 무릎이 떨리고 머리는 폭풍우에 날려 사방으로 흩어졌다.

"여기 아이가 왔습니다, 마님!"

이벤 욘스가 아이를 그녀의 품으로 밀어넣어주며 외쳤다.

"꼭 잡으세요!"

아이가 어머니 품 안으로 뛰어들었다.

"아이라고? 빙케! 내가 너를 잊고 있었구나!"

엘케가 외쳤다.

"주님, 용서하소서!"

그녀는 아이를 들어올려 한없이 자애로운 모습으로 품에 안고 함께 무릎을 꿇었다.

"우리 주 예수님! 저희를 미망인과 고아로 만들지 마소서! 자비로운 주님, 그를 지켜주옵소서! 이 세상에 그를 이해하는 존재는 주님과 저 둘 뿐입니다!"

폭풍우는 그치지 않았다. 빗소리는 더욱 커져가고 천둥이 치며 세상은 온통 끔찍한 소리들의 반향 속에서 무너져 내릴 듯했다.

"들어가시지요, 마님!"

이벤이 말했다.

"어서요!"

그가 그들을 일으켜 집 안의 거실로 들어갔다.

제방 감독관 하우케 하이엔은 백마를 타고 제방 위를 달렸다. 며칠간 내린 폭우로 좁은 길이 질퍽거렸다. 그러나 끈끈한 개펄의 흙도 백마의 발굽을 묶지는 못하는지 백마는 화창한 여름날 굳은 땅을 딛고 달리는 듯했다. 구름이 거친 사냥꾼처럼 하늘을 몰려다니고 그 아래 개펄은 미지의 불안한 그림자로 뒤덮인 황야처럼 펼쳐 있었다. 제방 뒤의 바다에서는 여전히 모든 것을 삼켜버릴 듯 사납게 날뛰는 파도 소리가 점점 섬뜩하게 들려왔다.

"백마야! 앞으로 가자!"

하우케가 외쳤다.

"지금 우리는 가장 힘든 길을 달리는 거다!"

그가 둘러보니 바로 근처에 반은 폭풍에 떠밀려 날아가다시피 하는 하얀 갈매기떼가 경멸하는 듯한 울음소리를 내며 육지로 몸을 피하고 있었다. 구름을 뚫고 희미한 달빛이 비치자 그중 한 마리가 바다에 짓밟혀 죽어 있는 모습이 보였다. 하우케에게는 그놈의 목에 빨간 리본이 매달린 것처럼 느껴졌다.

"클라우스! 불쌍한 클라우스!"

그가 소리쳤다.

그것이 아이의 새였을까. 새는 백마와 기사가 구해주기를 기다렸을까. 하우케로서는 알 수 없는 일이었다.

"앞으로!"

그가 다시 백마에게 외치자 말은 다시 달릴 채비를 하며 발굽을 들었다. 그때 폭풍이 멈추면서 죽음 같은 정적이 주변을 휩쓸었다. 그러나 순식간에 폭풍은 새로운 분노를 머금고 되돌아왔다. 사람들 소리와 주인 잃은 개들이 짖는 소리가 기수의 귀를 울렸다. 마을 쪽으로 고개를 돌리니 달빛 아래로, 둔덕과 집 앞에 짐을 잔뜩 실은 마차를 세워두고 분주히 움직이는 사람들이 보였다. 다른 마차들도 날아가듯 서둘러 고지로 달리고 있었다. 따뜻한 외양간에서 끌려나온 소들의 울음소리가 귓가에 울렸다.

'다행이군. 저들이 인명과 가축을 구해내고 있으니.'

그가 속으로 말했다.

'나의 아내는! 내 아이는! 아니, 아니야. 우리 농장까지 물에 잠길 일은 없어.'

그러던 찰나에 모든 것이 환영처럼 사라졌다. 사나운 돌풍이 으르렁거리며 바다를 넘어와 늠름한 백마와 기수가 걷고 있는 제방의 좁은 비탈길로 달려들었다. 제방 위쪽에 올라 하우케는 말을 세우느라 애를 먹었다.

'그런데, 바다는 어디지? 예버스 섬은? 저 건너에 둑이 있단 말이야?'

보이는 것은 오로지 산더미처럼 밀려드는 파도뿐이었다. 물은 위협하듯 밤하늘로 솟아올라 소름끼치는 어스름 속에서 탑처럼 층층이 포개지기도 하고 서로 엇갈리며 육지에 부딪히기도 했다. 파도는 울부짖는 사나운 맹수처럼 하얀 발톱을 세우고 밀려왔다. 백마는 앞발을 들어올리고 아수라장 속에서 히잉 코울음 소리를 냈다. 인간의 힘으로 어쩔 도리가 없는 상황이 닥쳐온 것만 같았다. 이제 어둠과 죽음, 그리고 무(無)가 다가온 듯했다.

그래도 그는 다시 냉정을 되찾고자 했다. 그가 이렇게 엄청난 것을 겪어본 적이 없었을 뿐 그것은 해일이었다. 그의 아내와 아이는, 그들은 높은 둔덕 위의 튼튼한 집 안에 안전하게 있다. 사람들이 '하우케 하이엔 제방'이라고 부르는 그의 제방은 이제 제방이란 어떻게 쌓아야 하는지 세상 사람들에게 본보기가 될 것이었다. 그의 마음속에 자족감이 스쳐가고 있었다.

그러나, 어찌 된 것일까? 그는 두 제방이 만나는 모서리에서 멈춰섰다.

'파수꾼으로 배치해둔 사람들은 다 어디로 간 걸까?'

하우케는 구제방이 있는 북쪽으로 눈길을 돌렸다. 그곳에도 사람 몇몇을 배치해두었기 때문이었다. 그러나, 어디에도 사람들은 보이지 않았다. 말을 타고 조금 더 나아가보았으나 그는 혼자였다. 폭풍 소리와 끝이 보이지 않는 먼 바다에서 울려오는 물결 소리만 따갑게 귓전을 때렸다. 말고삐를 돌려 재차 허술한 모퉁이로 돌아온 그의 시선은 새 제방선을 따라가고 있었다. 분명한 것은 그곳에 완만하고 약한 파도가 밀려들고 있다는 사실이었다.

그곳은 마치 다른 바다에서 떨어져 나온 것 같았다.

"여긴 끄떡없어!"

중얼거리는 그의 가슴 속으로 한 줄기 웃음이 피어올랐다.

그러나 그의 시선이 새 제방선을 따라 더 미끄러져 가던 중 웃음기는 사라졌다. 북서쪽 모퉁이, 저게 뭐지? 검은 무리가 뒤엉켜 우글거리고 있었다. 거기서 분주히 움직이며 밀고 당기는 것은 분명히 사람이었!

백마의 기사 163

'저들이 대체 새 제방에서 뭘 하고 있는 거지?'

그가 어느새 백마에 박차를 가하자 말은 그를 태우고 날아갔다. 옆에서 폭풍우가 불어왔다. 가끔 돌풍이 말과 기수를 제방에서 새 간척지로 미끄러뜨릴 듯 거세게 불어왔지만 말과 기수는 방향을 잃지 않았다. 하우케의 눈에 이제 수십 명은 족히 될 사람들이 정신없이 일하는 것이 보였고 벌써 새 제방을 가로지르며 배수구 하나가 파헤쳐져 있는 모양이 똑똑히 보였다. 그가 거칠게 말을 세웠다.

"멈춰!"

그가 소리쳤다.

"멈추란 말이다! 여기서 무슨 허튼짓들이야?"

제방 감독관이 나타나자 놀란 사람들은 삽질을 멈췄다. 그의 말은 바람을 타고 그들에게 분명히 전해졌다. 그들 중 여럿이 그에게 대답을 하려고 애쓰는 것이 보였으나 그들 모두가 그의 왼쪽에 서 있어서 말소리는 바람에 흩어지고 다급한 동작만을 알아볼 수 있었다. 사람들은 바람 속에서 서로 부대끼다가 충돌하지 않도록 몸을 바짝 붙이고 서 있었다. 하우케는 재빨리 파헤쳐놓은 배수로와 물의 높이를 가늠했다. 물은 새 제방의 완만한 경사에도 불구하고 거의 제방 높이까지 올라와 백마와 기수에게까지 물거품을 뿌리고 있었다. 그가 보기에 그런 식으로 10분만 더 계속하면 홍수가 도랑을 뚫고 하우케 하이엔 간척지를 물바다로 만들어버릴 것이었다.

하우케가 인부 중 하나에게 자기 곁으로 오라고 손짓을 했다.

"자, 이제 말을 해봐! 자네들 여기서 무슨 짓을 하는 건지!"

그가 소리를 질렀다.

"새 제방을 뚫어야 합니다, 나리! 그래야 구제방이 살지요!"

인부도 그에게 대고 외쳤다.

"뭘 한다고?"

"새 제방을 뚫는다고요!"

"그리고 간척지를 바닷물 속에 묻어? 어떤 작자가 자네들에게 그런 일을 지시했나?"

"나리, 어떤 작자가 아니라, 제방위원 올레 페터스가 여기 와서 그러라고 지시했습죠."

하우케의 눈에 분노가 치밀어 올랐다.

"너희들이 나를 잊었더냐? 내가 있는 한 올레 페터스가 지시할 일은 없다. 각자 내가 정해준 구역으로 당장 돌아가도록!"

인부들이 멈칫거리자 그는 백마를 타고 그들 사이를 뛰었다.

"어서 너희들 자리로 돌아가든가 지옥에 있을 네 할머니들 품으로 떨어져버려!"

"나리, 몸조심하십쇼!"

무리 중의 하나가 미친 듯 날뛰는 백마를 삽으로 찌르며 외쳤다. 그러나 삽은 말의 발길에 채여 그의 손에서 미끄러졌다. 그때 나머지 사람들이 갑작스레 비명을 질렀다. 그것은 죽음의 공포 앞에 다가선 사람들만이 낼 수 있을 소리였다. 제방 감독관과 백마도 잠시 마비된 듯했다. 인부 중 한 사람이 이정표처럼 팔을 뻗어 구제방과 새 제방이 만나는 맞은편 북서쪽 모퉁이를 가리키고 있었다. 폭풍우의 성난 고함 소리와 날카롭게 부서지는 파도 소리만이 들려왔다. 하우케가 말안장에 앉은 채 몸을 돌렸다.

'저기 무엇이 있었단 말인가!'

그의 눈이 번쩍 뜨였다.

"세상에, 터지다니! 구제방이 터지다니!"
"제방 감독관, 당신 책임이오!"
무리 중의 한 사람이 외쳤다.
"당신은 신의 심판을 받을 것이오!"

분노로 달아올랐던 하우케의 얼굴도 납빛으로 변해 달빛도 그를 더 창백하게 하지 못할 것만 같았다. 팔을 축 늘어뜨리고 고삐를 쥔 그의 손은 감각이 없었다. 잠시 후 몸을 일으켜 세우는 그의 입에서 처참한 신음 소리가 튀어나왔다. 그가 조용히 말을 돌려 세우자 백마는 히잉 코울음 소리를 내며 그와 함께 제방 동쪽으로 달렸다. 기수의 눈이 사방을 날카롭게 훑어보고 있었다. 그의 마음은 천 갈래 만 갈래로 찢어지는 것 같았다. 그가 무슨 죄를 지었기에, 신 앞에 가서 심판을 받으란 말인가! 새 제방의 배수로는 그가 만약 정지 명령을 내리지 않았더라면 여지없이 뚫리고 말았을 것이다. 그러나 또 다른 사실 하나, 그의 마음속에서 뜨거운 것이 치밀었다. 작년 여름 올레 페터스의 삿된 주둥이를 그 자리에서 막아줬어야 옳았다. 바로 그것이다! 구제방의 허술한 점을 알고 있던 것은 그 자신뿐이었으니 어쨌든 주위의 만류에도 새 제방의 수리를 원래 생각대로 밀어붙여야 했던 것이다.

"그렇습니다, 주님. 저는 알고 있었습니다!"
그가 갑자기 폭풍우 속에 대고 큰 소리로 외쳤다.
"제가 제 직무를 소홀히 했습니다!"

왼쪽으로 백마의 발 언저리에서 바닷물이 날뛰고 있었다.

그의 농장이 있는 둔덕과 마을의 집들, 그리고 옛 간척지가 칠흑 같은 어둠 속에 묻혀 있었다. 희미한 달빛마저 흔적 없이 사라지고 오직 한 곳에서 어둠을 뚫고 불빛이 비쳐 나오고 있었다. 그의 집에서 나오는 듯한 그 빛은 그에게는 아내와 아이의 안부 인사처럼 느껴졌다. 다행히도 그들은 높은 농장 둔덕에 안전하게 있다! 다른 이들은 분명히 고지로 올라갔을 것이다. 고지에서는 이제껏 본 적 없는 무수한 불빛이 희미하게 깜박였다. 게다가 하늘 높이 교회 첨탑일 듯한 곳에서 어둠 사이로 빛을 내보내고 있었다.

"모두들 집을 떠났을 거야, 모두들!"

하우케가 혼자 중얼거렸다.

"둔덕에 있는 집들 대부분은 풍비박산이 날 거야. 홍수가 지나간 소택지도 몇 해 동안 쓸모가 없겠지. 무너진 둑과 수문도 고쳐야 할 테고! 우리는 그걸 극복해야만 한다. 그리고 난 나를 괴롭힌 자들까지 도와야 하겠지. 오, 주님, 우리 인간을 긍휼히 여기소서!"

그는 눈을 옆으로 돌려 새 간척지를 바라보았다. 그를 둘러싼 파도가 물거품을 일으켰지만 그의 마음에는 밤의 적막과 같은 평온이 깃들고 있었다. 무의식 중에 환호성이 그의 가슴에서 튀어나왔다.

"하우케 하이엔 제방, 제방은 견뎌낼 것이다. 수백 년이 지난 후에도!"

그의 발치에서 울리는 우레 같은 파도 소리가 그를 이 단꿈에서 깨웠다. 백마는 더 이상 앞으로 나가지 않으려 했다. 무엇이던가. 말은 뒤로 물러서고 제방 한 귀퉁이가 그의 앞에서 밑으로 가라앉는 듯했다. 그는 눈을 크게 뜨고 사사로운 생각들을 털어냈다. 그는 구제방에서 말을 멈췄다. 백마의 발굽은 이미 제방에 닿아 있었고 그는 자기도 모르게 말고삐를 뒤로 당겼다. 그때 달을 가리고 있던 마지막 구름이 벗겨지고 부드러운 별빛이 나와 '싯싯' 뱀 혓바닥 놀리는 소리를 내며 거품과 함께 무너져 내리고 있는 구제방의 자갈밭을 비추고 있었다.

하우케는 무기력한 표정으로 그 광경을 지켜보고 있었다. 그것은 동물과 인간을 삼키려는 단죄의 홍수[43]였다. 그때 아까 본 것 같은 불빛이 다시 비쳤다. 그의 농장에서도 여전히 불빛이 타오르고 있었다. 그가 용기를 내서 간척지를 내려다보니 어지러운 소용돌이 뒤로 백 걸음 정도 너비의 땅이 물에 잠기고 있었다. 그 뒤에 간척지에서 올라오는 길이 뚜렷이 보였다. 마차, 아니 이륜마차 한 대가 제방을 향해 겁없이 달려오고 있었고 그 안에는 한 여자와 아이가 타고 있었다. 지금 폭풍우를 타고 넘어오는 것은 낑낑거리는 강아지 울음소리였던가? 오, 하느님! 그들은 그의 아내와 아이였다. 거품을 문 집채 같은 파도가 그들을 향해 달려들고 있었다. 절망에 찬 외마디 비명 소리가 기수의 가슴에서 터져 나왔다.

"엘케!"

그가 외쳤다.

"엘케! 돌아가! 돌아가!"

그러나 바다는 무자비하게 날뛰며 그의 말을 삼켜버리고 폭풍은 외투 자락을 잡아 그를 말에서 이내 떨어뜨릴 듯했다. 마차는 지체 없이 밀어닥치는 파도를 마주보며 달려가고 있었다. 아내가 그를 향해 팔을 뻗는 것이 보였다. 그녀가 그를 보았을까? 그가 보고 싶어서, 그가 죽을지도 모른다는 불안 때문에 그녀는 안전한 집을 버리고 나왔던가? 이제 그녀는 마지막 남은 말을 그에게 외치고 있단 말인가. 이런 질문들이 그의 뇌리를 스쳐갔다. 그들이 서로에게 던지는 물음들은 한마디 답도 찾지 못한 채 사라지고 종말을 예고하는 듯한 물거품 소리만이 그들의 귓전을 울리며 다른 모든 소리를 빨아들였다.

"내 아이, 오, 엘케! 나의 사랑 엘케!"

---

43 『구약성서』의 '노아의 홍수'를 빗댄 말.

하우케가 폭풍 속으로 외쳤다. 제방의 커다란 귀퉁이 한쪽이 다시 크게 무너져 내리고 바닷물이 천둥 같은 소리를 내며 쏟아져 들어왔다. 아래쪽에서 말머리와 마차의 바퀴가 거친 파도 위로 떠올랐다가 소용돌이치며 가라앉고 있었다. 고독하게 제방 위에 멈춰 선 기수의 경직된 눈에는 더 이상 아무것도 보이지 않았다.

"끝났다!"

그가 조용히 혼잣말을 내뱉었다. 그는 절벽으로 말을 몰았다. 바닷물이 무시무시하게 철썩거리며 그의 고향 마을을 덮치기 시작했지만 그의 집에서는 아직 희미한 불빛이 새나오고 있었다. 그는 혼이 나간 듯했다. 허리를 곧게 펴고 말의 옆구리에 박차를 가하자 말이 버둥거리다 고꾸라질 뻔했으나 하우케가 힘을 주어 그를 아래로 당겼다.

"앞으로!"

말이 빨리 달리도록 그가 평소처럼 다시 외쳤다.

"주여, 저를 데려가시고 저들을 용서하소서!"

기수가 다시 박차를 가하자 백마는 폭풍과 파도보다 더 새된 비명을 질렀다. 그리고 미끄러져 내리는 폭풍 속에서 둔탁하게 충돌하는 소리가 울려 퍼지며 짧은 격투가 일어났다.

달은 높은 곳에서 환히 빛나고 그 아래 제방 위에 살아 있는 것이라고는 거친 파도뿐이었다. 파도는 옛 간척지를 남김없이 집어삼키고 있었다. 둔덕 위에 솟은 하우케 하이엔의 농장에서는 여전히 희미한 불빛이 새나오고, 차츰 어두워져가는 고지 교회탑의 고독한 불빛에서 떨어져 나온 불꽃이 거품이 이는 파도 위로 떨어졌다.

선생은 말을 멈췄다. 나는 내 앞에 놓인 지 한참 지난, 술이 그득한 잔을 쥐었으나 입으로 가져가지는 않았다. 내 손은 탁자 위에 머물고 있었다.

"이것이 하우케 하이엔의 이야기랍니다."

선생이 다시 말을 꺼냈다.

"제가 아는 한 자세히 얘기드리고 싶었습니다만. 물론, 우리 제방 감독관 집의 하녀라면 좀 다른 식으로 얘기했겠지요. 얘기란 엮어가기 나름이니까요. 그 말뼈가 홍수 뒤에 달밤이면 다시 예전처럼 예버스 섬에 나타났다는 둥 하면서 말입니다. 온 동네 사람들이 봤다지요, 아마. 확실한 건 하우케 하이엔과 그의 아내, 아이가 홍수에 휩쓸려갔다는 겁니다. 저 위 교회 묘지에서도 그들의 무덤은 찾아볼 수 없어요. 시체는 무너진 제방을 뚫고 들어온 물에 휩쓸려 바다로 떠내려갔겠죠. 그리고 그렇게 서서히 분해된 후, 인간 세상에서 벗어나 안식을 취했겠죠. 그러나, 하우케 하이엔 제방은 백 년 후인 지금도 건재합니다. 아침에 시내로 가시는 길에 한 삼십 분만 돌아가실 요량을 하신다면 선생이 타신 말의 발굽이 그 제방을 딛고 서 있을 것입니다. 언젠가 예베 만너스 노인이 장담했듯 후손들이 제방을 지은 사람에게 화환을 바치는 일은 없지만 말입니다. 세상이라는 게 그렇지 않습니까, 선생! 소크라테스에게도 독을 선사하고 우리 주 그리스도를 못 박은 것이 인간들인걸요! 요즘에야 섣불리 그런 짓을 할 수야 없겠지만, 그래도 횡포를 일삼고 사리사욕만 채우기 바쁜 악한 성직자들을 성인 반열에 올리려는 짓거리도 여전하지요. 훌륭한 사람을 우리보다 한수 위라는 이유로 귀신 들린 자나 악귀로 만드는 일도 비일비재하구요."

체구가 아담하고 진지한 학교 선생은 그렇게 얘기하며 일어나 바깥 소리에 귀를 기울였다.

"뭐 좀 달라진 게 있나 보군요!"

그가 창문을 덮은 모직 덮개를 잡아당기니 달빛이 훤했다.

"보세요!"

그가 말했다.

"저기 제방위원들이 돌아옵니다. 모두 뿔뿔이 흩어져 집으로 가는군요. 저 건너편 해안에 둑이 터졌을 겁니다. 수위는 떨어졌을 거고요."

나도 그의 곁에 서서 밖을 내다보았다. 창은 제방의 귀퉁이 쪽으로 나 있었다. 그가 말한 대로였다. 나는 잔을 들어 남은 술을 마셨다.

"오늘 저녁 감사했습니다. 이제 자도 되려나 봅니다."

내가 말했다.

"그럼요."

왜소한 선생이 말했다.

"편히 주무세요!"

내려가는 길에 나는 제방 감독관과 마주쳤다. 그는 주점에 두고 간 지도를 집으로 가져가려고 돌아온 것이었다.

"이제 한숨 돌렸습니다! 그건 그렇고 우리 선생님께서 당신을 잘 깨우쳐드렸겠지요? 그는 계몽주의자랍니다!"

그가 말했다.

"지적인 분이신 것 같습니다!"

"그럼요. 여부가 있나요. 그래도 직접 보시지 않았습니까. 저 건너에 둑이 무너질 거라고 제가 말씀드렸죠?"

나는 어깨를 으쓱 올려 보였다.

"그건 하룻밤 자고 생각해봐야겠는걸요. 안녕히 주무세요, 제방 감독관님!"

"편히 주무십쇼!"

그가 웃었다.

다음날 아침 넓은 황무지 위로 찬란한 금빛 해가 솟을 무렵 나는 하우케 하이엔 제방을 따라 시내로 내려가고 있었다.

꼭두각시패 폴레

젊은 시절, 나는 선반 세공(旋盤細工)에 꽤 재주가 있었다. 그 시절 나는 학과 공부도 뒷전일 만큼 세공 일에 매달리곤 해서 어느 날은 오답이 듬성듬성 낀 과제물을 돌려주시던 교감선생님께서 내게 불쑥 여동생 생일 선물로 줄 반짇고리라도 깎았느냐고 묻기까지 할 정도였다. 하지만 세공에 몰두한 덕분이라고나 할까. 나는 탁월한 장인(匠人) 한 사람과 이런 자잘한 허물들을 모두 덮어주고도 남을 귀중한 인연을 맺게 되었다. 파울 파울젠은 선반 세공 기능장이자 기계 제작자였으며 우리 시의 참의원(參議員) 가운데 한 사람이기도 했다. 평소에도 무슨 일이든 기초부터 꼼꼼히 다지라고 누누이 강조하시던 아버지의 당부를 받고 그는 내게 세공에 필수적인 기술들을 가르쳐주는 데 기꺼이 동의했다.

파울젠은 다양한 지식들을 섭렵하고 있었는데, 자신이 다루는 수공업 분야에 대해 정통했음은 물론이며 수공업 전반의 발전 방향에 대해서도 혜안을 가진 사람이었다. 지금 갑자기 떠올랐지만, 그래서 그는 요즘 들어서야 새로이 알려진 사실들조차도 "그건 자네 친구 이 파울젠이 벌써 사십 년 전에 한 얘기야'라고 할 정도였다. 얼마 지나지 않아 나는 그의 애제자가 되었다. 내가 수업이 없는 휴일이라도 한 차례씩 그를 찾아가곤 하면 그는 매우 반가이 맞아주었다. 그럴 때면 우리는 작업장이나 혹은 여름이면— 우리 관계는 수년간 지속됐었다—정원의 큰 보리수나무 아래 벤치에 즐겨 앉고는 했다. 대화를 이끄는 사람은 대개 파울젠이었지만 그와 얘기를 나누며 나는 사물을 알아가고, 훗날 상급 학교 교과서의 어디에서도 발견할 수 없었던 인생의 중요한 문제들에 대해 눈이 틔어갔다.

파울젠은 프리슬란트 사람[1]이었고 그의 용모에는 이 민족 고유의 특징이 고스란히 살아 있었다. 밝은 금발 아래로 곰곰이 생각하는 듯한 이마며 사려 깊어 보이는 푸른 눈이 그랬고, 그의 부친과 꼭 빼닮았다는 목소리에도 아직 그 지방 특유의 억양이 남아 있었다. 호리호리한 몸매에 피부가 가무잡잡하던 파울젠 부인의 말투는 누가 들어도 영락없는 남쪽 지방 사투리였다. 우리 어머니는 파울젠 부인의 검은 눈이 호수라도 태워버릴 것 같다고 얘기하시고는 했었다. 모르긴 해도 젊은 시절에는 여간한 미인이 아니었을 거라고. 사실 흰머리가 듬성듬성하던 그 당시에도 한창 시절의 고운 자태는 여전했다. 아름다움을 좇는 젊은이로서의 본능이 나를 부추긴 것인지 아무튼 나는 곧잘 가벼운 심부름을 하는 등 그녀에게 크고 작은 호의를 베풀었다.

그러면 그녀는 남편에게 넌지시 이런 말을 건네는 것이었다.

"파울, 애 좀 봐요. 당신, 질투 안 나요?"

---

1 Friese: 셸데Schelde 강 하류에서 쥘트Sylt 섬까지 이어지는 북해 연안에 분포되어 사는 게르만 족을 지칭함. 8세기경 프랑크 족의 기독교 전파와 영토 확장에 대항했던 중세 프리슬란트는 농경부족연맹이었다. 프리슬란트 지역은 크게 네덜란드령인 서프리슬란트와 독일의 니더작센 주에 포함되는 동프리슬란트, 슐레스비히-홀슈타인 주와 덴마크에 이르는 북프리슬란트로 나뉜다.

그럴 때면 파울은 그저 미소만 짓고 말았지만 그들 사이를 오가는 농담과 미소에서 동반자로서의 깊은 신뢰를 읽을 수 있었다.

두 내외에게는 당시 타지에 나가 있던 아들이 유일한 혈육이었다. 그들 부부가 나를 그토록 반기던 이유 중의 하나도 파울젠 부인이 몇 번이고 강조했듯, 내 코가 그네의 아들 요제프의 귀여운 코를 빼닮았던 때문일 수도 있을 것이다. 빵 굽는 솜씨가 남다르던 부인이 우리 시에서는 본 적도 없는 케이크를 만든 날이면 잊지 않고 나를 초대해주던 일도 적잖이 내 마음을 끌었던 것이 사실이다. 그렇게 그 집은 내게 매력이 넘치는 곳이었다. 부친은 나와 그 건실한 집안과의 교류를 흡족해했다. '너무 폐가 되지는 않도록 해라'라는 것이 이 관계에 대한 아버지의 유일한 조언이었다. 그러나, 돌이켜 보면 파울젠 내외도 나의 방문이 너무 잦아서 성가시게 여긴 적은 없었던 것 같다.

그러던 어느 날 우리집을 방문한 인근의 노신사 한 분에게 그 즈음 내가 만든 물건 중 가장 최근 것으로 상당히 성공했던 작품을 선보일 기회가 있었다.

노신사가 감탄을 연발하자 아버지는 내가 벌써 일 년 가까이 파울젠 선생 곁에서 기술을 익히고 있노라고 덧붙이셨다.

"아아, 그랬구만."

노신사가 대꾸했다.

"꼭두각시패 폴레!"[2]

---

2 Pole Poppenspäler: 'Paul Puppenspieler'. 폴레 포펜슈펠러. '인형극 연희자 파울 파울젠'의 저지 독일어 발음. 이 책의 원제이기도 하다. 19세기의 유랑극단, 인형극 연희자들과 수공업 장인의 신분 차이를 고려하면 파울젠에게 '인형극단과 어울리는 사람'이라는 말은 상당히 모욕적인 언사가 된다. 따라서, '인형극 연희자 폴레'로서는 원본의 느낌을

우리 선생님한테 그런 별명이 있는지 몰랐던 나는 내심 버릇없는 짓인 줄 알면서도 대체 그게 무슨 뜻이냐고 물었다.

하지만 노신사는 짓궂은 미소만 지을 뿐 아무 대답도 해주지 않았다.

다음 일요일에 파울젠 부부는 결혼 기념일 축하 파티도 도울 겸 저녁식사에 와달라고 나를 초대했다. 늦여름 무렵이었는데 내가 좀 서둘러 집을 나섰던지 파울젠 부인은 아직 음식 준비를 하고 있었다. 파울젠은 나와 함께 정원의 보리수 아래에 있는 벤치로 갔다. 그런데 느닷없이 '꼭두각시패 폴레'라는 말이 머릿속을 떠나지 않아 나는 묻는 말에 제대로 대답도 못할 지경이었다. 나중에 그가 다소 정색을 하고 나의 산만함을 지적하자 나는 대뜸 그 별명이 무슨 뜻이냐고 물었다.

그는 발끈 성을 내며 자리에서 벌떡 일어나 내게 물었다.

"누가 그런 실없는 소리를 하고 다니더냐?"

대답이 궁색해서 머뭇거리고 있자니 그가 다시 옆에 앉아 기억을 더듬는 듯한 낮은 어조로 말했다.

"됐어, 그만두자! 하기야, 그때가 내 인생의 황금기였는지도 모르지. 좋아, 얘기해보세. 아직 그 정도 시간 여유는 있는 것 같군. 그러니까 이 집, 이 뜰에서 난 자랐네. 순박하던 우리 부모님들도 여기 사셨고 훗날 내 아들도 그랬으면! 내가 아직 꼬마였을 때니까 아주 오래전 일이지. 그렇지만 그 시절의 일은 아직도 색깔을 입힌 듯 눈에 선하네그려."

파울젠의 얘기는 그렇게 시작됐다.

제대로 살릴 수 없다고 판단, 번역본에서는 그런 신분 격차에서 오는 비방조의 느낌을 어느 정도 살리기 위해 '꼭두각시패 폴레'라는 제목을 붙였다.

당시에 우리집 대문 옆에는 등받이와 팔걸이를 초록색으로 칠한 하얗고 앙증맞은 벤치가 놓여 있었다. 그 벤치에 앉아 있으면 한쪽으로는 긴 거리 아래 교회까지, 다른 쪽으로는 시가지 너머 멀리 들판까지 훤히 내다보였다. 여름 저녁이면 일과를 마친 부모님들은 거기서 지친 몸을 추스리곤 했다. 그전까지 나는 벤치를 독차지하고 기분전환 삼아 탁 트인 주변을 둘러보며 숙제를 했다.

그날 오후— 미카엘 축일을 기념하는 대목장(場)[3]이 열린 바로 다음 날이었으니 9월이었을 것이다— 에도 나는 여느 때처럼 그렇게 앉아 수학 선생님이 내준 대수(代數) 문제를 풀고 있었는데 거리 아래쪽에서 갑자기 별난 행차가 올라오고 있었다. 조그맣고 추레한 말에 딸려오는 것은 이륜(二輪) 수레였다. 양쪽에 실려 있는 높다란 궤짝 사이에 얼굴을 나무로 깎은 듯 무뚝뚝해 보이는 금발의 아낙네와 생기발랄하게 고개를 두리번거리는 아홉 살가량의 여자애 하나가 앉아 있었다. 고삐를 쥔 땅딸막한 사내의 눈에는 사뭇 장난기가 어려 있었고 챙 달린 녹색 모자 밑으로 까맣고 짧은 머리카락이 꼬챙이처럼 삐져 나와 있었다.

말 모가지에 달린 방울을 요란히 울리며 그들은 점점 다가왔다. 수레는 우리집 문 앞에서 멈췄다.

"얘, 꼬마야, 재단사 숙소가 어디냐?"

여자가 나를 향해 외쳤다.

숙제를 적고 있던 석필은 이미 내려놓은 지 오래였다. 나는 후닥닥 일어나서 수레 쪽으로 다가갔다.

"다 왔어요. 바로 저기예요!"

---

[3] Michaelis Jahrmarkt: 미카엘 대천사의 날(9월 29일)에 열리는 장.

나는 사각으로 분재한 보리수가 보이는 건너편의 낡은 집을 가리키며 말했다.

짐짝 사이에서 예쁘장한 계집애가 일어나 색 바랜 외투에 달린 모자를 벗고 동그랗게 뜬 눈으로 나를 바라보았다. 그러자 사내가 아이에게 한마디 주의를 주었다.

"꼬마 아가씨, 얌전히 있지 않고!"

그러고는 '고맙다, 꼬마야!' 하고 인사를 하며 내가 가리킨 집을 향해 비루먹은 말에 채찍을 던졌다. 맞은편에서는 벌써 초록색 작업용 앞치마를 두른 뚱뚱한 여관 주인이 다가오고 있었다.

이 외지인들이 재단사 동업조합원들이 아니라는 것은 나도 아마 눈치 채고 있었음이 분명하다. 지금 생각해보면 유능한 재단사들과는 결코 어울리지 않는, 그러나 훨씬 마음을 끌던 그런 사람들이 그곳에 자주 머물곤 했다. 지금도 유리창 대신에 그저 나무로 만든 채광창만 달랑 거리를 향해 나 있는 3층짜리 재단사 숙소는 떠돌이 악사들, 줄 타는 광대들, 맹수 조련사들, 그러니까 우리 마을에 재주를 보여주러 온 이들의 숙소였다.

아니나 다를까, 다음날 아침 내 방 창가에 서서 책가방을 메고 있는데 건너편의 조그만 채광창이 열리더니 까만 말총머리 사내가 머리를 쑥 내밀고 신선한 공기를 향해 기지개를 펴고 있었다. 그가 어두운 방 안으로 고개를 돌리며, '리자이, 리자이!' 하고 부르는 소리가 들렸다. 그러자 그의 팔 밑에서 말갈기처럼 치렁치렁한 검은 머리카락으로 감싸인 발그스레하고 귀여운 얼굴이 쑥 솟아나왔다. 소녀의 아버지는 손가락으로 나를 가리키며 웃더니 한두 차례 소녀의 비단 같은 머리채를 살짝 잡아당겼다. 사내가 소녀에게 뭐라고 하는지 자세히 알아들을 수는 없었지만 대충 이랬을 것이다.

"리자이, 저것 좀 봐라. 어제 본 저 꼬마 알아보겠냐? 저 녀석 책보따리 메고 학교로 냅다 뜀박질해야겠구나. 너처럼 팔자 편한 아이도 없지? 너야 사시사철 우리 갈색 말이 끄는 대로 마차 안에 턱 앉아 있기만 하면 되잖니!"

적어도 소녀는 연민이 가득한 눈길로 나를 바라보는 듯했고, 내가 용기를 내어 친근하게 아는 체를 해보이자 소녀도 다시 진지하게 고개를 끄덕여주었다.

소녀의 아버지는 곧 몸을 돌려 다락방 안으로 사라졌다. 대신 이번에는 덩치 큰 금발의 여자가 소녀를 향해 다가와 그녀의 머리를 꼭 붙들고 머리에 빗질을 하기 시작했다. 빗질을 하는 동안은 입을 떼면 안 된다는 규칙이라도 있는지 리자이는 여자가 하는 대로 옴짝달싹 못하고 빗이 수차례 목덜미에 긁혀도 꼭 다문 입만 샐쭉거려볼 뿐이었다. 꼭 한 번 리자이는 팔을 뻗어 긴 머리카락 한 올을 보리수나무 너머 아침 공기 속으로 날렸다. 마침 해가 가을 안개를 뚫고 건너편 숙소 위층까지 비추어서 나는 창문을 통해 머리카락이 햇빛에 반짝이는 것을 볼 수 있었다.

이내 조금 전까지 아무것도 보이지 않던 다락방이 들여다보였다. 방 귀퉁이가 어렴풋이 밝아오자 탁자 앞에 앉은 사내의 모습이 뚜렷이 보였다. 그의 손 안에서 금, 은 같은 것이 반짝였다. 괴상한 코를 단 얼굴 같은 것도 보였는데 보려고 안간힘을 썼으나 허사였다. 갑자기 나무토막 같은 것이 상자 안에 던져지는 둔중한 소리가 나더니 사내가 다시 일어나 거리를 향해 난 두번째 채광창을 열었다.

여자는 그동안 까만 머리 소녀에게 색 바랜 붉은 옷을 입히고 땋은 머리를 화환처럼 동그랗게 올려주었다.

나는 혹시나 소녀가 다시 한 번 고개를 끄덕여주지나 않을까 기대하며 여전히 그쪽을 쳐다보고 있었다.

그때 갑자기 우리집 아래층에서 어머니가 부르는 소리가 들렸다.

"파울, 파울!"

"예, 알았어요. 엄마!"

나는 어찌나 놀랐던지 사지가 마비되는 줄 알았다.

"이런,"

어머니가 다시 소리를 치셨다.

"수학 선생님이 너한테 시계 읽는 법부터 다시 가르쳐주시겠구나! 일곱 시 종 친 게 언젠 줄 아니, 지금?"

얼마나 쏜살같이 계단을 뛰어내려왔는지!

그날 아침에는 운이 좋았다. 마침 수학 선생님 댁 정원의 베르가모트[4] 나무에서 열매를 따느라고 학생들 중 반 이상은 선생님 댁에 모여 있었다. 옹기종기 모여 주섬주섬 열매를 먹어가며 따며 거들다가 9시가 되어서야 우리는 발그레한 뺨에 명랑한 미소를 짓고 책상 앞에 앉아 흑판과 수학책을 펼쳐들었다.

11시쯤, 내가 주머니를 배나무 열매로 꽉 채우고 학교 운동장에서 걸어 나오는데 길 건너편에서 뚱뚱한 시 홍보관[5]이 건너오고 있었다. 그는 열쇠 꾸러미로 매끈한 놋쇠 심벌즈를 두드리며 술꾼들 특유의 거친 저음으로 외쳤다.

"군주님이 사는 뮌헨에서 온 기술자, 인형극 연희자 요제프 텐들러 씨가 어제 우리 마을에 도착했습니다. 오늘 저녁 사격 회관에서 첫번째

---

4 Bergamotte: 둥근 모양을 한 배의 일종. 주로 남부 유럽에서 재배됨.
5 Stadtausrufer: 시 홍보관이나 안내원. 시청에 고용되어 광장이나 시장에서 중요한 공공 행사를 알리던 사람.

공연이 있겠습니다. 공연작은 '지그프리트 백작과 성 제노베바,'⁶ 노래가 함께하는 4막 인형극!"

그러고는 헛기침을 하며 위엄 있게 우리집과는 반대 방향으로 걸음을 돌렸다. 나는 이 넋을 빼가는 소리를 자꾸만 듣고 싶어서 이 거리에서 저 거리로 그를 따라다녔다. 희극이란 것도 본 적이 없는데 하물며 인형극이라니! 마침내 내가 시 홍보관을 쫓던 발길을 돌렸을 때 조그만 붉은 옷이 마주 보며 다가오고 있었다. 그것은 다름아닌 저 작은 인형극 연희자 소녀였다. 색 바랜 낡은 옷을 입었음에도 소녀는 신비로운 광채에 둘러싸인 듯 보였다.

나는 용기를 내어 그녀에게 말을 붙였다.

"산책 가지 않을래, 리자이?"

그녀는 까만 눈동자로 나를 미심쩍게 쳐다보며 길게 말을 늘여 되물었다.

"산채——액?"

"그래. 산책. 너는 어디 가는데?"

"포목장수한테!"

"새 옷 사려고?"

우둔하기 짝이 없는 나의 질문에 그녀가 웃음을 터트렸다.

---

6 「지그프리트 백작과 성 제노베바 Pfalzgraf Siegfried und die heilige Genoveva」: 독일에서 가장 사랑받는 인형극 레퍼토리 중 하나. 유랑극단에 의해 드라마화된 성 제노베바 이야기는 이후 대중 연극이나 인형극에 큰 영향을 주었다. 백작이 전쟁에 나간 후, 사악한 시종 골로는 주인의 명을 어기고 백작부인 제노베바를 유혹하려 하나 실패한다. 원한에 사무친 골로는 주인이 돌아오자 제노베바기 정조를 잃었다고 거짓 보고를 올린다. 사형을 선고받은 제노베바는 들에서 나무뿌리와 약초로 연명을 하고 아들은 할머니가 보낸 암사슴에 의지해 커간다. 어느 날 사냥을 나갔던 지그프리트 백작이 아내의 결백을 깨닫고 그녀를 성으로 데려오지만 제노베바는 곧 이승을 떠난다. 골로는 처형을 당한다.

"저리 가! 나 가봐야 해! 그냥 헝겊 자투리 좀 가지러 가는 거야!"

"헝겊 자투리라고, 리자이?"

"그래! 인형 옷 입힐 천 조각 조금. 몇 푼 하지도 않아!"

그때 문득 내게 좋은 수가 떠올랐다. 나이 지긋한 친척 아저씨 한 분이 당시 시장에서 포목점을 운영하고 계셨고 그 가게의 늙은 점원은 나와 좋은 친구 사이였다.

"나를 따라와. 공짜로 얻을 수 있어, 리자이!"

나는 대담하게 말했다.

"진짜?"

그녀가 되물었다. 우리는 함께 시장통의 아저씨 가게로 달렸다. 점원 가브리엘 노인이 평소처럼 하얀 바탕에 검은 물방울 무늬가 찍힌 작업복을 입고 판매대 뒤에 서 있었다. 내가 그에게 우리의 용건을 얘기하자 그는 인심 좋게 '천 조각'들을 탁자 위로 한 무더기 갖다놓았다.

"이것 봐, 이 붉은색 좀!"

리자이가 프랑스 산 무명 조각에서 눈길을 떼지 못하며 말했다.

"그게 필요하냐?"

가브리엘 노인이 물었다.

그게 필요하냐구! 그날 저녁 당장 기사 지그프리트를 위해 새 조끼가 마련되어야 할 터였다.

"거기엔 이 장식 테도 있어야지."

노인은 금은박 테두리들을 더 가져왔다. 그리고 곧 초록, 노랑색 비단 천 조각이며 끈들, 나중에는 상당히 큰 밤색 우단 천 조각도 나왔다.

"가져가라, 얘야!"

가브리엘 노인이 말했다.

"여기 너희 제노베바를 위해 쓸 모피도 있다. 쓰던 게 낡았으면 말이다!"

그는 각양각색의 천 조각들을 한데 둘둘 말아 리자이의 옆구리에 끼워주었다.

"이거 정말 공짜예요?"

그녀는 미심쩍은 듯 물었다.

정말 공짜였다. 그녀의 눈이 반짝였다.

"고맙습니다. 할아버지! 아, 아빠가 얼마나 좋아하실까!"

옆구리에 천 꾸러미를 낀 리자이와 나는 손에 손을 잡고 상점을 나왔다. 그러나 우리집 근처에 와서 그녀는 내 손을 놓고 건너편 재단사네로 땋은 머리를 팔랑거리며 달려갔다.

점심식사 후 나는 현관문 앞에 서서 가슴을 졸이며 아버지에게 오늘 첫 공연의 입장료를 타낼 계획으로 고심하고 있었다. 나는 삼등석이라도 좋았고 아이들 입장료는 2실링[7]이면 충분했다. 내가 막 계획을 실행하려던 찰나, 리자이가 거리 저편에서 뛰어왔다.

"아버지가 보내신 거야!"

그녀는 이렇게 말하고는 내가 미처 손을 펴보기도 전에 다시 사라져 버렸다. 내 손에는 빨간 표 한 장이 쥐어져 있었고 고딕체로 '일등석'이라고 씌어 있었다.

눈을 들자 건너편에서 새카만 머리의 땅딸막한 사내가 다락방 채광창으로 두 팔을 내밀어 손을 흔들었다. 나는 고개를 숙여 그에게 인사를 했다.

---

7 Schilling: 유럽의 옛 화폐 단위.

'인형극 하는 사람들 정말 친절한 사람들이구나! 그러니까 오늘 저녁! 그리고 일등석!'

나는 스스로에게 속삭였다.

여기서 파울젠 씨는 잠시 얘기를 멈추고 내게 물었다.

"자네도 저기 쥐더 거리의 사격 회관 알지? 거기 그 현관문에 당시에는 깃 달린 모자를 쓰고 엽총을 든 실물 크기의 사수(射手)가 그려져 있었어. 그건 그렇고 저 낡은 건물이 당시에는 외려 지금보다두 더 시원찮았었지. 당시에도 회원이라고 해봐야 겨우 세 명 남짓 남았었나. 백 여 년 전에 대공으로부터 하사받았다던 은으로 된 우승컵이며 탄약을 넣어두는 사슴 뿔, 그리고 우승 메달 같은 것들은 하나 둘씩 헐값에 팔려나갔다네. 자네도 알다시피 저기 저 보도로 이어지는 큰 정원은 양, 염소 목초지로 세를 놓지 않나. 낡은 삼층 건물에는 누가 살지도 않고, 이용하는 사람도 없었다네. 바람 구멍이 숭숭 뚫린 회관은 금방 무너질 듯이 이웃의 멀끔한 건물들 사이에 끼어 있었지. 석회를 바른 휑한 회당을 빼면 위층엔 남는 자리도 없잖나. 때때로 차력사들, 떠돌이 마술사들이 거기서 재주를 선보였어. 그런 날은 사격수가 그려진 아래층 현관문이 삐걱거리며 열리곤 했었지."

서서히 저녁이 되었다. 마지막 순간은 정말 더디게 흘러갔다. 아버지는 시작 종이 치기 5분 전에야 나를 보내려고 하셨다. 그의 생각에 극장에서 조용히 앉아 있기 위해서라도 참는 연습은 내게 절대로 필요한 것이었다.

그리고 나는 드디어 거기, 그 자리에 있었다. 입구의 큰 문이 열려 있었고 각양각색의 사람들이 안으로 몰려들었다. 그 당시만 해도 아직 인형극 같은 것이 인기를 끌 때였다. 함부르크[8]까지는 먼 길이었고 그 정도는 구경거리 축에도 못 낀다고 우습게 여길 사람도 드물었다.

내가 참나무로 만든 나선형 계단을 올라서자 리자이의 어머니가 회당 입구 매표석에 앉아 있었다. 나는 그녀에게로 스스럼없이 다가서며 그녀 역시 친한 벗처럼 푸근하게 나를 맞아주리라 기대했다. 하지만 그녀는 아무 말 없이 기계적으로 카드를 받았다. 마치 내가 자기 식구들과는 일말의 연고도 없는 사람인 양.

나는 약간 풀이 죽은 채 회당 안으로 들어갔다. 극이 시작되기를 기다리며 모두들 작은 소리로 수군거렸다. 시 악단 단장이 세 명의 동료와 함께 엉성한 솜씨로 바이올린을 켜고 있었다. 처음 내 눈길이 머문 곳은 회당 깊숙한 곳의 악단 위로 드리워진 붉은 장막이었다. 장막 위로는 금색 칠현금(七絃琴)과 지그재그로 달아놓은 긴 나팔이 보였는데 그 시절 내게 무척 낯설게 느껴졌던 것은 양쪽 나팔 주둥이 옆에 걸려 있던 두 개의 가면이었다. 눈이 뻥 뚫린 가면 중 하나는 우울한 표정을, 하나는 웃는 표정을 짓고 있었다.

맨 앞의 세 줄에는 이미 빈자리가 없었다. 네번째 줄로 비집고 들어가 앉으니 학교 친구 중 한 명이 부모와 함께 와 있었다. 우리 자리 뒤부터 좌석이 비스듬히 높아져서 맨 마지막 줄, 그러니까 입석뿐인 삼등석은

---

[8] 1767년 함부르크에서는 시민의 의지로 최초의 국민극장이 개설되었다. 국민극장은 독일의 뛰어난 극작가와 평론가들의 활동 본거지가 되었고, 극장 최초의 고문으로 임명된 레싱G. E. Lessing(1729~1781)은 함부르크에서 상연된 드라마에 관해 논평한 『함부르크 연극론 Hamburgische Dramaturgie』(1767~1769) 등을 쓰기도 했다. 『함부르크 연극론』은 당시 독일 사회의 신흥 세력으로 떠오르기 시작한 시민계급의 자의식이 반영된 연극 평론집이다.

바닥에서 어른 키만큼 높이 솟아 있었다. 거기도 관객들이 꽉 들어찬 모양이었지만 양쪽 벽에 드문드문 걸려 있던 양철 촛대의 불빛이 너무 희미해서 자세히는 보이지 않았다. 대들보까지 들여다보이는 천장도 회당 안을 어둡게 했다. 옆에 앉은 친구가 학교 얘기를 꺼냈지만 나는 '어떻게 이런 순간에 그런 생각을 할까' 도통 이해가 가지 않아서 무대와 악대 뒤에 설치된 조명등을 받아 화려하게 빛나는 무대 장막만 쳐다보고 있었다. 무대 위로 한 자락 바람이 불어오는가 싶더니 커튼 뒤 신비로운 세계에서 벌써 어떤 움직임이 일고 있었다. 이윽고 작은 종소리가 울리고 장내는 물을 끼얹은 듯 조용해졌다. 막이 올랐다.

무대가 열리자 나는 천년 전의 세계에 가 있었다. 탑이 서 있는 중세의 성 마당과 도개교(跳開橋)가 보였고 키가 팔뚝만 한[9] 남자 두 명이 중앙에 서서 자못 열띤 대화를 나누고 있었다. 붉은 하의에 금빛 자수를 놓은 외투를 걸쳐 입고 은빛 투구를 쓴, 검은 턱수염을 기른 사람이 지그프리트 백작이었다. 그는 이교도인 무어인[10]들을 상대로 전쟁에 나서는 길이었으며 푸른색 바탕에 은빛 자수가 들어간 조끼를 입고 곁에 서 있는 젊은 집사 골로에게 성에 남게 될 부인 제노베바의 안전을 위한 지시를 내리고 있었다. 사악한 골로는 겉으로는 걱정스레 주인을 보내는 체하며 내심 선량한 주인이 끔찍한 칼싸움에 홀로 나가는 것에 쾌재를 부르고 있었다. 등

---

9 ellenlange: 엘레Elle는 척골(尺骨). 옛날의 길이 단위로 약 55~85센티미터. 어른 팔뚝 길이 정도로 천을 매매할 때 주로 많이 이용되었음.
10 Mohren: 8세기경에 이베리아 반도를 정복한 이슬람교도들을 막연히 지칭하던 말. 원래는 모로코의 모리타니아, 알제리, 튀니지아 등지의 베르베르인을 주체로 하는 원주민 부족을 가리켰다. 인종학적 의미는 없으며, 11세기 이후에는 북아프리카나 아시아의 이슬람교도를 뜻하는 말로 쓰였다가 15세기경부터 일반적으로 이슬람교도를 이르는 말이되었다.

장인물들은 대화를 주고받으며 고개를 이쪽 저쪽으로 돌리기도 했고 팔을 획획 내저으며 칼싸움을 벌이기도 했다.

그때 낮고 길게 끄는 나팔 소리가 도개교 뒤쪽에서 흘러나오며 아름다운 제노베바가 길게 늘어진 하늘색 드레스 자락을 끌며 탑 뒤에서 뛰어나왔다. 그녀가 팔을 들어 남편의 어깨를 끌어안았다.

"오, 사랑하는 지그프리트, 제발 저 잔인한 이교도들의 살육으로부터 당신을 지킬 수만 있다면!"

그러나 어쩔 수 없는 노릇이었다. 다시 한 번 나팔이 울리고 백작이 굳은 얼굴로 위엄 있게 도개교를 지나 성 마당을 나왔다. 밖에서 한 떼의 무장한 전사들이 퇴각하는 소리가 또렷하게 들려왔다. 저 흉악한 골로가 이제 성의 주인이었다.

극의 진행은 책에서 읽은 것과 별반 다르지 않았다. 나는 마법에 걸린 듯 자리에 붙들려 있었다. 그 신기한 움직임이며 정말 인형의 입에서 흘러나오던 간드러지는 콧소리라니! 내 눈은 자석처럼 그 작은 인물들의 신비로운 삶을 쫓고 있었다.

2막은 더욱 흥미진진했다. 성의 시종들 중 노란색 난징(南京) 신사복을 차려입은 카스퍼[11]가 나타났다. 그는 회당 안이 웃음으로 들썩이도록

---

11 Kasperl: 독일 인형극의 단골 등장인물. 18세기 초, '소시지 코 한스'라는 이름으로 오스트리아 빈의 서민극장에 처음 등장한 카스퍼는 인형극의 성인 관람객이 줄어들면서 18세기 말에 이르러서는 어린이극의 주요 인물로 변형되어갔다. 카스퍼는 자기가 맡은 역할을 통해 귀족계급에 대항하여 직접 토로할 수 없는 시민들의 울분을 달래주었을 뿐 아니라, 합리적이고 서민적인 계몽기 극장에서 의미 있는 시민극을 정착시키는 역힐까지 했다. 19세기 중엽 이후에 비이에른의 궁정악사 프란츠 그라프 폰 포치Franz Graf von Pocci(1807~1876)가 카스퍼가 등장하는 초기 뮌헨 마리오네트 인형극의 대본을 쓰게 되면서 카스퍼의 사회 비판 역할은 중지되고, 식탐과 허풍선이 노릇만 남게 되었다. 포치가 그린 카스퍼는 연금을 받으며 안온한 생활을 하는 소시민이었다. 작은

전대미문의 익살을 떨어댔다. 그의 소시지만 한 큰 코에는 관절이 있는 것이 분명했다. 그가 미련한 듯하면서도 간사스럽게 죽겠다는 시늉으로 웃어대면 콧등이 이리저리로 흔들거렸다. 그러고는 그 큰 입을 벌려 늙은 올빼미처럼 턱뼈로 '딱' 소리를 냈다.

"어이쿠!"

그는 매번 이렇게 소리를 지르며 등장했다. 그리고 무대에 서면 우선 큰 엄지손가락을 놀리며 대사를 시작했다. 그의 엄지손가락은 너무나 인상적으로 요리조리 잘도 돌아갔다.

"여기도 없고, 저기도 없고! 못 찾겠지, 못 찾아!"

그러고 나면 그의 사팔뜨기 표정을 보며 관객들까지 모두 자기들 눈이 정말 머리 위에 비스듬하게 매달린 것처럼 느끼는 것이었다. 나는 그 사랑스런 녀석에게 홀딱 반해버리고 말았다!

마침내 막이 내리고 나는 집으로 돌아와 거실에 앉아 묵묵히 어머니가 데워준 음식을 먹고 있었다. 아버지는 안락의자에 걸터앉아 식후의 파이프 담배를 피우고 있었다.

"그래, 애야. 인형들이 정말 살아서 움직이더냐?"

아버지가 물었다.

"모르겠어요, 아버지."

나는 계속해서 음식을 떠넣었다. 내 머릿속은 아직도 혼란스럽기만

몸집에 짧은 다리, 맥주통같이 불쑥 튀어나온 배를 가진 그는 걷잡을 수 없는 대식가였다. 19세기 말에 카스퍼극은 다시 소년소녀들의 유희거리로 변신, 카스퍼 고유의 성격은 더 이상 찾아볼 수 없게 된다. 그러나, 멍청한 듯하면서도 꾀가 많은 카스퍼는 어린이들에게 긍정적인 도덕성을 심어주는 교육적 역할도 했다. 이 작품에서 혼용되는 '카스퍼'의 명칭 '카스펄, 카스펄레'는 '카스퍼'의 남부 지역 사투리이며 애칭이기도 하다. 본문에서는 인물의 혼동을 피하기 위해 대화문을 제외하고는 '카스퍼'로 통일한다.

했다.

아버지가 잠시 사려 깊은 미소를 지으며 날 바라보더니 말했다.

"이봐라, 파울. 너 인형극장에 너무 자주 가선 안 되겠다. 그러다 인형극 생각이 학교까지 쫓아갈라."

아버지의 말은 틀리지 않았다. 다음 이틀 동안 나는 대수학 시간에 어찌나 헤맸던지 수학 선생님이 내게 일등 자리를 내줘야겠다고 위협할 정도였다. 내가 머릿속으로 a+b=x-c를 계산하려고 하면 그 대신 아름다운 제노베바의 새처럼 고운 목소리가 들려왔다. '아아, 사랑하는 지그프리트, 그 잔인한 이교도들의 살육에서 당신을 구해낼 수만 있다면!' 한번은 누가 보지는 못했지만 흑판에 'x + 제노베바'라고 쓰기까지 했다.

그날 밤 침실에서 '어이쿠, 이런!' 하는 소리가 들리면서 정다운 카스퍼가 난징 양복을 입고 나의 침대 속으로 껑충 뛰어들어와 베갯머리 양 옆을 누른 채 나를 향해 히죽거리며 이렇게 말하는 것이었다.

"아아, 사랑스런 친구! 둘도 없는 나의 친구!"

동시에 그 커다랗고 붉은 코를 부벼오는 바람에 나는 잠에서 깨어났다. 꿈이었다.

나는 모든 것을 가슴속에 꼭꼭 묻어두고 집에서 인형극 얘기는 입에 올리지도 않았다. 하지만 다음 일요일 시 홍보관이 다시 거리에서 심벌즈를 두드리며 큰 소리로 '오늘 저녁, 사격 회관. 파우스트 박사의 지옥행,'[12]

---

12 「파우스트 박사의 지옥행Doktor Fausts Höllenfahrt」: 독일에서 가장 자주 공연되는 인형극 레퍼토리 중 하나. 괴테의 작품 『파우스트』의 주인공이기도 한 요한 파우스트 박사는 중세 전설상의 인물로 연금술에 능했으며, 기행(奇行)으로 백성들을 농락하는 짓도 일삼던 방탕아였다고 한다. 1587년 영국의 배우 겸 작가 말로에 의해 「파우스트 박

4막 인형극!'이라고 알리자 나는 더 이상 마음을 진정시킬 수가 없었다. 뜨거운 죽 그릇 주변을 맴도는 고양이처럼 나는 아버지 주변을 맴돌고 있었다. 그리고 마침내 아버지가 침묵 어린 나의 눈길을 알아차렸다.

"폴레, 이러다가 멀쩡한 녀석 하나 잡겠구나. 이 참에 아예 너 보고 싶은 만큼 보여주는 것 말고는 약이 없겠다."

아버지는 조끼 주머니에서 2실링을 꺼내주었다.

나는 쏜살같이 밖으로 달려나갔다. 거리에 나가서야 나는 아직도 인형극이 시작되려면 여덟 시간이나 남았다는 사실을 깨달았다. 그런데 정원 뒤의 보도를 달려 사격 회관 후원의 잔디밭에 이르렀을 때 나도 모르게 이런 생각이 들었다. 무대는 건물의 뒤편이니까 아마도 위층 창문 너머로 인형 몇몇은 보이지 않을까 하는. 그러자면 우선 보리수와 마로니에가 빽빽이 늘어선 정원 뒷길을 통과해야 했다. 그런 생각에 의기소침해져서 들어가지 말자고 마음을 고쳐먹은 순간 갑자기 말뚝에 묶여 있던 큰 염소의 발길질에 등을 떠밀리는 바람에 몸이 스무 걸음쯤 공중으로 날아갔다. 덕분에 주변을 둘러보니 나는 벌써 나무들 밑에 서 있었다.

흐린 가을날이었다. 벌써 노란 단풍 이파리들이 하나 둘씩 땅에 내려앉고 공중에는 해안으로 날아가는 물새들 울음소리만 드문드문 들릴 뿐 인적은 없었다. 나는 천천히 잡초가 솟은 비탈길을 지나 집과 정원 사이의 자갈이 깔린 좁은 마당에 이르렀다.

바로 거기였다! 건물 위층에 마당을 향해 난 커다란 창문 둘이 보였다. 그러나 납틀에 낀 작은 유리 조각 너머는 휑하니 어두울 뿐 인형들은

사의 비화」라는 제목으로 각색, 공연되었다가 독일로 역수입되어 17, 18세기에 인형극과 민중극으로 널리 알려졌다.

보이지 않았다. 잠시 거기 서 있자니 주변을 둘러싼 적막감 때문에 섬뜩한 기분이 들었다.

그때 아래쪽의 안마당으로 통하는 문이 한 뼘쯤 열리며 까만 머리통이 슬그머니 내비쳤다.

"리자이!"

내가 외쳤다.

"깜짝이야!"

리자이는 검은 눈을 크게 뜨고 놀란 듯 나를 쳐다보았다.

"거기 있는 줄 몰랐잖아! 너 여긴 어떻게 들어왔어?"

"나? 산책하는 중인데…… 근데, 리자이! 너희 벌써 인형극 연습하니?"

그녀는 웃으며 머리를 저었다.

"그럼, 여기서 뭐 하는데?"

나는 마당을 가로질러 그녀에게 다가서며 물었다.

"아버지 기다려. 끈이랑 못이랑 가지러 숙소에 가셨거든. 오늘 저녁 공연 준비해놔야지."

"그러면 너 여기 혼자 있니, 리자이?"

"아니, 너도 거기 있잖아!"

"내 말은 너희 엄마도 혹시 위층 회당에 계시냐는 거지."

아니, 리자이의 엄마는 재단사 숙소에 앉아서 인형 옷을 고치고 있었다. 아무도 없고 리자이는 혼자였다.

"내 말 좀 들어봐."

나는 다시 얘기를 시작했다.

"너, 내 부탁 하나만 들어줄래? 너희 인형들 중에 왜 '카스퍼'라고 있잖아. 그 녀석을 딱 한 번만 가까이에서 봤으면 좋겠어."

"코쟁이 녀석 말하는 거야?"

리자이가 묻고 나서 잠시 곰곰이 생각하는 눈치였다.

"그래, 좋아. 그렇지만 서둘러야 돼. 아빠 오셔서 경치기 전에."

리자이의 말이 끝나기도 전에 우리는 벌써 건물 안으로 들어가 가파로운 나선형 계단을 급히 달려 올라가고 있었다. 마당 쪽으로 난 창문이 모두 무대에 가려 있었기 때문에 회당 안은 어두웠다. 한두 줄기 빛이 무대 휘장 틈새로 비쳐 들어왔다.

"이리 와!"

리자이가 양탄자 천으로 만든 무대 칸막이를 옆으로 제치며 말했다. 미끄러지듯 그곳을 빠져나가자 마술의 사원이 나타났다. 그러나 뜻밖에도 환한 빛에 드러난 무대 뒤편은 적잖이 초라해 보였다. 각목과 널빤지를 이어 세운 무대 골격 위에 얼룩진 아마포 몇 장이 걸려 있는 그곳이 순결한 제노베바의 생애가 실화처럼 펼쳐지던 무대였다니.

그러나 실망하기에는 아직 일렀다. 배경화와 벽을 잇는 공중의 철사줄에 멋진 인형 두 개가 매달려 있었다. 인형이 내 쪽으로 등을 돌리고 있어서 얼굴은 잘 보이지 않았다.

"다른 것들은 어디 있니, 리자이?"

나는 인형들을 한꺼번에 둘러보고 싶은 욕심이 나서 물었다.

"여기 상자 안에."

리자이가 조그만 주먹으로 구석에 있는 상자를 두드리며 내게 말했다.

"저기 둘은 준비가 끝났어. 한번 가봐. 저기 네가 좋아하는 카스퍼도 있잖아!"

정말, 그것은 카스퍼였다.

"카스퍼 오늘도 나오니?"

"물론이지. 그 녀석은 약방의 감초야!"

나는 그 앞에 팔짱을 끼고 서서 정겹고 익살 넘치는 재주꾼 카스퍼를 한참 바라보았다. 그는 일곱 가닥 끈에 매달려 흔들거리고 있었다. 고개를 숙인 채 눈을 멍하니 바닥에 떨구고, 빨간 코는 가슴팍까지 축 늘어져 있었다.

'카스퍼, 나의 카스퍼. 불쌍하게도 거기 그렇게 매달려 있구나!'

나는 속으로 중얼거렸다.

그러자 카스퍼의 대답이 들려왔다.

"조금만 기다려봐, 친구야. 오늘 저녁까지만!"

내 상상이었을까, 아니면 카스퍼가 정말 내게 대답을 한 것일까?

나는 주변을 둘러보았다. 리자이는 거기 없었다. 아마도 입구에 서서 자기 아버지가 오는지 망을 보는 듯했다. 회당 출구에서 리자이가 외치는 소리가 들렸다.

"인형 만지면 안 돼!"

"알았어."

하지만 나는 인형을 그대로 둘 수가 없었다. 나는 옆에 있던 의자에 살금살금 올라서서 끈을 하나, 둘씩 만져보기 시작했다. 인형 턱이 덜그럭거리며 맞부딪히기 시작했다. 팔이 위로 올라가고 이제 그 희한한 엄지손가락도 사방으로 휙휙 움직였다. 그리 어렵지도 않았다. 인형 조작이 그렇게 간단하리라고는 상상도 못했었다. 그러나 팔은 앞뒤로만 움직였다. 저번에 무대에서는 분명히 카스퍼가 팔을 양쪽으로 쭉 뻗기도 하고 머리 위로 손뼉을 치기까지 했는걸! 나는 끈을 일제히 당겨보고 손으로 인형의 팔을 구부려보려고 했지만 마음처럼 되지 않았다. 그리고 꼭 한

번 인형 내부에서 낮은 소리가 난 것 같았다.

'멈춰! 인형에서 손을 떼! 너 무슨 일을 내려고 하는 거야!'

내가 다시 의자에서 조용히 내려옴과 동시에 리자이가 바깥에서 회당으로 들어서는 소리가 들렸다.

"숨어, 빨리!"

리자이가 나를 나선형 계단 쪽의 어둠 속으로 잡아당겼다.

"아무도 들여보내면 안 되는데…… 어때, 그래도 재밌었지?"

방금 전의 낮은 소리가 떠올랐지만 '아무것도 아닐 거야!'라고 나는 스스로를 위로하며 계단을 내려와 뒷문을 통해 밖으로 나갔다.

카스퍼가 나무로 만든 인형임은 확실했다. 한데, 리자이는 얼마나 다정한 말들을 내게 건넸던가! 나를 인형들이 있는 곳으로 데리고 올라갈 때도 얼마나 살가웠는지! 원래는 금지된 일이지만 아버지 몰래 했다고 그녀가 그러지 않았던가. 고백컨대, 이 비밀은 내게 불쾌하지 않았다. 정반대로 그래서 더 달콤한 여운이 남았다. 정원의 보리수나무와 마로니에 들을 지나 다시 보도로 걸어 나오는 동안 내 얼굴에는 줄곧 흐뭇한 미소가 흘렀던 것 같다.

그렇게 달콤한 생각을 하면서도 내 마음 깊은 곳 어딘가에서는 인형 몸속에서 나던 그 낮은 소리가 자꾸 들려오는 듯했다. 그리고 무엇을 하든 이 찜찜한 소리가 온종일 귓전을 떠나지 않는 것이었다.

7시를 알리는 종이 울렸다. 일요일 저녁, 오늘 사격 회관은 만원이었다. 나는 이번에는 바닥에서 다섯 자쯤 떨어진 2실링짜리 뒷좌석에 서 있었다. 함석 촛대에서 수지로 만든 양초가 타고 시 악단과 동료들의 귀 따가운 연주가 끝나자 무대의 막이 높이 올라갔다.

고딕 양식으로 꾸민, 천장이 둥근 방이 보였다. 길고 검은 가운을 걸친 파우스트 박사가 2절판으로 된 두꺼운 서적 앞에 앉아 자신의 학식이 실생활에 전혀 쓸모가 없음을 한탄하고 있었다. 변변히 걸칠 옷이 없음은 물론이고 산더미처럼 쌓인 빚에서 벗어날 방도도 보이지 않았다. 그래서 그는 지금 사탄과 협상을 벌일 예정인 것이다.

"나를 찾는 이가 누군가?"

음흉한 목소리가 거실 왼편의 둥근 지붕으로부터 내려왔다.

"파우스트, 파우스트, 따르지 말게!"

오른쪽에서 가늘고 고운 목소리가 들려왔다.

그러나 파우스트는 사탄의 힘 앞에 서약하고 만다.

"아아, 불쌍한 영혼이여!"

산들바람처럼 가벼운 천사의 탄식이 흐르자 왼쪽에서 날카로운 웃음소리가 거실에 울려퍼졌다.

그때 노크 소리가 나고 파우스트의 조교 바그너가 등장했다.

"총장님, 실례합니다."

조교는 공부에 더 집중할 수 있게 잡다한 집안일을 도울 만한 사람이 있으면 좋겠다고 청했다.

"이름이 카스퍼라던가, 마침 일을 맡길 만한 젊은이가 연락을 해왔습니다."

파우스트는 점잖게 고개를 끄덕이며 말했다.

"좋아요, 바그너. 그러도록 하세요!"

잠시 후 그들은 퇴장했다.

"아이쿠!"

외마디 소리를 지르며 그가 거기 서 있었다. 괴나리봇짐을 들썩이며 그는 무대 위로 뛰어 올라왔다.

'하느님, 감사합니다!'

카스퍼는 멀쩡했다. 그는 지난 일요일 아름다운 제노베바의 성에서와 마찬가지로 생기발랄하게 뛰고 있었다. 신기하게도 오전에는 별 볼일 없는 나무 인형으로만 보이던 그가 첫 대사와 함께 신비한 마술의 세계를 다시 펼치고 있었다.

그는 방 안 곳곳을 바지런히 누비며 말했다.

"우리 부친께서 지금 나를 보셨더라면!"

그가 외쳤다.

"너무 기뻐서 기절은 안 하셨을까 몰라. 아버지는 늘상 그러셨거든. '카스퍼, 일할 때는 꾸물거리지 말고 속도를 좀 내라.' 오, 내가 지금 얼마나 잽싼지. 왜냐? 이렇게 지붕 꼭대기까지 담박에 물건을 던지는 걸 좀 보라지!"

동시에 그는 괴나리봇짐을 높이 던질 기색이었다. 그리고 실제로 가는 철사로 연결되어 있던 봇짐은 둥근 천장까지 날아갔다. 그러나 아무리 애를 써도 카스퍼의 팔은 몸에 붙은 채 덜커덕거릴 뿐 한 뼘도 위로 올라가지 않았다.

카스퍼는 계속해서 대사를 외웠지만 아무런 동작도 뒤따르지 않았다. 무대 뒤편이 술렁이며 황급히 주고받는 이야기 소리가 낮게 들려왔다. 인형극의 진행은 명백히 중단됐다.

나는 심장이 멎는 듯했다. 돌발 사고였다. 당장 자리를 뜨고 싶었지만 그것은 부끄러운 일이었다. 게다가 나로 인해 리자이에게 무슨 일이라도 생긴다면!

그때 무대에 서 있던 카스퍼가 머리와 팔을 늘어뜨리고 외마디 슬픈 비명을 지르기 시작했다. 조교 바그너가 다시 등장해 그에게 왜 그러느냐고 물었다.

"아이고 이빨이야, 내 이빨!"

카스퍼가 소리를 질렀다.

"이보게 친구,"

바그너가 말했다.

"어디 입을 좀 벌려보게나!"

바그너가 그의 큰 코를 그러쥐고 턱을 벌려 들여다보고 있을 때 파우스트 박사가 다시 방으로 들어섰다.

"친애하는 총장님, 이 젊은이는 더 일을 못 할 것 같군요. 당장 나사렛[13]으로 실려가야만 하겠습니다."

조교 바그너가 말했다.

"거기가 무슨 음식점이래요?"

카스퍼가 물었다.

"아니요, 친구. 거기는 뭐 도살장이라고나 할까. 거기 가면 자네 사랑니를 잇몸에서 잡아 뗄 텐데 그러고 나면 치통은 씻은 듯 사라질 거요."

바그너가 대답했다.

"아니, 뭐라고요? 세상에!"

카스퍼는 푸념을 시작했다.

"가엾은 피조물에게 그런 흉칙한 벌을 내리시다니! 사랑니라고 그러셨어요, 조교님? 우리 집안에 그런 거 가진 이는 없었는데. 그러면 저의 카스퍼 역할도 이젠 끝장인가요?"

---

13 Lazarett: 병원, 군(인)병원. 『신약성서』 「누가복음」 16장 20절에 나오는 병든 나사로에서 유래한 이름.

"아마도, 친구! 사랑니 앓는 시종은 없느니만 못하지. 그런 건 원래 우리같이 배운 사람들한테나 나오는 건데, 원. 그건 그렇고, 그 왜 조카가 하나 있었잖아요. 일전에 여기서 일하고 싶다고 부탁했던."

조교는 파우스트 박사 쪽을 돌아보며 말했다.

"허락해주십시오, 총장님!"

파우스트 박사는 위엄 있게 고개를 끄덕여 보였다.

"바그너 씨가 편한 대로 하세요. 그리고, 앞으로는 자질구레한 일로 내 연구를 방해하는 일이 없었으면 해요!"

"이봐, 형씨!"

내 앞 난간 흙벽에 기대 서 있던 재단사 견습공 하나가 옆 사람에게 말했다.

"저건 이 연극에 없는 건데, 글쎄, 내가 안다구. 얼마 전에도 자이퍼스도르프에서 봤다니까 그러네!"

옆 사람은 옆구리를 찌르며 이렇게 대답할 따름이었다.

"주둥이 닥쳐, 이 라이프치히 놈아!"

그사이 무대에는 카스퍼의 대역이 등장했다. 병이 난 아저씨를 빼닮은 그는 말투까지 카스퍼 그대로였다. 다른 것이라고는 엄지손가락이 움직이지 않는다는 것과 커다란 코에도 관절 따위는 없어 보인다는 점이었다.

---

14 Mephistopheles: 칼 짐록Karl Simrock이 엮은 인형극 대본 『요하네스 파우스트 박사 *Doktor Johannes Faust-Puppenspiel in vier Aufzügen*』(1846)에서 메피스토펠레스는 파우스트에게 지옥의 거래를 신청하는 8명의 사탄 중 마지막으로 등장한다. 파우스트는 그 이전의 일곱 명의 사탄에게 상대방이 자기 소원을 얼마나 신속하게 들어줄 수 있느냐는 질문을 던지는데 만족스런 답을 얻지 못하던 중 '사람의 생각'만큼 빨리 원하는 바를 들어주겠다는 메피스토펠레스가 나타나자 그와 서약을 맺는다.

연극이 무사히 계속되자 마음이 놓인 나는 다시 주변의 모든 것을 잊어버렸다. 이마에 뿔이 달린 사악한 메피스토펠레스¹⁴는 화염이 일 듯한 붉은 외투를 입고 나타났다. 파우스트는 피로써 지옥의 계약에 서명을 했다.

"이십사 년 동안 너는 내가 원하는 것들을 들어주어야 한다. 그후에 나의 몸과 영혼을 온전히 네게 바치겠다!"

둘은 곧 악마의 외투에 휩싸여 허공으로 사라졌다. 카스퍼한테는 박쥐 날개를 단 괴상한 두꺼비가 공중에서 내려왔다.

"지옥의 참새를 타고 파르마까지 가야 하나?"¹⁵

괴물이 공중에서 흔들리며 고개를 끄덕이자 카스퍼가 그 위에 올라타고 날아갔다.

나는 관람객들 머리가 눈앞을 가리는 것이 싫어 맨 뒤쪽 벽에 기대어 있었다. 이제 마지막 장을 시작하는 무대의 막이 오르고 있었다.

마침내 마지막 장이 시작되고, 파우스트와 카스퍼는 고향으로 돌아왔다. 카스퍼는 야경꾼이 되어 캄캄한 거리를 걸으며 시간을 알렸다.

　　이거 봐요, 남정네들 내 얘기 좀 들어보소.
　　이거 우리집 마누라가 나를 치누마요.
　　여편네들 치맛자락을 부디부디 조심하세!

---

15 Auf dem höllischen Sperling soll ich nach Parma reiten?: 짐록판 인형극 대본 『요하네스 파우스트 박사 II-2』에서 그대로 인용한 구절. 파우스트가 메피스토펠레스와 막 파르마로 떠난 후, 큰 뇌조(雷鳥)의 수컷이 나타나 카스퍼에게 '총알처럼 빨리' 그를 파르마까지 데려다주겠다고 호언하자 카스퍼는 파우스트처럼 지옥의 서약에 동의한다. 새는 그 대가로 카스퍼의 몸과 영혼을 요구하는데, 카스퍼는 "몸은 지금 파르마까지 가야 하니 줄 수 없고, 카스퍼는 원래 영혼 같은 건 모르는 존재인데 악마들이 그런 것도 모르나"라고 익살을 떤다. 무대에서는 불을 뿜는 용처럼 생긴 새가 그를 태우고 날아간다.

시계는 열두 시를 치네! 시계는 열두 시를 치네!

멀리서 자정을 알리는 종소리가 들려오고 파우스트가 비틀거리며 무대로 걸어나왔다. 그가 기도를 올리려고 하면 울부짖는 소리와 이를 가는 소리만 새어나올 뿐이었다. 하늘에서 우레와 같은 고함 소리가 들려오며 화염 속에서 머리가 시커먼 도깨비 세 마리가 파우스트를 사로잡으러 나타났다.

"파우스트, 파우스트! 너는 영원히 저주받으리라!"

그런데 발밑에서 판자 하나가 밀리는 것 같아 바로 놓으려고 몸을 구부렸을 때 삼등석 밑의 어두운 공간에서 무슨 소리가 들리는 것 같았다. 좀더 가까이 귀를 기울이니 어린아이의 흐느낌 소리 같았다.

'리자이!'

나는 생각했다.

'만약 리자이라면! 지금 내게 파우스트 박사의 지옥행이 다 뭐란 말인가!'

다시 내가 한 짓이 돌덩이처럼 무겁게 양심을 짓눌러왔다.

나는 심장이 거칠게 뛰는 것을 느끼며 관람객 사이를 뚫고 판자 틈으로 미끄러져 들어갔다. 벽을 따라 곧장 내려가니 사방팔방 버려둔 각목과 골재가 발에 차일 정도로 어두웠다.

"리자이!"

내가 부르는 소리에 방금 전까지 들리던 훌쩍임이 뚝 그치고 제일 안쪽 구석에서 뭔가 움직이고 있었다. 다시 막다른 곳까지 더듬어 가자 리자이가 머리를 무릎에 파묻고 앉아 있었다.

나는 리자이의 옷자락을 살짝 잡아당겼다.

"리자이!"

내가 숨죽인 소리로 물었다.

"너니? 여기서 뭘 하고 있어?"

리자이는 대답 대신 다시 훌쩍이기 시작했다.

"리자이, 왜 그래? 뭐라고 말을 좀 해봐!"

내가 다시 다그치자 그녀가 고개를 조금 들고 말했다.

"무슨 말을 하라는 거야! 카스퍼를 잘못 돌려놓은 건 네가 더 잘 알 것 아냐!"

"그래, 리자이! 나도 알아. 내가 그랬다는 거!"

나도 조금 소리를 높여 대답했다.

"그래, 네가! 내가 그렇게 당부했는데도!"

"리자이, 이제 어쩌면 좋니?"

"이젠 아무 소용 없어!"

"그럼 어떻게 되는 건데?"

"이젠 다 소용없다니까! 집에 가면 채찍으로 매를 맞을 거야!"

그녀는 다시 큰 소리로 울기 시작했다.

"채찍이라니, 리자이!"

나는 온몸에 기운이 쭉 빠지는 기분이었다.

"너희 아버지가 그렇게 무서운 분이셨니?"

"아니야, 아버지라니! 아, 자상하신 우리 아빠……"

리자이가 숨을 죽이며 울었.

그러면, 어머니가! 오, 순간 매표석에 목석처럼 앉아 있던 그 여자만큼 미운 사람은 세상 어디에도 없었다.

무대에서는 대역을 맡은 카스펄의 조카가 외치는 소리가 들려왔다.

"인형극이 끝났어요, 그레텔, 이리 와서 마지막 춤을 추자구요!"[16]

그와 동시에 우리들 머리 위로 관객들이 마룻바닥을 구르며 종종걸음으로 걸어나가는 소리가 들리기 시작했다. 사람들은 의자를 덜컹이며 일제히 출구 쪽으로 몰려가는 듯했다. 마지막으로 시 악단장과 그의 동료들이 나가면서 벽에 부딪혔던지 콘트라베이스 퉁기는 소리가 들려왔다. 회관 안은 점차 고요해지고 무대 뒤에서는 텐들러 씨 부부의 대화와 무대를 정리하는 소리만 나직이 들려왔다. 잠시 후 관람석으로 나온 두 사람은 악대 자리로 가는가 싶더니 불빛이 차차 흐려지는 것으로 보아 벽에 걸린 촛대를 닦아내고 있는 듯했다.

"대체 리자이가 어디로 간 거지?"

텐들러 씨가 맞은편에서 일하는 부인을 향해 외쳤다.

"누가 알아요!"

텐들러 부인이 말했다.

"말썽만 피우는 계집애 같으니라구. 기껏해야 숙소에나 갔겠지요!"

"여보,"

남편이 대꾸했다.

"당신이 애한테 너무 심하게 한 것 같소. 어린 것이 무얼 안다구!"

"무슨 소리예요."

부인이 소리쳤다.

"잘못을 했으면 따끔하게 혼이 나야지요. 제 할아버지가 만든 그 꼭두각시 인형이 얼마나 귀한 건지 정도는 걔도 잘 알지 않아요! 당신은 그

---

16 Das Stück ist zu End, Gretl, laß uns Keraus tanzen.: 그레텔은 카스퍼의 아내. 이 장면에서 카스퍼는 한손에 빗자루를 들고 한쪽 팔에 그레텔을 안은 채 무대에서 함께 춤을 추자고 떼를 쓴다 (칼 짐록판 4막 인형극 「요하네스 파우스트 박사」 참조).

걸 만드는 건 고사하고 수리도 제대로 못 하잖아요! 대역 카스퍼야 말 그대로 대용품에 지나지 않는걸요!"

큰 소리로 주고받는 대화가 텅 빈 객석을 울렸다. 나는 리자이의 옆에 쭈그려 앉았다. 우리는 서로의 손을 쥐고 끽 소리 없이 앉아 있었다.

"다 내 잘못이에요."

텐들러 부인이 우리 머리 바로 위에 서서 다시 말을 꺼냈다.

"당신이 그런 불경한 연극을 다시 공연한다고 했을 때 왜 말리지 않았는지! 아버지께서도 말년엔 무대에 올리려고 하지 않으셨던 걸……."[17]

"레젤, 이제 그만 하구려."

맞은편에서 텐들러 씨가 대답했다.

"장인 어른이야 원체 특별한 분이셨지. 그래도 이거야 늘 장사가 잘 되잖소. 게다가 내 생각이지만 세상의 무신론자들에게는 그것도 좋은 배움과 예가 될 수 있고!"

"하지만, 그것도 오늘로 끝이에요. 이 문제로 저와 입씨름할 일일랑은 다시 없을 테니까요!"

부인이 대답했다.

텐들러 씨는 잠자코 입을 다물었다. 이제 불빛이 타는 곳은 한 군데만 남은 것 같았고 두 사람은 출구로 다가가고 있었다.

---

17 Mein Vater selig hat's nimmer wollen in seinen letzten Jahren!: 레젤의 아버지로 설정된 가이셀 브레히트Geißel Brecht(18세기의 생존 인물)는 민중의 흥금을 웃기고 울리던 실존했던 인형극 연희자였으며 타고난 기계 제작자였다. 젊은 기능인들의 스승이며 교육자로 받들어지기까지 한 그는 말년에 그런 이유에서였는지 그의「파우스트 박사」를 공연하지 않았다. 짐록판 인형극 대본「파우스트 박사의 지옥행」서문에서 칼 짐록은 그 증거로 파우스트 박사의 조교 바그너가 카스퍼를 시종으로 고용하는 장면 등에서 신성 모독이 깃든 대사들이 인용된 것을 지적하고 있다.

"리자이!"

내가 속삭였다.

"이러다 우리 갇히겠어!"

"놔둬!"

리자이가 말했다.

"난 못 해. 난 가지 않을 테야!"

"그럼 나도 여기 있겠어!"

"그럼, 너네 엄마, 아빠?"

"여기 있겠다니까!"

강당의 문이 닫혔다. 계단을 내려서는 소리와 거리 바깥에서 큰 대문 닫히는 소리가 들렸다.

그렇게 앉아 있다 15분쯤 지났을까. 우리는 서로 말 한마디 나누지 않았다. 그때 운좋게도 내 주머니에 이스트 과자 두 개가 들어 있다는 생각이 퍼뜩 떠올랐다. 오는 길에 어머니가 주신 돈으로 사놓고는 인형극을 보느라 까맣게 잊고 있었던 것이다.

나는 그중 하나를 리자이의 작은 손 안에 쥐어주었다. 리자이는 내가 저녁 빵을 마련하는 것이 당연하다는 듯 말없이 과자를 받아쥐었다. 우리는 한동안 입에 든 음식 맛을 즐겼다. 그것도 바닥이 나자 내가 일어서서 말했다.

"무대 뒤로 가보자! 거긴 좀 환할 거야! 밖에 달빛이 비치겠지!"

리자이는 무던히 나를 따라 각목들이 이리저리 나뒹구는 회당을 빠져나왔다.

무대 휘장 뒤로 살금살금 들어가보니 창문을 통해 정원 쪽의 밝은 달빛이 비쳐들고 있었다.

오전에 인형 둘만 달랑 걸려 있던 철사 줄에 지금은 방금 전 극에 등장했던 인형들이 모두 걸려 있었다. 날카롭고 창백한 얼굴의 파우스트 박사와 뿔이 달린 메피스토펠레스, 까만 머리의 세 마리 작은 도깨비, 그리고 날개 달린 두꺼비 옆에는 두 명의 카스펄까지 있었다. 희미한 달빛을 받으며 매달려 있는 인형들은 꼭 죽은 사람들 같았다. 진짜 카스퍼는 다행히도 커다란 매부리코를 가슴팍까지 늘어뜨리고 있었다. 그렇지 않았더라면 나는 그의 눈빛이 나를 쫓고 있다고 믿었을 것이다.

한동안 뭘 해야 좋을지 몰라 머뭇거리며 극장의 비계를 오르내리던 리자이와 나는 창턱에 나란히 몸을 기댔다. 폭풍우가 몰려오고 있었다. 구름이 달을 에워싸기 시작하고 정원의 무성한 나뭇잎들이 바람결에 나부끼고 있었다.

"저것 봐!"

리자이가 자못 심각하게 말했다.

"폭풍이 몰려오나봐! 가엾은 우리 고모가 하늘에서 더 이상 내려다보실 수 없겠네!"

"고모라니 무슨 말이니, 리자이?"

내가 물었다.

"뭐냐면, 그러니까 돌아가실 때까지 함께 살던 고모가……."

우리는 다시 어둠 속을 내다보았다. 바람이 집으로 덤벼들어 허름한 창틀을 기어오르자 등 뒤에서는 철사 줄에 매달린 인형들이 나무로 된 사지를 삐그덕거리기 시작했다. 나도 모르게 몸을 돌려보니 인형들은 강한 외풍에 머리를 흔들며 뻣뻣한 팔다리를 정신없이 들썩거리고 있었다. 그리고 병 난 카스퍼가 돌연 고개를 뒤로 젖히며 그 하얀 눈으로 나를 응시하는 바람에 좀더 구석으로 가는 편이 낫겠다는 생각이 들었다.

창가에서 멀리 가지 않고도 무대 배경화나 너풀거리며 춤을 추는 카스퍼의 눈길은 피할 만한 위치에 커다란 궤짝이 놓여 있었다. 궤짝은 열려 있었고 아마도 인형을 싸두는 데 썼을 법한 모포 몇 장이 그 위에 던져져 있었다.

내가 막 그곳으로 움직이려는데 창가에서 리자이의 된 하품 소리가 들려왔다.

"피곤하니, 리자이?"

내가 물었다.

"응? 아니."

리자이는 두 팔을 몸에 찰싹 붙이며 대답했다.

"그냥, 좀 추워."

넓고 텅 빈 공간은 어느새 썰렁해져서 내 몸 역시 얼어왔다.

"자, 이리로 와!"

내가 말했다.

"이 담요로 몸을 감싸자."

리자이는 벌떡 일어나 내가 언 몸을 담요로 둘러줄 때까지 참을성 있게 기다렸다. 꼭대기에서 내려다보는 세상에서 가장 사랑스런 얼굴만 빼면 리자이는 꼭 번데기 같았다.

"있잖아, 난 상자 안으로 들어갈래. 거기가 따뜻할 것 같아."

리자이가 피곤함이 어린 커다란 눈으로 나를 바라보며 말했다.

나도 같은 생각이었다. 썰렁한 주변에 비하면 상자 안은 거실처럼 아늑한 공간일 것 같았다. 얼마 지나지 않아 우리 철부지들은 몸을 꽁꽁 싸매고 꼭 달라붙은 채 깊숙한 궤짝 속에 들어가 있었다. 우리는 등과 발로 몸을 버티고 앉았다. 멀리서 육중한 회당 문이 함석에 부딪히는 소리가 들렸지만, 두려움도 없이 편안했다.

"아직도 춥니, 리자이?"

내가 물었다.

"하나도!"

그녀는 머리를 내 어깨에 떨구고 눈을 감으며 중얼거렸다.

"우리 아버지가……."

곧이어 그녀가 잠들었다는 신호처럼 규칙적인 숨소리가 들려왔다.

내가 앉은 자리에서 유리창의 윗면을 통해 달이 한동안 에워쌌던 구름으로부터 다시 빠져나오는 모습이 보였다. 리자이의 고모도 이제 다시 하늘에서 내려다보실 수 있을 것이다. 내 생각에는 그녀도 우리가 같이 있는 모습을 흡족하게 바라보실 것 같았다. 달빛 한 줄기가 내 옆에 잠든 조그만 얼굴을 비추었다. 검은 속눈썹이 비단 보풀처럼 뺨 위를 덮고 작고 붉은 입술은 조용히 숨을 내쉬었다. 때때로 짧게 훌쩍이느라 가슴이 움찔하기도 했으나 이내 잠잠해졌다. 하늘에서 고모가 흐뭇하게 내려다보고 계시리라.

나는 손을 대볼 엄두가 나지 않았다. 리자이가 내 동생이라면 얼마나 좋을까. 그래서 언제까지나 곁에서 살 수 있다면! 혼자이던 나는 형제를 바란 적은 없었지만 누이나 여동생과의 삶은 곧잘 머릿속에 그려보기도 했고 실제로 그런 애들이 노상 서로 싸움질을 일삼는 것을 이해할 수 없었다.

그런 생각을 하며 나도 잠이 들었던 듯하다. 얼마나 사나운 꿈을 꿨던가 아직도 기억이 나니까. 나는 관람식 한가운데 앉아 있었고, 양쪽 벽에 불빛이 타오르는 텅 빈 객석에 관객은 나 혼자였다. 내 머리 위로 들보가 훤히 들여다보이는 회당의 천장에서 지옥의 참새 위에 올라 탄 카스퍼가 공중을 맴돌며 반복해서 외쳤다.

"죄 많은 친구! 사악한 형제여!"

또 탄식하는 목소리로 이렇게 외치기도 했다.

"내 팔! 내 팔!"

그러다가 머리 위에서 울려퍼지는 웃음소리 때문이었는지 아니면 갑작스레 눈을 찌르던 빛 때문이었는지 나는 잠에서 깨어났다.

"이거 새 둥지로구먼!"

아버지의 목소리가 들려오고 좀더 무뚝뚝한 음성이 뒤따랐다.

"이 녀석, 이리 나와!"

아버지의 그런 목소리는 항상 나를 놀래켜 벌떡 일으키는 소리였다. 내가 눈을 부벼 뜨니 아버지가 텐들러 씨 부부와 함께 우리 상자 옆에 서 계셨다. 텐들러 씨는 불빛이 타오르고 있는 등을 손에 들고 있었다. 나는 몸을 일으키려 했지만 아직도 내 가슴에 가냘픈 몸을 파묻고 잠들어 있던 리자이 때문에 수포로 돌아가고 말았다. 그러나 그녀를 궤짝에서 꺼내려고 텐들러 씨 부인이 굵직한 두 팔을 뻗으며 목각 같은 얼굴로 우리를 굽어보자 나는 반사적으로 거칠게 팔을 뻗어 내 작은 친구의 몸을 감쌌다. 그러느라고 부인의 낡은 이탈리아 식 밀짚모자를 머리에서 날려버릴 뻔했다.

"알았다, 얘야!"

그녀는 한 발자국 뒤로 물러서며 말했다. 나는 상자 밖으로 뛰어나와 혀에 날개라도 돋친 듯 재빠르게 오전 중에 있던 일을 뉘우침도 없는 기색으로 설명했다.

"텐들러 부인, 그러니……"

내가 자초지종을 다 여쭙고 나자 알겠다는 손짓을 하며 아버지가 말했다.

"이 일은 제게 맡겨주시겠습니까? 저 아이랑 제가 단둘이 이 일을 마무리짓도록 말입니다."

"네, 그래요! 네, 그래요!"

나는 신나는 놀이를 약속받은 아이처럼 다급히 외쳤다.

그사이 리자이도 잠에서 깨어나 텐들러 씨의 품에 안겨 있었다. 리자이는 아버지의 목에 팔을 두르고 귓속말을 속삭이다가 이내 부드러운 눈길로 쳐다보기도 하고 재차 확인하듯 고개를 끄덕여 보이기도 했다. 인형극 연희자 텐들러 씨도 우리 아버지의 손을 잡았다.

"어르신,"

그가 말했다.

"아이들이 서로 허물을 덮어주려고 하는군요. 리자이 엄마, 당신도 그렇게 마음 독한 사람은 못 되지 않소! 이번 일은 그냥 넘어가도록 합시다."

텐들러 씨 부인은 그동안 여전히 미동도 없이 커다란 밀짚모자 아래로 우리를 바라보고 있었다.

"앞으로 카스펄 없이 어떻게 될지는 당신이 더 잘 알겠죠!"

그녀는 남편에게 매서운 눈길을 던지며 말했다.

그러나 나는 아버지의 얼굴에서 예의 장난기 어린 표정으로 눈을 찡긋거리는 모양을 보고 이번 일이 순조롭게 넘어가리라는 희망을 가질 수 있었다. 아버지가 다음날 고장 난 카스퍼를 고쳐주겠노라는 약속까지 하자 텐들러 부이이 이탈리아 식 밀짚모자를 쓴 채 공손히 고개를 수그렸으므로 나는 나와 리자이가 무사하게 되었음을 확신했다.

등을 든 텐들러 씨가 앞장을 서고 아이들은 손에 손을 마주 잡은 채

어른들을 따라 어두운 골목길을 걸어 나왔다.

"잘 자, 파울! 아, 졸려!"

리자이가 갈 때까지 나는 어느새 우리가 집에 도착한 줄도 모르고 있었다.

다음날 오전 학교에서 돌아오자 텐들러 씨가 리자이와 함께 우리집 작업장에 와 있었다.

"형씨,"

인형 내부를 살피던 아버지가 말했다.

"우리 같은 기술자들이 이 정도도 못 고친대서야 말이 됩니까!"

"그렇지요, 아버지!"

리자이가 외쳤다.

"이제 엄마도 더 이상 역정 내시지 않겠어요!"

텐들러 씨가 자상하게 리자이의 까만 머리를 쓰다듬다가 수리할 방법을 설명하고 있는 우리 아버지 쪽으로 몸을 돌렸다.

"선생님,"

그가 말했다.

"저는 기술자가 아닙니다. 인형들 때문에 그냥 그렇게 불릴 따름입죠. 저는 원래가 베르히테스가든[18]에서 온 목판조각장이이고 작고하신 저희 장인 어른이 진짜 대단한 분이셨어요. 아마, 분명 들어보신 적이 있을 겝니다. 우리 집사람 레제는 아직도 자기가 유명한 인형극 연희자 가이셀 브레히트의 딸이라는 사실에 자부심을 갖고 있답니다. 카스퍼는 장인께서

---

18 Berchtesgaden: 오스트리아의 지명.

제작하신 거죠. 저는 당시에 얼굴 조각을 맡았을 따름이고요."

"무슨 말씀입니까, 텐들러 씨. 그건 기술이 아닌가요."

아버지가 대꾸하며 곧 이렇게 덧붙였다.

"그런데 저희 집 말썽쟁이 녀석이 인형 한가운데를 망가뜨린 걸 아시고 어떻게 그리 속히 대응을 하셨습니까?"

나는 대화가 내게 찜찜한 방향으로 진행되는 것을 느꼈다. 그러자 텐들러 씨의 선량한 얼굴에서 갑자기 인형극 연희자 본연의 재치가 번뜩였다.

"예, 선생님."

그가 말했다.

"바로 그런 때를 위해 만담(漫談)이 준비돼 있습죠. 게다가 조카 카스펄도 있잖습니까. 거 왜 저기 저 녀석과 목소리까지 똑같은 그 소시지코 대타 말입니다!"

두 사람이 얘기를 나누는 사이 나는 리자이의 옷자락을 끌고 유쾌한 기분으로 우리집 정원을 빠져나왔다.

"여기 이 보리수 아래, 우리는 앉아 있었지. 지금도 자네와 내 머리 위에 초록색 지붕을 드리우고 있는 이 나무 말이네. 당시는 다만 저 사탕무 위로 빨간 카네이션이 지고 있을 무렵이었어. 아직도 기억이 선한걸. 햇살이 환한 구월의 오후였지."

파울젠의 이야기가 다시 시작됐다.

어머니가 부엌에서 나와 인형극 연희자의 딸 리자이와 얘기를 나누기 시작했다. 어머니도 다소간은 호기심이 동했던 모양이다.

어머니는 리자이에게 이름이 뭐냐고 — '리자이'라고 벌써 귀에 못이 박이도록 말씀드렸건만 — 줄곧 이 도시에서 저 도시로 유랑하느냐고 물었다. 어쨌든 이번이 리자이에게는 첫번째 여행이었고 그래서 리자이는 표준 독일말도 제대로 구사할 수가 없었다.

학교는 다녔을까? 물론, 다녔고말고. 그래도 바느질과 뜨개질은 돌아가신 고모한테서 배운 것이란다. 고모 댁에도 우리집 같은 정원이 있었는데 리자이는 고모와 함께 정원의 긴 나무 의자에 앉아 있곤 했단다. 그래도 우리 어머니 곁에서 배우기 시작하면 그리 녹록치 않을걸!

어머니가 동감이 가는 양 리자이의 말에 고개를 끄덕이며 부모님들이 여기서 얼마나 더 머무르시냐고 다시 물었다. 그건 리자이로서는 알 수 없는 일이었다. 리자이 어머니에게 달린 일이지만 보통 한 곳에서 한 달 정도는 머문다는 것 같더라고 그녀가 대답했다. 그래, 그럼 여행을 계속하려면 따뜻한 겨울 외투 한 벌 정도는 필요하지 않을까? 10월이면 휘장도 없는 마차 안이 벌써 휑뎅그렁하니 추울 텐데. 글쎄, 외투 하나가 있지만 얇기는 하다고 리자이가 말했다. 그것을 입고는 여기로 올 때도 추웠다고.

어머니는 이제 내가 벌써부터 짐작하고 있던 곳으로 자리를 옮겼다.

"리자이, 들어봐라."

어머니가 말했다.

"내 장롱 안에 아직 쓸 만한 외투가 한 벌 있단다. 내가 날씬했던 소녀 시절에 입던 것이지. 나는 이제 몸도 불고 줄여서 고쳐 입힐 딸애도 없지 않니. 내일 다시 와보거라, 리자이! 그럼 여기 너를 위해 따뜻한 외투 한 벌이 들어 있을 테니."

리자이는 기쁨으로 얼굴이 달아올라 순식간에 어머니의 손에 입을 맞추었다. 어머니는 당황스러워했다. 왜냐하면 이 근방 사람들에게 그런 인사는 낯선 것이었기 때문이었다.

그때 마침 텐들러 씨와 아버지가 막 작업실에서 나오고 있었다.
"이번에는 해결됐지 싶다."
아버지가 말했다.
"하지만……!"
아버지가 나를 향해 경고하듯 손가락을 흔들어 보인 것이 내가 받을 벌의 끝이었다.

나는 홀가분한 마음으로 어머니가 시키는 대로 큰 보자기를 가지러 집 안으로 들어갔다. 막 수리된 카스퍼를 얌전히 들고 가기 위해서이기도 했지만 한편으로는 환호성을 지르며 따라올 골목대장들을 따돌리기 위해서도 카스퍼는 세심하게 싸매어졌다. 텐들러 씨의 손을 잡은 리자이는 가슴 한 켠에 카스퍼를 안고 감사 인사를 건넨 후, 유쾌하게 거리를 나서 사격 회관으로 향했다.

그후로 나의 어린 시절 중 가장 행복했던 나날들이 시작됐다. 다음 날 오전은 물론, 리자이는 그날부터 하루도 빠짐없이 우리집으로 왔다. 그녀는 스스로 새 외투를 고쳐도 된다는 허락을 얻어낼 때까지 어머니를 졸라댔다. 어머니가 리자이 손에 쥐어준 일거리는 그저 허드렛일에 불과했지만 어머니는 아이도 배울 건 제대로 배워야 한다는 입장이었다. 나는 몇 차례 그 옆에 앉아 언젠가 아버지가 경매장에서 사준 바이세의 『어린이의 기쁨』[19] 중 한 권을 소리 내어 읽었다. 그런 오락 잡지를 난생처음 구경

---

19 Weißens Kinderfreude: 바이세의 『어린이의 기쁨 Kinderfreude』. 계몽주의 시절에 가

한 리자이는 단번에 이야기에 빨려들곤 했다.

"야, 멋있다! 세상에 그런 일이!"

리자이는 중간중간 그런 감탄사들을 내뱉으며 바느질감을 무릎에 내려놓았다. 때때로 그녀는 고개를 들어 영리한 눈으로 나를 보며 이렇게 말하기도 했다.

"그저 꾸며낸 얘기만 아니라면! 아직도 그 소리가 들리는 것만 같아!"

파울은 얘기를 멈추었다. 호남아다운 그의 얼굴에 고요한 행복의 미소가 떠오르는 것 같았다. 그가 내게 들려주는 얘기는 이미 지나간 일이지만 하나도 잃어버린 것이 없다는 듯. 잠시 뜸을 들이다 그가 다시 말을 꺼냈다.

학교의 과제를 그때만큼 열심히 해본 적은 없을 것이다. 아버지가 어느 때보다도 엄격하게 나를 지켜보신다고 생각했고 인형극 연희자 식구들을 계속 만나려면 부지런히 애쓰는 모습을 대가로 보여드려야 했으니까.

"거, 텐들러 씨네 착실한 사람들이야."

한번은 아버지가 이렇게 얘기했다.

"건너편 재단사 숙소 주인이 오늘 괜찮은 방을 내줬다고 그러대. 방세를 매일 아침 거르지 않고 꼬박꼬박 낸다는구만. 주인장 말로는 그러고 나면 별반 남는 것도 없다는 게야."

장 널리 보급됐던 어린이 잡지. 크리스티안 펠릭스 바이세Christian Felix Weiße (1726~1804)에 의해 1775~1782년까지 발행되었다. 시대 경향에 따라 주로 일반적인 지식과 도덕을 보급시키는 매체 역할을 했다. 다분히 교육적인 이 잡지는 예술 분야도 다루었으나, 도덕 교육의 연장으로써만 취급했다고 할 수 있다.

그리고 아버지는 이렇게 덧붙였다.

"그 사람들이 궁할 때를 염두에 두고 저축을 한다니 그 집 주인장보다 내가 더 흐뭇한걸. 그런 류의 사람들은 그러기가 쉽지 않은데 말야."

친구들을 칭찬하는 소리가 그렇게 듣기 좋을 수가 없었다! 이제는 리자이네 식구들 모두가 내 친구였다. 텐들러 씨 부인조차 내가 저녁때마다 회당으로 들어가느라 매표석 앞을 지나노라면 밀짚모자를 쓰고 나에게 다정히 고개를 끄덕여주었다. 입장료는 더 이상 낼 필요가 없었다. 오전에 학교가 끝나면 얼마나 부리나케 집으로 달려왔던지! 집에 오면 리자이가 부엌의 엄마 곁에서 갖가지 잔심부름을 하고 있든지, 책이나 바느질감을 쥐고 정원의 벤치에 앉아 있을 줄 알고 있었으니까 말이다. 나는 얼마 후면 리자이가 내 일을 돕게 되리라는 것도 알고 있었다. 왜냐하면 인형들의 내부 구조를 대충 파악했다는 확신이 서자 내가 직접 꼭두각시 인형극단을 만들려고 작심했기 때문이었다. 나는 우선 인형의 얼굴을 새기는 법부터 시작했다. 텐들러 씨는 장난기 어린 실눈으로 나를 바라보며 나무를 고르는 요령이며, 조각칼 다루는 법을 설명해주고 손놀림도 도와주었다. 그리고 어느 날, 카스퍼의 코가 나무토막에서 세상으로 우뚝 솟아났다. 한편 '소시지 코'의 난징 양복을 만드는 일은 내게 영 구미가 당기지 않는 일이었다. 그래서 내가 인형을 만드는 동안 리자이는 가브리엘 할아범에게서 다시 얻어온 '천 조각'을 가지고 금은으로 장식한 외투와 기사가 갑옷 속에 입는 조끼, 후에 뭐가 될지 아무도 모를 인형에게 입힐 옷가지들을 만들어야 했다. 이따금씩 하인리히 아저씨도 곰방대를 물고 작업실에서 나와 합류했다. 아버지의 오랜 동료이자 내 기억이 닿는 한에서는 식구나 다름없던 그는 내 손에서 조각칼을 빼앗아 나무에다 여기저기 칼집을 내서 모양새를 다듬어주었다. 그러나 내 상상의 나래는 이미 텐들러 씨의 주역이자 단골역인 카스퍼조차 뛰어넘었다. 나는 전혀 다른 것을 만들어보고 싶었다. 나는 내 인형을 위해 카스펄보다 세 개나 많고 이제껏 본 적이 없는, 최고의 효과를 지닌 관절을 고안해냈다. 내 인형은 무릎도 옆으로 구부러지고 귀도 사방으로 움직여야만 했으며, 아랫입술은 위아래로 여닫혀야 할 것이었다. 만약, 출생하자마자 모든 관절이 몰락하는 사태가 벌어지지만 않았다면 그는 다양한 매력을 고루 갖춘 일세의 호남아가 되었을 것이었다. 그러나 아쉽게도 지그프리트 백작도, 그 어느 인형도 내 손을 거쳐 소생의 기쁨을 맛보지는 못했다.

그보다 나를 더 행복하게 했던 것은 땅 밑에 굴을 파놓고 날씨가 추울 때면 리자이와 함께 굴 안에 들여놓은 조그만 벤치에 앉아, 머리 위에 덮어놓은 유리판 사이로 흘러 들어오던 희미한 빛에 의지해 그녀에게 바이세의 『어린이의 기쁨』을 읽어주는 일이었다. 리자이는 매번 처음 듣는 것처럼 재밌어했다. 학교 친구들은 내가 자기네들 대신 인형극 연희자의 딸과 하루 종일 어울리자 내게 계집애 같은 녀석이라는 딱지를 붙이고 놀려댔지만 나는 별로 신경 쓰지 않았다. 그저 부러워서 그러는 줄 알고 있었으니 말이다. 그래도 화가 날 때는 말없이 주먹을 한번 꼭 쥐어버리면 그만이었다.

그러나 열흘 붉은 꽃이 없다. 어느덧 텐들러 씨의 가족들이 준비한 공연 목록이 끝나고 사격 회관의 인형극 무대는 막을 내렸다. 그들은 유랑을 계속할 채비를 했다.

바람이 심하게 불던 10월의 어느 오후, 나는 동네 어귀의 높다란 황무지 언덕에 서서 동쪽 황야로 뻗어 있는 모래밭 길과 안개 속에 가라앉은 시가지를 안타까운 마음으로 번갈아 돌아보고 있었다. 거기 양쪽으로 높이 쌓은 짐궤를 싣고 늠름한 밤색 조랑말이 끄는 마차가 다가오고 있었다.

텐들러 씨는 판자를 댄 앞좌석에 앉고, 그 뒤로 따뜻한 새 외투를 입은 리자이와 그녀의 어머니가 앉아 있었다. 벌써 숙소 앞에서 그들과 작별 인사를 나눴지만 나는 그들 모두를, 그리고 리자이를 다시 한 번 보고 싶어 달려온 것이었다. 나는 아버지께 바이세의 『어린이의 기쁨』을 추억의 선물로 주어도 좋다는 허락을 받고 일요일마다 모아둔 용돈을 털어 단빵 한 봉지를 샀다.

"잠깐! 잠깐만!"

내가 마차를 발견하고 황량한 언덕을 뛰어 내려가며 외쳤다. 텐들러 씨가 고삐를 잡아당기자 밤색 말이 멈춰 섰다. 내가 리자이에게 줄 선물 꾸러미를 마차 안으로 밀어 넣어주자 그녀는 그것을 의자 한켠에 올려놓았다. 한마디 말도 없이 손을 마주 잡은 두 아이가 울음을 터뜨린 순간 텐들러 씨가 말을 향해 채찍질을 했다.

"잘 있거라, 애야! 착하게 지내고 어머니, 아버지께 고맙다고 인사 전해드리거라!"

"안녕! 안녕!"

리자이도 외쳤다. 말이 달리기 시작하자 목에 달린 방울이 쩔렁거렸다. 리자이의 작은 손이 내 손에서 빠져나가는 것을 느끼기 무섭게 그들은 먼 나라로 사라져갔다.

나는 다시 언덕길을 올라가 먼지를 일으키며 모래 속으로 사라져가는 작은 마차를 꼼짝 않고 바라보았다. 방울 쩔렁거리는 소리는 점점 희미해져갔다. 흰 수건이 다시 한 번 궤짝 위에서 펄럭이더니 서서히 모든 것이 가을 안개 속으로 사라져갔다.

그러자, 억누를 수 없는 공포감에 나는 심장이 털썩 내려앉는 것 같았다.

'다시는 그녀를 볼 수 없을 거야! 다시는!'
"리자이!"
나는 큰 소리로 불러보았다.
"리자이!"

그러나 그와는 아랑곳없이, 길이 구부러지는 탓인지 그나마 안개 속에서 너울너울 춤추는 점처럼 보이던 마차도 내 눈 앞에서 완전히 사라져 버렸다. 나는 미친 듯 그 길을 따라 뛰고 있었다. 바람에 모자가 날아가고 장화 안으로 모래가 가득 들어왔다. 그러나 아무리 뛰어도 보이는 것은 나무 한 그루 없이 거친 황무지와 그 위로 드리워진 냉랭한 회색 하늘뿐이었다.

저물 녘에 겨우 집에 이르자 시 전체가 죽어버린 것 같았다. 그것이 바로 내 인생의 첫 이별이었다.

그후로 수년간, 가을이 와서 티티새가 우리 시의 정원 위를 날아다니고 재단사 협동조합 숙소 앞의 보리수나무에서 노란 이파리가 날리기 시작하면 나는 종종 우리들의 벤치에 앉아 행여나 갈색 말이 끄는 마차가 그때처럼 방울을 짤랑거리며 다시 길을 올라오지는 않으려나 기대를 품어보고는 했다.

그러나 내 기다림은 부질없었다. 리자이는 다시 나타나지 않았다.

그로부터 12년 후였다. 나는 초등학교를 마치고 당시 수공업자의 아들들이 흔히 그랬듯 중등학교의 3년 과정을 더 다녔으며 그후로는 아버지 곁에서 가르침을 받았다. 내가 수공업 외에 다양한 분야의 책을 상당량 집중해서 읽었던 이 시절도 흘러가고 바야흐로 중부 독일의 한 도시[20]에서 나의 3년여 객지 생활[21]은 막바지에 접어들고 있었다. 그곳은 가톨릭 세가 강한 곳이었고 그래서인지 사람들이 도통 재미라고는 모르는 곳이었다. 찬송가를 부르며 성화(聖畵)를 들고 거리를 순례하는 그네들의 종교 행렬 앞에서 모자를 벗고 예를 취하지 않으면 누구라도 기어이 그 모자를 끌어내리고 말 곳이었다. 그러나 그 외에는 탓할 것이 없는 사람들이었다. 내가 일하던 수공업 장인 댁의 사모님은 미망인이었는데 그녀의 아들도 후일 수공업 장인의 자격을 신청하려면 동업자 조합의 규칙에 따라 증명서를 제시해야 했기 때문에 나처럼 타향에 머물며 일하는 중이었다. 부인이 타지 사람들이 그녀의 자식에게 해줬으면 싶은 대로 나를 대해주었으므로 나는 불편함을 모르고 지냈고 작업장 일을 내가 모두 전담해 관리할 정도로 부인과 나 사이의 신뢰는 깊었다.

그 일요일 오후 나는 수공업 장인의 부인과 함께 창문 너머로 큰 형무소 건물이 보이는 거실에 앉아 있었다. 1월이었는데 기온이 영하 20도가 넘게 내려가는 바람에 거리에는 사람 그림자도 얼씬대지 않았다. 때때로 가까운 산에서 휙 바람이 불어와 짤그랑 소리를 내며 포석 위를 뒹구는 작은 얼음 조각들을 사냥해댔다.

"이럴 땐 그저 따뜻한 거실에 앉아 뜨거운 커피 한 잔 마시는 게 최고지!"

부인이 내 잔에 커피를 석 잔째 채우며 말했다.

---

20 이 소설 후반부의 무대는 슈토름이 1856년 9월부터 지방법원 판사로 일했던 하일리겐슈타트Heiligenstadt. 슈토름은 당시 파울과 리자이가 재회하는 카셀 성문 바로 앞, 형무소 맞은편에 살고 있었다. 1853년에서 1864년 사이에 고향으로 띄운 서신들을 보면 이 장면은 슈토름의 개인적인 경험과 무관하지 않은 것으로 추측된다(Theodor Storm, 「Briefe in die Heimat aus den Jahren 1853~1864」, von Gertrud Storm, Berlin. 1907 참고).

21 dreijähriger Wanderschaft: 중세 길드의 규칙에 명시된 3년 동안의 객지 수련. 도제들은 3년 동안 유랑하며 여러 수공업 장인들 아래서 다양한 기술을 접하고 익혀야 했음.

나는 창가로 다가갔다. 내 마음은 고향으로 향했지만 그리운 이들은 이미 간 곳이 없었다. 나는 이제 이별을 톡톡히 배운 터였다. 어머니는 그래도 내게 임종을 지킬 기회를 주셨지만, 몇 주 전 아버지가 돌아가셨을 때는 진저리나게 긴 여정 때문에 장지(葬地)까지도 모시지를 못했다. 그러나 아버지가 쓰던 작업장이 아들의 귀향을 기다리고 있었다. 하인리히 아저씨가 남아 길드의 동의로 당분간 일을 맡아볼 수 있었으므로 나는 수공업 장인의 부인에게 그녀의 아들이 돌아오면 만나보리라 약속하고 몇 주 더 머물기로 한 것이었다. 그러나 마음은 편할 리 없었다. 아버지의 갓 돋운 무덤을 생각하면 한시도 더 타지에 머물고 싶지 않았다.

이런 생각을 하던 중 건너편에서 날카로운 질책 소리가 들려와 정신이 들었다. 눈을 들어보니 반쯤 열린 감옥 문 사이로 간수의 폐결핵 환자 같은 얼굴이 언뜻 비쳤다. 그가 주먹을 높이 쳐들고 보통 사람 같으면 들어가지 않으려고 발버둥치는 곳을 거의 완력을 써가면서까지 들어가려고 안간힘을 쓰는 젊은 여자를 위협하고 있었다.

"애인이라도 들어갔나?"

안락의자에 앉아 같은 장면을 보고 있던 부인이 말했다.

"저기 저 망할 놈은 인정머리라곤 눈곱만치도 없다니까."

"부인, 저 사람도 다 자기 할 일을 하는 건데요."

내가 아직도 고향 생각에서 완전히 깨지 못한 상태에서 말했다.

"나 같으면 저런 일일랑은 맡고 싶지 않구먼."

그녀는 성난 음성으로 대꾸하며 다시 의자에 몸을 묻었다.

그동안 건너편에서는 감옥 문이 다시 닫히고 머리에 검은 수건을 둘러쓴 젊은 여자가 바람에 날리는 짧은 외투만 달랑 걸친 채 꽁꽁 얼어붙은 거리를 따라 천천히 내려가고 있었다. 부인과 나는 잠자코 자리에서 움직이지 않았다. 나도 도와야 한다는 생각이 일었다. 내가 보기에 우리 둘 다 도와야 한다는 마음은 있었지만 어떤 식으로 도와야 할지 몰라 머뭇거릴 뿐이었다.

내가 창가에서 물러서려는데 여자가 다시 거리를 올라오고 있었다. 그녀는 감옥 문 앞에 서 있다가 멈칫거리며 문턱으로 이어지는 돌계단에 발을 내딛었다. 그러나 다음 순간 젊은 여자는 고개를 돌렸다. 우왕좌왕하는 쓸쓸한 눈빛으로 여자는 텅 빈 골목길을 배회하고 있었다. 그녀에게 위협하는 간수의 주먹에 다시 한 번 대항할 용기는 없어 보였다. 천천히, 그러나 닫힌 문에서 눈을 떼지 못하며 그녀는 발길을 돌렸다. 그녀 자신도 갈 곳을 모르는 것이 분명했다. 그녀가 형무소 건물의 모퉁이에서 교회로 이어지는 길로 구부러지려는 즈음에 나는 그녀를 따라가려고 나도 모르게 문에 걸린 고리에서 모자를 잡아 뗐다.

"그래, 그렇지. 파울젠. 암, 그게 사람의 도리인 게야!"

선량한 부인이 말했다.

"가봐요. 내 그동안 커피를 다시 따뜻하게 데우고 있을 테니!"

집을 나서자 밖은 지독하게 춥고 만물이 사멸한 듯했다. 길 끄트머리에 돌출한 검은 전나무 숲이 위협하듯 시가지를 내려다보고 있었다. 집집마다 유리창에 흰 서리가 끼어 있었다. 수공업 장인 부인 댁처럼 다섯 평(坪)이나 되는 장작을 때도록 허가를 받는 집은 흔치 않기 때문이었다. 교회로 통하는 골목길을 가로질러 가자 언 땅에 꽂혀 있는 커다란 나무 십자가 앞에 고개 숙인 젊은 여인이 무릎에 손을 모은 채 앉아 있었다. 나는 발소리를 죽이고 가까이 다가갔다. 그녀가 십자가에 못 박힌 피투성이 형상의 예수님을 향해 눈을 든 순간 내가 말했다.

"기도를 방해해서 죄송합니다만, 다른 고장에서 오신 분이지요?"

그녀는 자세를 바꾸지 않고 고개를 끄덕였다.

"제가 돕고 싶습니다."

내가 다시 말을 꺼냈다.

"어디로 가려는지만 얘기하세요!"

"이제는 어디로 가야 할지 모르겠어요."

그녀가 다시 고개를 숙이며 무덤덤한 목소리로 말했다.

"그래도 한 시간 후면 날이 지는데 이런 끔찍한 날씨에는 거리에서 오래 견디시기 힘들어요!"

"신께서 도우시겠죠!"

그녀의 나직한 음성이 들렸다.

"네, 그래요."

내가 대답했다.

"제 생각으로는 신께서 몸소 저를 당신께 보내신 것 같군요!"

그러자 내 목소리의 높은 울림이 그녀를 깨우기라도 한 듯 그녀가 몸을 일으켜 멈칫거리며 내게로 다가왔다. 목을 쭉 빼고 점점 나한테로 가까이 얼굴을 들이밀던 그녀의 눈빛이 순식간에 나를 거머쥘 듯 달려들었다. 그녀의 가슴에서 환호성 같은 외침이 튀어나왔다.

"파울! 정말 신께서 너를 보내셨구나!"

나는 내 눈을 믿을 수 없었다! 거기 서 있는 것은 다름아닌 나의 어린 시절 소꿉친구, 꼬마 인형극 연희자 리자이였다! 그녀는 말할 것 없이 날씬하고 어여쁜 처녀가 되어 있었다. 잠시 기쁨의 빛이 스쳐간 그녀의 웃음기 어린 동안(童顔)에 미소 대신 깊은 수심이 깃들고 있었다.

"어떻게 이런 곳에 혼자 왔니, 리자이?"

내가 물었다.

"무슨 일이야? 아버지는 어디 계시고?"

"감옥 안에, 파울!"

"너희 아버지같이 착하신 분이? 어쨌든 나와 가자! 난 여기 마음씨 좋은 아주머니 댁에서 일하고 있어. 부인께서도 너를 아셔. 내가 네 얘기를 자주 했거든."

어린 시절처럼 손에 손을 잡고 우리는 이미 창밖으로 우리를 내다보고 있는 친절한 수공업 장인 부인 댁으로 갔다.

"리자이예요!"

나는 거실을 들어서며 외쳤다.

"생각해보세요, 부인. 리자이라니까요!"

정이 많은 부인은 양손으로 가슴을 눌렀다.

"아니, 뭐라고! 리자이! 리자이가 이렇게 생겼었군그래!"

그리고 그녀는 손가락으로 건너편 감옥을 가리키며 말했다.

"어서 안으로 들어와요. 아니, 그런데 저 망할 놈의 간수랑은 무슨 일이래요? 파울젠 말로는 부모님들이 정직한 분이시라던데……"

부인은 리자이를 데리고 들어가 거실의 안락의자에 앉히고 리자이가 그녀의 물음에 답하기 시작하자 김이 나는 커피 한 잔을 입가로 가져가며 말했다.

"한 모금 마셔요. 그리고 기운을 차려야지. 손이 꽁꽁 얼어붙었네."

리자이는 맑은 눈물방울을 떨군 커피를 마시고 나서야 얘기를 시작할 수 있었다.

리자이는 수심에 잠겨 있던 방금 전이나 예전과는 달리 억양이 약간 남아 있긴 했지만 고향 사투리를 쓰지 않고 말했다. 그녀의 부모들은 우리가 살던 해안 쪽으로 다시 오지 않고 중부 독일을 떠돌았다. 어머니가 돌아가신 지는 벌써 몇 해가 넘었다.

'아버지를 떠나지 마라!' 임종 때 리자이의 어머니는 딸의 귀에다 속삭였다. '저렇게 물러 터진 마음으로 어떻게 이 세상을 살아가겠니!'

리자이는 이 기억에 새삼 눈물을 쏟아냈다. 부인이 울음을 그치게 하려고 잔 가득 새로 따른 커피조차 마시지 못하던 그녀는 한참을 지나서야 겨우 얘기를 다시 이어갔다.

어머니가 돌아가시고 바로 그녀의 첫 작업이 시작되었다. 그녀는 어머니 대신 아버지로부터 인형극단에서 맡아야 할 여자 역할을 배우기 시작했다. 그사이 장례식이 준비되고 고인을 위한 첫 추모 미사가 올려졌다. 갓 돋운 무덤을 뒤로하고 부녀는 다시 이전처럼 각처를 유랑하기 시작했다. 돌아온 탕자[22]와 성 제노베바, 그리고 일일이 이름을 댈 수 없는 인형극 공연은 종전처럼 계속됐다.

그들은 어제도 그렇게 유랑하던 중에 큰 교회 마을[23]에 도착해 점심 요기를 했다. 리자이가 말먹이를 구하러 나간 사이 아버지 텐들러 씨는 조촐한 음식을 먹고 난 식탁머리의 딱딱한 나무 의자에서 반 시간여 동안 깊은 잠에 빠져 있었다. 그들이 담요를 둘러쓰고 사나운 겨울 추위 속으로 다시 떠나기 시작한 지 얼마 되지 않아서였다.

"얼마 가지도 않았지요."

리자이가 말했다.

"마을에서 느닷없이 순시관[24]이 뒤쫓아와 고함을 지르며 법석을 떠는

---

22 『신약성서』, 「누가복음」 15장에 나오는 일화.
23 Kirchdorf: 당시 교회가 없는 작은 교구의 신자들은 교회가 있는 인근 마을로 미사를 보러 가야 했음.
24 Landreiter: 시에 고용된 관리로 거리의 말[馬]과 법규, 법령을 통제하던 사람. 오늘날의 교통경찰과 비슷하다고 볼 수 있음.

게 아니겠어요. 식당 주인이 식탁 서랍에서 돈 한 꾸러미를 도둑맞았는데 무고한 아버지가 혼자 그 식당에 있었다고요! 우리처럼 집도 절도 없는 떠돌이를 믿어줄 사람이 어디 있어야지요."

"저런, 아가씨!"

부인이 나를 향해 손을 내저으며 말했다.

"젊은 아가씨가 그렇게 말하면 쓰나."

그러나 나는 리자이의 탄식이 빈말이 아니라는 것을 알고 있었으므로 입을 다물었다. 짐을 실은 마차는 이장(里長) 집에 유치되어 있었다. 텐들러 씨는 순시관의 말 옆을 총총걸음으로 따르며 시내로 가도록 지시를 받았다. 순시관에게 몇 차례 제지를 당한 리자이는 이 기막힌 사건의 전모를 알게 될 때까지 아버지와 함께 감방 안에 있을 요량으로 얼마간 간격을 두고 아버지를 뒤쫓아갔다. 그러나 그녀는 혐의가 없었고 간수는 법에 따라 감옥에 있을 일말의 이유가 없는 그녀를 침입자로 간주하고 감옥 문에서 밀어냈다.

리자이는 아직도 간수의 태도를 이해할 수 없었다. 그녀는 아버지와 같이 있을 수 없는 것이야말로 훗날 진범이 잡혀서 받게 될 어떤 벌보다 혹독한 벌이라고 말했다. 그러나 그녀는 곧 착한 아버지의 누명만 벗겨진다면 범인에게도 심한 처벌을 원하는 것은 아니라고 덧붙였다. 그러나 아버지는 처벌을 견뎌내지 못할 것 같다고!

그때 내게 저 건너편에 지키고 서 있는 말단직 간수보다야 형사관 나리가 백번 힘 있는 인물이지 않겠냐는 생각이 퍼뜩 스쳐갔다. 언젠가 형사관 중에 방적기를 손보아준 사람이 있었고 애지중지하던 주머니칼의 날을 세워주었던 사람도 있었다. 그 둘 중 한 사람을 통해 나는 적어도 수감자를 면회할 기회를 얻을 수 있었고 다른 이를 통해서는 텐들러 씨의 신원

증명서를 신청하여 일을 추진시킬 계기를 마련했다. 나는 리자이에게 조금만 참으라고 부탁하고는 곧장 옥사로 건너갔다.

폐결핵 환자 같은 면상을 한 간수는 남편이나 부친이 갇혀 있는 감방으로 들어가려는 부끄럼 모르는 여편네들을 꾸짖는 데 여념이 없었다. 내가 아는 한에서는 절대 일어날 일이 아니거니와, 나는 적어도 법원의 '법에 따라'라는 판결이 내려지기 전에는 리자이의 아버지를 그런 류의 사람들과 같은 범죄자로 간주할 수 없었다. 약간의 실랑이를 벌인 끝에 드디어 간수와 나는 건물의 위층으로 난 널찍한 계단을 함께 올라갔다.

낡은 형무소 건물에는 공기조차 갇혀 있었다. 위층의 긴 회랑을 지나칠 때 악취와 열기로 혼탁한 공기가 밀려왔다. 회랑 양쪽으로 개개의 감방으로 이어지는 문이 연달아 나왔고 우리는 복도의 막다른 곳에서 멈춰섰다. 간수가 맞는 열쇠를 찾느라 커다란 열쇠 꾸러미를 쩔그럭거렸다. 문이 열리고 우리는 안으로 들어갔다.

감방의 한가운데에 우리 쪽으로 등을 돌린 왜소한 남자가 서 있었다. 그의 시선은 담 위쪽에 난 희뿌연 창을 통해 희미하게 보이는 한 조각 하늘에 묶여 있는 듯했다. 나는 담박에 송곳처럼 삐져 나온 말총머리를 알아보았다. 다만 바깥의 풍경처럼 그 머리칼 역시 겨울 옷을 입었을 뿐이었다. 우리가 들어서자 작은 남자는 몸을 돌렸다.

"텐들러 씨, 저를 못 알아보시겠어요?"

내가 묻자 그는 나를 슬쩍 훑어보며 대답했다.

"글쎄요, 실례지만 선생님은 누구신지요?"

나는 그에게 우리 고향의 이름을 말했다.

"제가 그 말썽쟁이 녀석입니다. 예전에 댁의 소중한 카스퍼를 잘못 돌려놓았던!"

"아니, 괜찮습니다. 별일도 아닌 걸입쇼!"

그는 당황하며 내게 정중히 절을 했다.

"벌써 까마득히 잊었습죠."

그는 아마도 내가 한 얘기를 반 정도만 알아들은 듯했다. 왜냐하면 그의 입술은 전혀 다른 얘기를 하는 것처럼 움직였으니 말이다.

그래서 내가 그에게 조금 전 어떻게 리자이를 만나게 되었는지 설명을 하자 그제서야 휘둥그레진 눈으로 나를 바라보았다.

"이렇게 고마울 데가! 이렇게 고마울 데가!"

그가 손을 포개며 말했다.

"그럼, 그럼. 꼬마 리자이와 파울! 당신이 그 꼬마 파울이란 말입니까? 이제야 알겠어요. 개구쟁이 시절의 귀염성 있던 얼굴이 여전히 남아 있어요!"

그는 하얗게 센 말총머리가 부르르 떨릴 정도로 기뻐하며 고개를 끄덕였다.

"그래, 그래요. 저 밑의 바닷가. 거기로는 다시 안 갔지. 그 시절이 좋았는데…… 그땐 아직 위대한 가이셀 브레히트의 딸인 우리 마누라도 살아 있었고! 그 사람이 늘 하던 말이 있어요. '요제프! 사람들 머리에도 이렇게 철사 줄이 달려 있다면 당신도 세상살이 고민할 게 무에 있겠어요!'라고. 마누라가 살아 있었다면 내가 이렇게 갇히도록 놔두진 않았을 텐데. 세상에, 이런 일이! 파울젠 씨, 난 도둑이 아니에요!"

슬며시 열어놓은 문 앞 복도에서 서성거리던 간수가 벌써 몇 차례 열쇠 꾸러미를 찔그럭거리고 있었다. 나는 노인을 진정시키려고 애쓰며 그에게 첫번째 심문이 열리는 날 이 근방에서는 꽤 명망이 있는 나를 불러줄 것을 부탁했다.

내가 다시 수공업 장인 부인 댁의 거실로 들어서자 부인이 나를 향해 큰 소리로 말했다.

"아이고, 고집이 센 처녀더구만, 파울젠! 저기 곁방을 숙소로 삼으라고 그래도 막무가내야. 원, 유랑자 숙소로 가려는지 어딜 가려는지 그냥 간다는구만!"

나는 리자이에게 신원증명서가 있느냐고 물었다.

"웬걸, 이장이 압수했지."

"그렇다면 어느 숙소의 주인도 너한테 문을 열지 않을 거야! 그건 너도 잘 알 테지!"

내가 말했다.

그녀도 당연히 그 사실을 알고 있었다. 부인은 만족스러운 듯 그녀의 손을 잡으며 말했다.

"내가, 고집 있는 아가씨일 거라고 짐작은 했지. 저기 저 사람이 둘이서 상자 안에 들어가 웅크리고 앉아 있던 일까지 낱낱이 얘길 해줬거든. 그래도 그렇게 간단히 나한테서 내빼진 못할 거야!"

리자이는 약간 당황스레 시선을 떨구고는 급히 아버지 안부를 물었다. 나는 그녀에게 소식을 전한 후 부인에게 침대 매트리스와 이불 몇 채를 부탁했다. 거기다 내 침구도 가져와 조금 전 간수에게 허가받은 대로 직접 건너편 형무소의 감방에 넣어주었다.

밤이 오자 우리는 텐들러 씨가 따뜻한 자리에 누워 세상에서 제일 편한 베개[25]를 베고 쓸쓸한 감방에서 두 다리 쭉 뻗고 잠들기를 희망했다.

---

25 auf dem besten Ruhekissen, das es in der Welt gibt: "양심이 가장 편한 베개Ein gutes Gewissen ist ein sanftes Ruhekissen"라는 독일 속담이 있음.

다음날 오전 내가 형사들을 만나러 거리를 나서자니 건너편에서 간수가 취침용 슬리퍼를 끌고 나를 향해 걸어오고 있었다.

"당신 말이 맞았군요, 파울젠."

그가 내게 날카로운 음성으로 말했다.

"그가 범인은 아니랍디다. 진범을 이제 잡았다네요. 당신 지인은 오늘 중으로 석방될 겁니다."

그리고 몇 시간 지나지 않아 감옥 문이 열리며 텐들러 씨가 간수의 명령조의 말투를 들으며 우리에게 인도되었다. 마침 점심식사가 막 차려진 참이라 그가 식탁 앞에 자리를 잡고 앉을 때까지 수공업 장인의 부인은 긴장을 풀지 못했다. 그러나 그는 맛있는 음식에 거의 손을 대지 못했다. 부인이 그를 위해 애쓴 보람도 없이 줄곧 말 한마디 없이 딸 곁에 앉아 이따금 그녀의 손을 조심스레 어루만져줄 뿐이었다. 그때 성문 밖에서 짤랑짤랑 방울 소리가 들려왔다. 그것은 멀리 나의 유년 시절로부터 들려오는 소리였다.

"리자이!"

내가 말했다.

"응, 파울, 알았어!"

잠시 후 리자이와 나는 현관문 밖에 서 있었다. 양쪽에 높다란 궤짝을 실은 마차가 어린 시절 내가 자주 꿈꿨듯이 거리 아래로 내려왔다. 농사꾼 아들이 고삐와 채찍을 쥔 채 지나가고 있었다. 짤랑거리는 소리를 낸 것은 어린 백마에 달린 방울이었다.

"그 갈색 말은 어디로 갔어?"

내가 리자이에게 물었다.

"갈색 말?"

리자이가 대답했다.

"어느 날이던가 마차 앞에서 고꾸라졌어. 아버지가 부리나케 그 마을 수의사에게 데려갔지만 다시 일어나지 못했지."

대답과 동시에 리자이의 눈에서 눈물이 떨어졌다.

"왜 그래, 리자이?"

내가 물었다.

"이제 다 잘됐는걸!"

그녀는 고개를 저었다.

"아버지가 왜 저러시는지. 저렇게 말이 없으시고…… 그 치욕을 쉽게 씻어내지 못하실 거야!"

과연 리자이가 딸의 직감으로 본 바는 틀리지 않았다. 그들이 작은 여관에서 보낸 지 얼마 안 되어 텐들러 씨는 서둘러 유랑 계획을 제안했다. 거기서는 더 이상 사람들 앞에 서고 싶지 않아서였다. 그런 와중에 열이 나서 그는 그곳을 떠날 수 없었다. 우리는 곧 의사를 불러와야 했고 텐들러 씨는 오래 병상에 누워 있어야 했다. 그들이 곤궁에 처한 것은 아닐까 염려가 되어 나는 리자이에게 내 수중의 돈을 빌려주마고 제안했으나 그녀가 말했다.

"말은 고맙지만 그만 한 정도의 돈은 우리도 있어. 그렇게까지 궁핍하진 않은걸."

일이 그렇게 되자 나는 가끔 리자이와 교대로 밤새 병상을 지키고, 텐들러 씨의 병세가 호전된 후로는 저녁 나절에 한 시간 정도씩 침대머리에 앉아 환자와 얘기를 주고받았다. 그 외에는 내가 할 수 있는 일이 별로 없었다. 그렇게 떠날 시간도 다가왔고 내 마음은 점점 무거워졌다. '머지않아 그녀는 또다시 이 넓은 천지를 유랑객으로 떠도는 신세가 된다!'고 생각하니 리자이를 바라보는 것이 아플 정도였다. '그녀에게 고향이 있다면! 소식이라도 전하려면 대체 어디로 보내야 한단 말인가!' 나는 우리의 첫 이별 후 12년 동안을 돌이켜보았다. 또다시 그렇게 오랜 세월을 보내야 할 것인가. 아니면 결국은 평생을?

"고향에 돌아가면 부모님께 인사 전해줘."

이별을 앞둔 마지막 날 밤에 그녀가 나를 현관까지 배웅하며 말했다.

"대문 앞의 벤치가 눈에 선해. 정원의 보리수나무도. 아, 영원히 잊지 못할 거야. 그렇게 정겨운 곳은 다시 없었으니까."

그러자 고향의 어두운 심연 속에서 비쳐 나오듯 어머니의 자상한 눈빛과 아버지의 굳건하고 정직한 모습이 떠올랐다.

"아, 리자이."

내가 말했다.

"이제 와서 집이라니! 사방이 적막하고 황량할 뿐인걸!"

리자이는 대답 없이 내 손을 잡고 따뜻한 눈으로 나를 바라보았다. 그때 어머니의 목소리가 들려오는 것 같았다. '이 손을 꼭 잡고 이 애와 함께 돌아가도록 해라! 그러면 다시 네 집이 생기잖니!'

나는 리자이의 손을 굳게 잡고 말했다.

"리자이, 나와 함께 돌아가자. 그리고 빈집에서 새로운 삶을 시작하는 거야. 전에 네가 정겹게 느꼈던 그런 아늑한 삶을!"

"파울, 무슨 말이야? 난, 무슨 말인지······."

그녀가 말했다. 그러나 그녀의 손은 내 손 안에서 심하게 떨고 있었나. 나는 애원하다시피 말했다.

"아, 리자이. 내 말을 좀 이해해줘!"

그녀는 잠시 말이 없었다.

"파울, 난 아버지 곁을 떠날 수 없어!"

그녀가 말했다.

"아버지도 같이 가셔야지, 리자이! 뒤채에 방 두 개가 비어 있는데 거기 살면서 일을 보시면 되잖아. 하인리히 아저씨 작업장도 바로 그 옆이고!"

리자이가 고개를 끄덕였다.

"하지만, 파울. 우리는 유랑객[26]이야. 고향 사람들이 너에게 뭐라고 하겠어."

"말들이 많겠지, 리자이!"

"겁나지 않아?"

나는 그저 웃어 보였다.

"그렇다면,"

그녀의 목소리가 종소리처럼 울렸다.

"네가 그렇다면 나도 용기가 나!"

"그렇지만……, 정말 리자이도 그러길 원해?"

"그래, 파울. 내가 원하지 않는 일이면……."

---

26 landfahrende Leute: 18세기 후반까지 떠돌이 인형극 연희자들은 떠버리 상인이나 사기꾼, 거지들과 한 계층으로 취급되어 천시당했으며 신산한 삶을 살았다. 당국은 공연될 작품들의 검열이나 단기 체류 허가 등의 규칙을 악용해 인형극 연희자들과 유랑극단들의 평판을 깎아내리곤 했다. 프로이센의 왕 프리드리히 빌헬름 3세 Friedrich Wilhelm III(1797~1840)의 통치기였던 1810년 1월 5일자의 한 회람(回覽)을 보면 "도덕성에 위배되는 인형극 연희자의 상상력이 민중에게 악영향을 미치므로 전년 11월 17일에 열린 회의에서 결정된 바와 같이 통제를 명한다"고 기록되어 있다. 결정된 사항은 공연 허가를 받지 못한 인형극 연희자의 공연을 엄금하는 것은 물론 이미 허가를 받아 공연 중인 꼭두각시놀음패들도 경관의 삼엄한 통제 속에 둔다는 것이었다. Alexander Weigel, *Impulse 4*, 1982, p. 258, 'König, Polizist, Kasperle…… und Kleist. Auch ein Kapitel deutscher Theatergeschichte nach bisher unbekannten Akten'에서 인용.

그녀가 갈색 머리를 저으며 말했다.

"절대로 하지 않아."

여기서 파울젠은 이야기를 멈췄다.

"그러니까 여보게. 그런 말을 할 때 아가씨의 까만 눈동자가 어떻게 보이는지 알려면 자네는 아직 멀었네."

'그렇고말고요. 특히나 호수라도 태워버릴 듯한 그런 눈이라면 말이죠!'

나는 그렇게 생각했다.

"그리고, 어때?"

파울젠이 다시 말했다.

"얘기를 들어보니 자네도 리자이가 누군지 짐작이 갈 테지?"

"그야 파울젠 부인이지요!"

내가 대답했다.

"제가 여지껏 그것조차 몰랐을 것처럼 얘기하시네요! 여전히 '아니야' 대신 '아녀'라는 사투리를 쓰시고, 잘 다듬어진 눈썹 아래 새까만 눈도 그대로인걸요."

내가 속으로 '집에 들어가면 파울젠 부인에게서 인형극 연희자 리자이의 모습을 찾아볼 수 있을까' 하고 궁리하는 동안 파울젠은 내내 웃음을 짓고 있었다.

"그런데, 텐들러 씨는 어떻게 되셨어요?"

"여보게,"

그가 말했다.

"우리 모두가 종국에 가는 곳, 저 너머 교회의 푸른 묘지에 하인리히 아저씨와 나란히 쉬고 계시지. 그러나 그의 무덤엔 따라 들어간 것이 하나 더 있다네. 내 어린 시절의 또 다른 친구…… 안 그래도 막 얘기할 참이었어."

그가 말했다.

"그런데, 우리 좀 뒤꼍으로 가자구. 집사람이 우리를 찾으러 나올지도 모르는데 그런 얘기는 반복해서 들을 필요가 없지 않나?"

파울젠은 자리에서 일어나 나와 함께 시내로 통하는 정원 뒷길 산책로를 따라 걸었다. 모두들 차를 마시며 피로를 푸는 오후 시간이라 인적이 드물었다.

"이보게!"

파울젠의 얘기는 다시 이어졌다.

텐들러 씨는 당시 우리의 언약에 매우 흡족해하셨다. 그는 익히 알던 우리 부모님을 기억하고 나 역시 믿어주었다. 게다가 그 역시 유랑 생활에 지쳐 있기도 했다. 저질 유랑객으로 몰릴 위기에 처했던 이후로 그의 마음속에도 정착할 고향에 대한 미련이 점점 자라났다. 어질던 수공업자 부인은 그리 반기지 않으셨다. 그녀는 아무리 좋게 봐준대도 정처 없이 떠도는 인형극 연희자의 여식이 정착해 살아야 하는 수공업자의 부인으로 마땅할지 걱정이었다. 이제 그녀도 마음을 바꾼 지 오래지만!

그로부터 채 여드레가 지나지 않아 나는 산악 지역에서 북해 연안의 고향으로 다시 돌아왔다. 나는 하인리히 아저씨와 함께 서둘러 뒤채의 비어 있던 방 두 칸을 장인이 될 요제프를 위해 손보았다. 2주 후, 정원에 첫 봄을 알리는 꽃내음이 풍겨날 즈음 짤랑거리는 방울 소리가 거리를 올라오고 있었다.

"이보게, 수공장(手工匠)! 수공장!"

하인리히 아저씨가 외쳤다.

"저기 오네. 그 사람들이 온다구!"

말이 떨어지기 무섭게 양쪽에 높다란 궤짝을 실은 마차가 우리집 문 앞에 서 있었다. 리자이가 왔고 장인 요제프도 거기 서 있었다. 두 사람의 눈은 활기에 차 있었고 뺨은 상기되어 있었다. 인형극단도 그들과 함께 이사를 왔다. 그것은 장인 요제프가 여기로 오는 데 내건 조건이었다. 조그만 이륜 수레는 그와 달리 며칠 후에 팔아넘겨졌다.

그리고 우리는 조촐한 결혼식을 올렸다. 인근에 혈육이라고는 남아 있지 않았으므로 예식에는 항만소장과 동창 한 명이 결혼식 증인으로 참가했을 뿐이었다. 리자이는 그녀의 부모처럼 가톨릭 신자였는데 그것이 우리 결혼 생활에 장애가 될 줄은 우리 두 사람 모두 예기치 못했다. 결혼 후 몇 해 동안 그녀는 부활절 고해성사 때면 가톨릭 교구인 근방의 도시로 순례 여행을 떠났다. 그러나 이후, 리자이의 고해소는 남편이 되었다.

결혼식날 아침 장인 요제프는 식탁 위에 꾸러미 둘을 내려놨다. 큰 주머니에는 하르츠 은화[27]가, 작은 주머니에는 크렘니츠 금화[28]가 가득 들어 있었다.

"파울, 자네가 이 문제는 거론하지 않았네만."

그가 말했다.

"우리 리자이가 그렇게 딸려 보낼 것 하나 없이 가난한 집 딸은 아니라네. 넣어두게! 나는 이제 더 쓸 곳도 없으니."

언젠가 우리 아버지가 언급하신 그들이 저축한다는 돈이었다. 그것이

---

27 Harzdritteln: 하르츠 산맥의 채굴장에서 나는 은이 3분의 1 섞인 동전.
28 Kremnitzer Dukanten: 오스트리아 크렘니츠 광산에서 나온 금으로 만든 금화.

이제 그의 아들이 막 사업을 시작하려는 찰나에 때를 맞춰 온 것이다. 그로써 리자이의 아버지는 전 재산을 물려준 것이었고 자식들에게 노후를 위임한 것이기도 했다. 그러나 그는 빈둥거리며 세월을 보내지 않고 조각칼을 다시 꺼내 들고 작업실에서 도울 일을 찾아냈다.

인형과 함께 극장에 사용되던 소도구들은 옆에 딸린 건물의 다락방 한 구석으로 들어갔다. 일요일 오후에만 그는 인형을 하나씩 차례로 내려와 철사 줄과 관절을 살펴보고 닦아내고 이곳저곳 고치고는 했다. 하인리히 아저씨는 곰방대를 물고 그 곁에 서서 인형들의 인생 여정 이야기를 시켰다. 인형들에는 저마다 사연이 있었다. 밝혀진 대로라면 그렇게 솜씨 좋게 깎인 카스퍼는 그의 초창기 작품이며 리자이의 엄마에게 매파(媒婆) 노릇을 한 장본인이기도 했다. 때때로 이야기에 흥을 돋우려고 그는 인형 줄을 움직여보기도 했다. 그럴 때 리자이와 나는 곧잘 포도나무 잎사귀로 둘러싸인 창가에 서 있었는데 천진한 두 노인은 매번 자기들의 놀이에 푹 빠져 박수 소리가 나면 그제서야 관객들의 존재를 알아차렸다.

해가 지나며 장인 요제프는 다른 일에 몰두하기 시작했다. 그는 정원 일을 스스로 감독하며 씨앗을 뿌리고 거두었으며 일요일이 되면 말쑥하게 차려입고 화단을 오르내리며 장미 넝쿨이나 카네이션, 손수 만든 가는 나무판들을 타고 자라는 초여름 꽃가지들을 손질했다.

그렇게 화기애애한 삶 속에 내 사업은 나날이 번창해갔다. 나의 결혼을 두고 시 전체가 몇 주간 떠들썩했지만 이러쿵저러쿵 입방아 찧을 거리도 없이 모두가 같은 의견이었던 터라 땔감 떨어진 모닥불처럼 화제는 스르르 사그라지고 말았다.

그리고 다시 겨울이 오자 장인 요제프는 일요일마다 다락방 구석에서 인형들을 꺼내왔다. 나는 그가 여름에는 정원 일을 보고 겨울에는 인형들을 매만지며, 그런 조용한 행동의 변화를 반복하며 여생을 보내리라 생각했다. 그러던 어느 날 아침, 거실에서 아침식사를 하고 있던 나에게 그가 진지한 얼굴로 다가왔다.

"사위!"

그가 하얗게 센 말총머리를 멋쩍은 양 몇 차례 매만지며 말을 꺼냈다.

"아무래도 계속 자네들 식객 노릇 하기가 민망해서……."

나는 무슨 영문인지 몰라 그에게 대체 왜 그런 가당찮은 생각을 하시느냐고 되물었다. 작업장에서 잔일을 돕고 계실 뿐 아니라 내 사업이 지금 쏠쏠한 수익을 거둔다면 그것은 원래 당신이 상속하신, 결혼식날 내게 쥐어준 유산 덕분이 아니겠냐고.

그러나 그는 그 모두가 다 부족하다고 고개를 저었다. 그 돈 중의 일부는 바로 이 시에서 벌어들인 것이고, 극장은 아직도 구할 수 있으며 인형극들은 아직 그의 머릿속에 고스란히 남아 있다고 했다.

그제서야 나는 늙은 인형극 연희자의 싱숭생숭한 속내를 알아차렸다. 그의 친구, 하인리히 아저씨만으로는 관객이 충분치 않았던 것이다. 그는 다시 한 번 공개적으로 관객들을 모아 그의 작품을 공연하고 싶었다.

나는 화제를 돌리려고 애를 썼으나 그는 계속해서 원점으로 돌아갔다. 리자이와 얘기를 나눈 후에도 끝내 우리는 그의 고집을 꺾지 못했다. 장인은 리자이가 결혼 전처럼 인형극에서의 여자 역할을 맡아주기를 바라는 마음이 역력했으나 우리는 그의 그런 암시를 모르는 척하기로 암암리에 합의했다. 그것은 여염집 아내, 그것도 수공업 장인의 부인에게는 전혀 어울리는 일이 아니었기 때문이다.

다행히도, 생각하기에 따라서는 불행히도 당시 우리 시에 그런 일에 무지하지 않다고 알려진 여자가 한 명 있었다. 그녀는 소싯적에 극단을 따라다니며 무대 뒤에서 대사를 불러주는 후견 역을 한 경험이 있었다.

등이 휘어서 사람들이 반쪽이 리셴[29]이라고 불렀던 이 여자는 곧 우리의 요구에 응해 저녁 나절과 매주 일요일 오후, 장인 요제프의 방에서 열정적인 연습에 들어갔다. 창가 한쪽에서는 하인리히 아저씨가 무대의 골격을 만들고, 막 색을 칠해 방 천장에서부터 늘어뜨린 무대배경화 사이에서 늙은 인형극 연희자와 반쪽이 리셴이 다양한 장면을 시연했다. 연습이 끝나면 텐들러씨는 리자이도 그렇게 빨리 말귀를 알아듣지는 못했을 것이라며 반쪽이 리셴을 '팔방미인'이라고 칭찬했다. 그런데 늘 깊게 가라앉은 목소리로 그르렁거리는 것이 노래 실력이 좀 못 따라준다고, 아름다운 수잔네의 노래로는 영 어울리지 않는다고 토를 달곤 했다.

드디어 공연 날짜가 확정되었다. 모든 것이 가능한 한 평판대로 진행되어야 할 것이었다. 이번 인형극 무대는 사격 회관이 아니라 미카엘 대축제 때는 고등학교 상급생도 와서 미카엘 축제 기념 연설을 하는 시청 회관이었다. 토요일 오후, 시민들이 막 나온 주간 소식지를 열자 큼지막한 글씨로 씌어진 눈에 확 띄는 광고가 있었다.

'내일 일요일 저녁 7시, 시청 회관. 인형극의 장인 요제프 텐들러씨가 선보이는 꼭두각시놀음. 아름다운 수잔네, 노래가 함께하는 4막 인형극!'

---

29 Kröpel-Lieschen: 반쪽이 리셴 Krüpel-Lieschen의 저지 독일어 발음. 연상작용을 불러일으키는 두 이름 리자이 Lisei와 리셴 Lieschen에 '반쪽이 Kröpel'라는 수식어가 붙음으로써 이미 두 여자 사이의 상이함이 암시됨. 이름에서부터 '반쪽이 리셴'은 리자이의 불완전한 대역임을 의미. 독일어 'Lieschen'은 'Lisei'의 축소형.

그러나 당시 우리 시의 관객들은 벌써 내 유년 시절의 순진무구한 조무래기 구경꾼들이 아니었다. 그사이 카자흐 기병들이 주둔했던 겨울[30]이 지나고 특히 수공업 도제들 사이에는 지독한 무절제함이 만연하던 시절이었다. 지방 명사들 중에 인형극 애호가들도 이제는 달리 신경 쓸 일이 많았다. 그럼에도 음험한 슈미트와 그의 아들만 아니었더라면 모든 일이 잘 풀렸을 수도 있었을 것이다.

우리 시에서 들어본 적이 없는 낯선 이름이라서 나는 파울젠에게 그가 누구냐고 물었다.

"내가 알기로는, 얼굴이 시커멓던 슈미트는 이미 수년 전에 빈민수용소에서 죽었다네. 당시에는 그도 나와 같은 급의 장인이었지. 재주는 꽤 쓸 만했는데 사는 거나 일하는 거나 워낙 방탕해서 하루 종일 일해서 번 돈을 저녁이면 술과 노름판에 쏟아 붓곤 했어. 우리 부친을 미워했는데 자기보다 우리 아버지의 고객 수가 항상 웃돌던 탓만은 아니었다네. 그가 보조 견습공으로 있던 청년 시절에 우리 아버지에게 못된 장난을 치다가 수공업 장인에게 발각돼 쫓겨난 일이 있었다더군. 그리고 그해 여름부터는 그 증오가 나에게로 옮겨 왔지. 당시 시에 섬유 공장이 새로 들어섰는데 그자가 백방으로 애를 쓴 보람도 없이 공장 기계 일이 다 나한테 위임됐거든. 그래서 그자와 밑에서 일하던 두 아들이 과거에 우리 선친께 한 것보다 더 지독하고 심술궂은 방법으로 내게 여러 차례 해코지를 했었다

---

30 해방전쟁 Freiheitskrieg(1812~1815) 기간 동안 독일군과 동맹을 맺었던 러시아 카자흐의 기병들이 작가인 슈토름의 고향이며 작품의 무대가 된 후줌 Husum 근방을 전전하며 소동을 일으켰던 일을 말함. 전쟁 기간 동안 크게 대두되었던 민족주의와 자유주의의 원칙으로 인해 사회 전체가 어수선하던 시기.

네. 나는 그동안 그 사람들 일일랑은 까마득히 잊고 있었네만."

그렇게 공연 날 저녁이 되었다. 나는 장부 정리할 것이 있어 집에 남아 있었기 때문에 시청에서 장인에게 무슨 일이 일어났는지는 후에 리자이와 하인리히를 통해 알게 되었다.

회관의 일등석은 거의 비어 있었고 이등석에도 관객이 드문드문했지만 삼등석에는 머리를 맞대고 서 있을 만큼 사람들이 모여들었다. 관객들 앞에서 인형극이 시작될 무렵만 해도 늙은 리셴도 실수 없이 자기 대사를 술술 외워갔으며 아무 문제가 없었다. 그러나, 저 비운의 노래가 시작됐다! 그녀가 한껏 부드러운 목소리를 내려고 애쓴 보람도 없이, 장인 요제프가 전에 말한 것처럼 말 그대로 돼지 멱따는 소리가 흘러나왔다. 삼등석에서 누군가 외쳤다.

"반쪽이 리셴! 더 높이 올려봐라, 더 높이!"

반쪽이 리셴이 이 말을 듣고 가당찮은 소프라노 소리를 내려고 애를 쓰면서 회당 안은 삽시간에 웃음바다가 되고 말았다.

무대에서 극이 멈추고 무대 측벽 사이로 늙은 인형극 연희자가 노한 음성으로 외쳤다.

"관객 여러분, 조용히 해주시기 바랍니다!"

곧이어 아름다운 수잔네와 한 장면을 연출하려고 그가 잡고 있던, 철사 줄에 매달린 카스퍼가 재주 많은 코를 발작적으로 흔들어댔다.

새로운 웃음이 관객들의 화답이었다.

"카스퍼가 노래를 할 모양이구만!"

"러시아 말로 불러봐! 아름다운 밍카[31], 난 떠나야겠소! 카스퍼 만세! 아니지, 카스퍼의 딸이 불러라!"

"입들 닥쳐! 그 딸내미는 수공업 장인의 사모님이 되신 것도 몰라? 꼭두각시놀음이 가당키나 해!"

그렇게 한동안 소란은 그치지 않았다. 그리고 어느새 무대를 겨냥한 큰 포석이 날아왔다. 돌은 카스퍼의 철사 줄에 맞았다. 카스퍼의 몸체가 주인의 손에서 미끄러져 바닥으로 떨어졌다.

장인 요제프는 더 이상 견디지 못했다. 리자이의 만류에도 불구하고 그가 인형극 무대로 얼굴을 내밀자 우레와 같은 박수와 웃음소리, 발 구르는 소리가 그를 맞았다. 무대 배경 위로 머리를 내민 늙은 사내가 팔을 휘두르며 성을 내는 모양은 어찌 보면 우스운 장면이었을 것이다. 그리고 소란 속에 돌연 막이 내렸다. 막을 내린 것은 하인리히 아저씨였다.

일이 그렇게 되어가는 동안 집에서 장부책을 뒤적이던 나는 왠지 초조했다. 내가 불행을 이미 예견했다고는 말하고 싶지 않지만 어쩐지 일은 내 예감대로 진행됐다. 내가 시청 회관의 계단을 오르는데 사람들 무리가 위에서 마주 보며 내려오고 있었다. 고함과 웃음소리가 뒤엉켰다.

"만세! 카스퍼가 죽었다. 로트[32]도 죽었고, 코미디는 끝났네!"

올려다보니 슈미트와 그 아들의 시커먼 얼굴이 보였다. 그들은 움찔하더니 내 곁을 지나 문쪽으로 달아났다. 그제서야 소란의 근거지를 짐작할 만했다.

위로 올라가자 회관은 텅 비어 있었다. 무대 뒤에서 늙은 장인이 맥 빠진 모습으로 의자에 앉아 두 손으로 얼굴을 가리고 있었다. 그의 앞에 쭈그리고 앉아 있던 리자이가 내가 온 것을 알고 천천히 몸을 일으켰다.

---

31 schöne Minka: 러시아 민요에서 따온 크리스토프 아우구스트 팃제Christoph August Tiedge(1752~1841)의 시구 중 첫 구절.
32 Rott is dod: 로트는 죽었네. 저지 독일어로 된 북독일 민요 중 한 구절.

"이봐요, 파울."

그녀가 물었다.

"내가 속상한 건 그렇다 치고 당신 이래도 견뎌볼 용기가 남아 있어요?"

그러나 그녀는 내가 아직 용기를 잃지 않았음을 내 눈에서 읽었음이 틀림없었다. 왜냐하면 대답 이전에 그녀가 내 목에 매달려왔으니까.

"파울, 우리 굳건히 견뎌내요!"

그녀가 조용히 말했다.

다음날 아침 일어났을 때 우리는 우리집 대문에 백묵으로 씌어져 있던 예의 그 비방구—욕이라고 해야겠지만, '꼭두각시패 폴레!'를 발견했다. 나는 조용히 닦아냈다. 그후로도 몇 차례 공식적인 자리에서 그 일이 거론됐지만 수공업 장인으로서 나의 명망이 그 일을 무마시켜주곤 했다. 게다가 내가 허튼소리를 하지 않는다는 것을 사람들이 익히 알고 있었으므로 쑤군대던 소리는 제 풀에 꺾인 셈이었다.

그러나 장인 요제프는 그날 저녁 이후 예전의 그가 아니었다. 그 불순한 소동이 순전히 나에 대한 반감에서 온 것임을 누차 얘기했지만 소용이 없었다. 우리가 모르는 사이에 그는 꼭두각시 인형들을 모두 코흘리개들이 떠들썩하게 환호성을 지르고 싼 고물 나부랭이를 좋아하는 부인네들이 몇 푼씩 값을 올리는 공개 경매장에 내놓았다. 그는 두 번 다시 인형을 보고 싶어하지 않았다. 그러나 그것은 그다지 좋은 방법이 아니었다. 거리에 다시 봄볕이 살랑이기 시작하자 팔아 치운 인형들이 하나 둘씩 어두컴컴한 집 안에서 바깥 빛을 쐬러 나왔다. 현관 문턱에서 성 제노베바를 들고 노는 계집아이가 있는가 하면 한켠에서는 사내 녀석이 파우스트 박사를 시꺼먼 수고양이에게 태우려고 극성이었다. 사격장 근처 어느 정원에는 어느 날 지그프리트 백작이 지옥의 참새와 함께 허수아비 대용으로 버찌나무에 내걸렸다. 장인은 당신의 분신들이 모욕당하는 것이 너무 가슴 아파 나중에는 아예 집과 정원 밖으로 나서지를 못했다. 성급했던 매각 행위를 후회하고 있음이 분명했다. 나는 팔려나간 인형들을 다시 사들이기 시작했다. 그러나 내가 그것들을 그의 앞으로 가져갔을 때 그는 기뻐하지 않았다. 대부분의 인형은 망가질 대로 망가져 고쳐볼 엄두도 낼 수 없었고 희한하게도 아무리 수소문을 해봐도 귀중한 재주꾼 카스퍼는 어디에 숨었는지 알아낼 수 없었다. 그 녀석을 뺀 인형극의 세계라니!

바야흐로 이제 더 진지한 극이 막을 내릴 차례였다. 장인의 오랜 지병인 가슴앓이가 다시 발병해서 그의 삶은 끝을 향해 치달아갔다. 그는 병석에 누워 있는 동안 끈기 있게 버티며 자그마한 정성에도 일일이 감사를 표시했다.

"응, 그래."

그는 미소를 지으며 말했고 밝게 눈을 들어 저 세상의 영원한 안식처를 바라보듯 방의 나무 천장을 올려다보았다.

"맞아, 세상 사람들과는 워낙 잘 지낼 재주가 없었지. 저 위의 천사들과라면 조금 낫지 않을까. 그리고, 리자이! 어쨌거나 거기서 네 엄마가 날 기다릴 게 아니냐."

천진하고 선량하던 그가 죽고 리자이와 나는 가슴이 저리도록 그를 그리워했다. 그가 간 지 몇 년 안 되어 뒤를 따른 하인리히 아저씨 역시, 일요일 오후가 되면 찾을 수 없는 사람을 찾아 어디로 가야 할지 모르는 사람처럼 안절부절못했었다.

우리는 장인의 관을 그가 손수 가꾸던 정원의 꽃들로 장식했다. 그는 무거운 꽃 더미에 덮여 교회 담장에서 얼마 떨어지지 않은 묘지로 옮겨졌다. 하관이 되자 중앙교회의 목사님이 묘 가장자리에 서서 위로와 서약의 말씀을 했다. 그는 돌아가신 부모님들의 절친한 친구이자 조언자였으며 나의 세례는 물론 리자이와의 결혼 서약도 맡아준 사람이었다. 새카맣게 몰려든 사람들이 교회 묘지를 에워쌌다. 사람들은 늙은 인형극 연희자의 것이라면 장례식마저도 특별한 공연이나 되지 않을까 기대하는 것 같았다. 그리고 그것을 알아차린 것은 묘혈 바로 앞에 서 있던 우리뿐이었지만 무언가 특별한 일이 실제로 일어나기는 했다.

관례에 따라 목사님이 곁에 세워두었던 삽을 들어 고인의 관 위로 흙을 던지려고 처음 삽을 들었을 때 나와 함께 팔짱을 끼고 나가던 리자이가 내 손을 꽉 붙들었다. 둔중하게 무덤 속에서부터 울려나오는 소리가 있었다.

"그대는 흙에서 나왔으니……."

목사님이 말을 채 마치기도 전에 교회 울타리에서 사람들 머리 위로 무엇인가 휭 하니 날아왔다. 나는 처음에 큰 새인가 했는데 곧장 무덤 안으로 떨어지는 것이었다. 스쳐간 것에 불과했지만 묘혈을 파낸 흙 위에 서 있던 나는 슈미트의 아들 중 한 명이 교회 울타리 너머로 몸을 수그리고 달아나는 모습을 보고 순간적으로 진상을 파악했다. 리자이가 내 옆에서 외마디 비명을 지르고 늙은 목사님은 다시 흙을 던질 삽을 손에 쥐고 있었다. 무덤을 한 번 본 것으로 모든 것이 확연해졌다. 이미 일부는 관 위의 꽃과 흙에 덮인 채 거기 내 어린 시절의 작고 쾌활한 친구, 세상에서 가장 정다운 장난꾸러기 카스퍼가 놓여 있었다. 그러나 그는 더 이상 유쾌해 보이지 않았다. 큰 코부리를 가슴팍까지 늘어뜨리고 재주 많은 엄지손가락이 달린 한쪽 팔은 허공을 향해 뻗고 있었다. 이제 인형극 일체를 다 공연하고 저 위에서 새로운 극 하나가 시작될 것이라고 알리기라도 하듯.

모든 것은 순식간에 벌어진 일이었다. 목사님이 벌써 두 삽째 흙을 던지고 있었다.

"이제 다시 흙으로 돌아가리니!"

카스퍼는 관으로 굴러떨어질 때처럼 꽃무더기에서 땅속으로 떨어져 흙으로 덮였다.

마지막 흙을 덮자 위로의 서약이 울려 퍼졌다.

"그리고, 그대는 다시 땅으로부터 부활하리라!"

주기도문이 끝나고 사람들이 흩어지자 늙은 목사님이 아직 무덤을 응시하고 있던 우리에게 다가와서 자상하게 손을 잡으며 말했다.

"괘씸한 일이지만, 우린 다른 식으로 받아들이기로 하자! 너희들이 내게 얘기해준 대로라면 그 인형은 고인이 젊은 시절에 조각한 것이지 않느냐. 그 인형이 결혼까지 성사시켰다지. 이후에는 그와 평생을 같이하며, 일과를 마치고 쉬는 저녁 나절에 수많은 사람들의 흥금을 울렸다. 너희가 아직 어렸을 때, 신과 인간에게 은혜로운 말들이 그 조그만 광대의 입에 오르던 것을 나도 직접 본 일이 있다. 그의 작은 유품이 주인을 따르도록 하자꾸나. 성서에도 선한 이들은 수고로움으로부터 벗어나 영원한 안식을 취한다[33]는 말이 있지 않니."

일은 그렇게 마무리되고 우리는 조용하고 평화롭게 집으로 걸었다. 재주꾼 카스펄도, 선량한 장인 요제프도 다시는 볼 수 없었다.

"이게 다라네!"

---

33 『신약 성서』, 「요한 계시록」 14장 13절에서 인용된 구절.

잠시 후, 파울젠이 덧붙였다.

"슬픔이 컸지. 그러나 그렇다고 젊디젊은 우리마저 죽을 수는 없는 노릇 아닌가. 얼마 지나지 않아 요제프가 태어났고 우리 부부는 인간이 누릴 수 있는 행복이란 빠짐없이 누린 셈이라네. 그러나 아직도 해마다 얼굴이 시커먼 슈미트의 장남을 보면 그때 일이 떠오른다네. 그는 유랑하는 타락한 수공업자가 되어 구걸하는 신세가 되었어. 길드의 규약이 있으니까 그가 요구하면 같은 구역의 수공업자들이 가끔 음식이나 의복을 챙겨줘야 하는데 우리집도 그냥 지나치는 법이 없어, 참."

파울젠은 말을 멈추고 교회 묘지의 나무 뒤켠으로 지는 노을을 바라보았다. 나는 벌써 한참 동안 정원 쪽문 너머로 다정하게 우리를 바라보며 다가오는 파울젠 부인의 얼굴을 보고 있었다.

"거기 있었군요!"

자리를 털고 다가서는 우리에게 그녀가 말했다.

"무슨 얘기들이 그리 길어요? 이제 그만 들어가요. 성찬(聖餐)[34] 준비도 끝나고 항만소장님도 벌써 와 계세요. 요제프와 수공업 장인 부인에게서 편지도 와 있구요. 그런데, 이 도련님은 남의 얼굴을 왜 이렇게 빤히 쳐다본담?"

파울젠 선생님이 웃었다.

"마누라, 내가 이 사람한테 털어놓은 게 있거든. 아마, 당신이 그 옛날의 꼬마 인형극 연희자 리자이가 맞나 살펴보는 게지."

"그럼, 여부가 있나!"

그녀가 애정이 담긴 눈길로 남편을 쓱 넘겨다보며 말했다.

---

34 Gottesgab: Gottesgeschenk. 신의 선물, 성찬(聖餐).

"어디, 잘 봐요. 정 모르겠으면 저기 저 사람이 증인이니까!"

수공업 장인은 말없이 그녀에게 팔을 둘렀다. 그리고 우리는 결혼기념일을 축하하러 집 안으로 들어갔다.

파울젠과 그의 아내 인형극 연희자 리자이, 그들은 멋진 사람들이었다.

■ 옮긴이 해설

내적 깊이에 도달하기 위한 외적 제한
―― 19세기 사실주의 작가 슈토름의 미학과 시민성

1. 작가의 생애와 작품

　슈토름이 태어난 북독일의 후줌Husum은 독일 내 초기자본주의의 영입과 더불어 일찍부터 교역 도시로 이름 난 곳이었다. 슈토름의 외증조부 프리드리히 볼젠Friedrich Woldsen은 슈토름의 회고에 따르면 시의원이자, "크리스마스 때면 마을의 가난한 사람들을 위해 황소를 잡던" 마을의 유지였으며 후줌 최고의 무역상이었다.
　외조부대에 세워졌으나 퇴락하여 몇 개의 방만 화물 보관소로 쓰일 뿐 공터나 다름없던 후줌 시내의 설탕 공장은 온 마을 아이들의 놀이터였고 슈토름에게는 가부장제가 엄격했던 부유한 부르주아 집안으로부터의 도피처이기도 했다. 어두컴컴한 지하실과 방들, 거미줄이 켜켜이 쳐진 창문들이 덜컹거리는 폐허에서 슈토름은 동네 아이들과 함께 몽둥이를 들고 뻥 뚫린 지붕 위에서 웃어댄다는 도깨비를 쫓거나 '도둑과 군인' 놀이를 즐겼다.
　그의 유년 시절의 또 하나의 일탈의 창구였으며, 절친한 친구 중 하나는 이야기 솜씨가 빼어났던 이웃의 빵집 딸 레나 뷔스Lena Wies라는 여인이었다. 당시 서른 살가량의 레나 뷔스는 어린 시절 부스럼으로 심하게 얽은 얼굴을 하고 있었지만 보기 드물게 지적인 여인이었다. 어린 테오도어는 그의 부모들이 늦은 시간 마차를 끌고 그를 데리러 와 가만히 문을 열고 들여다볼 때까지 저녁마다 레나 뷔스의 집에서 그녀가 나지막한 저지 독일어로 진지하고 흥미롭게 펼쳐가는 이야기의 세계 속으로 빠져들곤 했다.

'독일적 안온함deutsch-gemütlich'이나 '고향의 시Poesie des Hauses'란 이름에 그를 국한시키고자 했던 비평가들은 슈토름을 자주 '어루만지나 흔들지 않으려는rühren, nicht erschütern' 작가로 폄하시키곤 했다. 제1차 세계대전을 전후하여 더욱 편협해지던 슈토름에 대한 이러한 선입견은 급기야 1920년대의 향토 예술 운동과 더불어 '전형적인 독일의 향토 예술가 typisch deutschen Heimatkünstler' '북독일의 타고난 정서 nordgermanischen Naturgefühl'라는 꼬리를 달고 더욱 확산되기에 이른다.

그러나 고향인 후줌을 배경으로 한 작품들이 다수라 해도 초기의 노벨레 『임멘 호수 Immensee』(1850)와 서정적인 시들을 제외하면 슈토름의 작품 세계는 의외로 다채롭고 변화무쌍하다. 추리 소설 『저 멀리 황야 마을에서 Draußen im Heidedorf』(1872), 음울한 연애 소설 『숲 언저리 Waldwinkel』(1874), 부르주아적인 비극을 그린 「후견인 카르스텐 Carsten Curator」(1878), 연대기 소설 「에켄호프 Eckenhof」(1879), 사회 참여적 어조를 담은 「한스 키르히와 하인츠 키르히 Hans & Heinz Kirch」(1882), 빈민의 얘기를 다룬 「도플갱어 Ein Doppel-gänger」(1886), 문제작 『어떤 고백 Ein Bekenntnis』(1887), 그리고 화가와 음악가, 인형극 연희자와 수공업자들의 삶을 다룬 작품들까지 수없이 많은 소재들이 그에 의해 다뤄졌다.

이러한 사실을 근거로 루카치는 1911년 출간된 그의 에세이『영혼과 형식 Die Seele und die Formen』에서 당대의 평자들과는 상이한 슈토름의 초상을 제시했다. 그는 슈토름의 작품들이 일반적 통념과는 달리 대체로 '비극과 전원성 사이를 오가는 긴장'을 내포하고 있으며 '음울한 퇴락의 정서'에 기초하고 있음을 주목했다. 루카치에 의하면 슈토름은 잦은 이동과 시점의 변화, 서술 방식의 다양성 등을 추구함으로써 형식적인 면에서도 '안락함' 속에 머물기를 거부했다.

루카치와 더불어 토마스 만은 『슈토름 에세이 Storm Essay』(1930)에서 '반프로이센주의 Antipreuβentum'와 '향토애 Heimatmanie'를 '지방색 Provinzialismpelei'과 '후줌 색 Husumerei'으로 폄하함으로써 슈토름에 대한 왜곡된 평가를 더욱 부추긴 테오도어 폰타네를 의식하며 이렇게 말하기도 했다.

슈토름의 격조 높고 풍부한 예술가적 성취는 단순함이나 우직함 혹은 향토 예술과는 거리가 멀다. 더욱 분명하게 말하면, 나는 그의 민감한 감수성과 감수성을 극단으로 몰고 가는 작가 정신을 강조하고 싶으며 폰타네가 '지역주의'를 언급했기에 하는 말인데, 그것은 시민적인 범속함에 위배되는 것이라면 그 어느 것도 끌어들이지 않으려던 슈토름의 집착, 이미 가벼운 병적 증세까지 보이는 작가적 고집이다. 생기발랄하던 폰타네의 입장에서 보면 통상 예술가적이라고 생각되는 특성들, 즉 모험적이고 기인적인 무절제함과 일상과 행복에 저항하는 기질은 아마 그에게 결여된 부분일 수도 있을 것이다.

그러나 '이미 가벼운 병적 증세까지 보이는 작가적 고집'이라는 토마스 만의 예술가적 시선이 돋보이는 애정 어린 지적과 루카치의 평가도 '전원시인' '향토시인'이라는 슈토름에 대한 일반적인 선입견을 바꿔놓지는 못했으며, 편협하고 왜곡된 이러한 평가는 히틀러 정권이 그를 '피와 땅의 시인Blut und Boden-Dichter'으로 끌어들이는 데 유효했다.

 슈토름이 프랑스 대혁명의 이상에 따라 비판적이고 강도 높은 현실 참여를 유도하던 진보적인 귀족 계층에 속해 있었고, 고향인 슐레스비히-홀슈타인Schleswig-Holstein 주의 해방 운동에 시민, 법률인, 작가로서 폭넓게 참여했으며, "귀족은 종교와 마찬가지로 민중의 혈관을 흐르는 독"이라고 말하기를 서슴지 않을 정도로 정치적으로도 진보적인 작가였다는 사실을 떠올리면 아이러니컬한 일이 아닐 수 없다.

 슈토름의 사회정치적 이상은 민주적 공동체였는데 그는 그의 이상처럼 고향은 '신분이나 계급에 얽매이지 않고 인간 자체의 존엄성을 돌아볼 수 있는 곳'이라는 새로운 서사적 관점을 열어 보였다. 토마스 만은 앞의 에세이에서 슈토름의 이러한 서사적 관점을 자기 문학의 근간으로 삼았다고 고백하기도 했다.

2.「백마의 기사」

액자소설의 구조와 전개

 1885년 2월 3일, 슈토름은 벗이며 문학평론가였던 에리히 슈미트 Erich Schmidt에게 보낸 편지에서 이렇게 쓰고 있다.

  지금 내 머릿속에는 제방에 관한 전설을 모태로 한 강렬한 옛이야기 한 편이 꿈틀거리고 있네. 집필에 들어가기 전에 이모저모 알아둘 것이 적지 않으니 긴장을 늦출 수 없을 것 같네.

사실주의 작가에게 있어 적절한 현실 인식과 인간, 장소, 소재에 대한 연구는 이야기 구성의 전제 조건이라고 할 수 있다. 슈토름은 그의 마지막 작품이며 가장 완성도 높은 작품으로 평가되는 노벨레 『백마의 기사』의 소재를 1838년, 지금은 모두 유실되고 남아 있지 않은 『파페의 함부르크 이야기 선집 *Pappes Hamburger Lesefrüchte*』에서 읽은 것으로 알려져 있다. 반은 전설상의 인물이며 반은 노벨레의 작중 인물로 사실과 허구의 모호한 경계선에 서 있는 '유령 기사 gespenstigen Reiter' 이야기의 모체는 1838년 4월 14일 『단치히 증기선 *Danziger Dampfboot*』에 실렸던 '벚나무 골의 원귀(寃鬼)' 전설로 파페의 잡지에 재수록된 것을 슈토름이 읽고 이야기의 무대를 바익셀 Weichsel에서 북프리슬란트로 옮긴 것이다.

1829년 초순이었다 — 내 친구의 얘기는 이렇게 시작됐다. 사업상 중요한 볼일이 있어 나는 마리엔부르크로 여행을 떠나게 되었다. 잦은 여행도 아니니만큼 좋은 절기로 여행을 미뤘으면 좋으련만 중요한 일이어서 단순히 일만을 위해 떠날 수밖에 없었다. [……] 으슬으슬 비 오는 날씨만 빼면 여행길은 그럭저럭 견딜 만했다. 저녁이 이슥해서야 나는 디르샤우에 도착했다. 몸도 녹이고 요기도 할 겸 나는 처음 눈에 띈 주막으로 들어갔다. 거기서 나는 벚나무길로 가는 길이 어떤가 하고 물었다. "어렵겠는데요. 힘든 정도가 아니라 상당히 위험하겠어요"라는 대답이 어디서인가 흘러나왔다. [……] 주변은 점점 어두워지고 안개 사이로 이따금 희미한 별빛만 비칠 뿐이었다. 사람이라고는 그림자도 얼씬하지 않았다. 그때 바로 뒤에서 느닷없이 말발굽 소리 같은 것이 들려왔다. 혹시 동행이 생기는 건 아닐까 하고 기대에 찬 심정으로 돌아보니 아무것도 눈에 띄지 않았다.
　　　　　　　──「유령 기사─여행 모험담 Der gespenstische Reiter-Ein Reiseabenteuer」에서

　이 전설은 무대가 바익셀이라는 점을 제외하면 액자구조 Rahmenerzählung로 전개되고 여행 중 주점에서 내부 이야기가 시작된다는 점, 검은 옷을 입고 백마를 탄 사나이가 등장한다는 점이 「백마의 기사」 도입 부분과 거의 유사하다.
　이 전설을 모태로 태어난 노벨레 「백마의 기사」는 세 겹의 액자(틀)로 구성되어 있다. 불완전한 첫 액자의 화자이며 작가와 거의 동일한 시점을 취하고 있는 '나'는 어린 시절 증조할머니 댁의 안락의자에 기대어 읽은 적이 있는 전설을 오랜 세월 마음속에 간직하고 있다가 독자들에게 들려주고자 한다.

　　지금 전하고자 하는 이야기는 내가 반세기쯤 전에 시의원(市議員) 페테르젠의 부인이셨던 나의 증조모 댁에서 우연히 알게 된 일이다. 당시에 나는 할머니의 안락의자에 기대어 푸른색 표지로 된 정기간행물을 읽고 있었는데 그것이 『라이프치히 문집』이었는지 『파페의 함부르크 이야기 선집』이었는지는 기억이 분명치 않다. 〔……〕
　　증조모도 그 시절도 이제는 지나간 세월 속에 묻힌 지 오래다. 이후로 한동안 나는 그때 보았던 잡지들을 찾아보기도 했으나 모두 부질없는 짓이었다. 그런 연고로 나는 이 이야기의 진실 여부를 장담할

수도 없거니와 시비를 따지려는 사람이 있다 해도 반박할 근거가 없다. 그러나 그 시절 이후, 새삼 돌이켜볼 기회가 없었음에도 이 이야기가 내 기억 한구석에 늘 머물고 있었다는 사실만은 확언할 수 있을 것이다. (pp. 9~10)

불완전한 첫 액자는 두번째 액자 내부의 화자, 곧 '잡지 속 서술자'의 이야기로 이어진다. 잡지 이야기 안의 서술자인 '나'는 1830년대 10월, 폭우가 몰아치던 어느 오후 북프리슬란트를 여행하던 중 어둠 속에서 백마를 타고 제방 위를 달리는 정체불명의 사나이와 마주친다. 그는 폭우를 피해 주막에서 마을의 제방 감독관과 얘기를 나누던 중에 소리도 없이 지나쳐가던 그 '기이한 사나이'가 '백마의 기사'라는 이야기를 듣게 된다. 저지 마을의 제방 감독관은 "우리 선생님이 아마도 댁한테 그 얘기를 해줄 제일 적당한 사람인 것 같소. 물론 자기 방식대로라 우리 집의 늙은 하녀 안테 폴머스만은 못하겠지만 말이요"라고 덧붙이며 그에게 이야기를 들려줄 사람으로 주점 구석에 줄곧 말없이 앉아 있던 왜소한 늙은 남자를 지목한다.

세번째 액자의 화자인 왜소한 체구의 '선생님'은 1700년대 중반을 배경으로 시작되는 하우케 하이엔의 생애와 백마의 기사에 관한 전설을 들려주며, 이것이 노벨레 「백마의 기사」의 중심 이야기이다.

슈토름은 이처럼 노벨레에 세 겹의 액자 형식을 도입함으로써 각 화자들의 상이한 관점을 견지하고, '계몽주의자'로 일컬어지는 '선생님'의 서술과 '유령기사'를 목격한 두번째 화자인 '잡지의 서술자' 간의 대화를 작품 중간중간 시도함으로써 이야기가 '계몽주의적 영웅담'으로도, '미신과 전설'로도 흐르지 않도록 미연에 방지하고 있는 셈이다.

하우케 하이엔

하우케 하이엔은 전통과 끈끈한 미신, 그리고 모든 비이성적 세계관에 대한 완고한 적대자이다. 그의 행동과 사고에는 내부 액자의 화자인 '계몽주의자 선생님의 정신der aufgeklärte Geist der Erzählers'이 은연중에 반영되어 있다.

하우케는 어머니 없이 편부 슬하에서 자란 소년이다. 그의 정신적 성장에 전적으로 영향을 미치는 아버지는 측량과 계산에 재능이 뛰어나며 '마을에서 가장 현명한 인물'이고 마을의 다른 사람들과 달리 이성적 판단에 의지해 세계를 해석하는 데 익숙한 사람이다. 아버지 테테 하이엔은 지식인도 농부도 아닌 처지로 어정쩡하게 살아온 자신의 인생을 거울 삼아 아들을 '유클리드'로 상징되는 지적인 작업으로부터 떼어놓으려고 일부러 제방 공사장에 보내는 등 애를 써보지만 아들의 집념 앞에서 모든 일은 수포로 돌아가고 결국 그는 아들이 하는 대로 지켜보며 후원하는 처지까지 된다.

> 가끔 그는 습지의 진흙을 한 줌씩 퍼오기도 했다. 그리고 이제 그가 뭘 하든 내버려두는 아버지 곁에 앉아 수지로 만든 흐릿한 촛불 밑에서 여러 가지 제방의 모형을 빚어내 물이 담긴 평평한 그릇 안에 세워보기도 하고 파도가 제방에 부딪히는 모습을 시연해보기도 했다. 때로는 석판 위에다 바다 쪽 제방의 측면도를 생각나는 대로 그려볼 때도 있었다.
>
> 그에게 학교의 또래들과 어울리는 것 따위는 안중에도 없는 일이었다. 아이들도 이 몽상가에게 별 다른 관심을 보이지 않았다. (pp. 22~23)

'사회성의 단절Soziale Isolation'과 '자만심Selbstüberschätzung'은 유년 시절부터 하우케의 인성을 지배하기 시작한다. 기술의 절대성과 미래적 전망에 대한 확고한 믿음에 사로잡힌 채, 일방적인 남성적 영향 속에서 성장하는 하우케는 독단적으로 인간과 자연을 지배할 수 있으리라는 '에고이스트'로서의 윤곽을 이 시기부터 형성해가고 있는 것이다. 물총새를 낚아채려던 수고양이와의 일화는 하우케의 이런 성격을 잘 드러내는 일화이다.

그러나 고양이는 살금살금 그에게로 다가오고 있었다. 하우케가 멈춰 서서 고양이를 노려보았다. 새는 그의 손에 들려 있었고 고양이는 앞발을 쳐들었다. 그러나 하우케도 아직 고양이의 본성을 잘 몰랐던 걸까. 몸을 돌려 막 앞으로 걸어가려던 순간, 그는 사냥물이 단번에 낚아채이는 것을 느꼈다. 동시에 날카로운 발톱이 그의 살을 파고들었다. 맹수 같은 분노가 하우케의 핏속에서 솟구쳤다. 그는 격렬하게 약탈자의 목덜미를 잡아챘다. 거친 털 사이로 고양이의 두 눈이 튀어나올 듯해도, 억센 뒷발을 세워 사납게 할퀴는 것도 아랑곳하지 않고 하우케는 몸부림치는 짐승을 들어 올려 힘껏 목을 졸랐다. 〔……〕
"어디 누가 이기나 해보자!"
고양이의 뒷발이 힘없이 축 늘어지자 하우케는 몇 발자국 뒤로 물러나 노파의 오두막으로 고양이를 던졌다. 고양이가 더 이상 움직이지 않는 것을 보고 그는 몸을 돌려 집으로 향했다. (pp. 27~28)

슈토름의 수려한 단편 「불레만의 집Bulemannshaus」의 섬뜩함을 떠올리게 하는 이 장면을 빈프리트 프로인트Winfried Freund는 '타협의 가능성이 없는 싸움에 두 마리의 맹수가 버티고 서 있는 모습'과 다름없다고 표현했다. 본능만을 따르는 짐승과 사회적으로 고립된 동물로서의 인간. 둘 중 하나가 피를 흘리고 눕게 될 때까지 '수컷'들의 싸움은 그치지 않는다.

수고양이 사건을 계기로 아버지의 집에서 독립한 하우케는 제방 감독관의 하급 하인으로 들어간다. 여기서도 그는 뛰어난 계산 실력으로 제방 감독관에게서 총애를 받지만, 상급 하인 올레 페터스와는 평생의 적수가 되고 만다. 이로써 공동체에 이익을 줄 수 있는 천부적인 재능을 지녔지만 사회적으로는 불구나 다름없는 그의 '딜레마'가 작품 속에서 구체화되기 시작한다. 하우케는 말 그대로 '철저한 고독mutterseelenallein' 속에서 공동체로부터 단절된 삶을 영위하게 되는 것이다.

하우케의 아버지와 제방 감독관의 죽음, 엘케와의 결혼, 그리고 숙원이던 제방 감독관 자리에 부임, 이런 일련의 사건들을 통해 고립된 하우케의 삶에 공동체와의 화해를 모색할 수 있는 기회가 생기는 듯하지만, 오랜 적수였던 올레 페터스가 부유한 폴리나 하르더스와 결혼해 마을의 유지로 등장하고 동시에 하우케를 비방하는 말들을 마을에 퍼뜨리면서 마을 사람들과 올레에 대한 그의 반발과 적개심은 새로이 증폭한다. 그리고, 그는 그 누구를 위해서도 아닌, '내가 제방 감독관에 앉을 만한 사람'임을 보여주기 위한 과시욕에서 새로운 제방 건설 계획을 시작한다. 그러나 제방은 지적 작업인 동시에 '지적, 육체적 노동이며 개인과 공동체라는 연대 작업의 산물Zeugnis der Solidarität von Kopf und Hand, Individuum und Gemeinschaft'이다. 건설 계획부터 축조 과정까지 하우케의 개인적

집념하에 비민주적인 과정을 거쳐 축조된 '하우케-하이엔 제방'이 완벽한 제방이 되지 못하고 축조 과정에서 '미리 고려해두어야 했을 문제점'을 간과하여 결국 구제방을 붕괴시키고 하우케 자신과 그 가족을 파국으로 몰아가는 줄거리는 마땅히 조화를 이루어야 했을 요소들의 균열이 부른 비극이라고 볼 수 있다.

그럼에도 슈토름은 마지막 장면에 황금빛 햇살을 받으며 건재하고 있는 하우케-하이엔 제방을 묘사함으로써 자연의 위협을 저지하는 효과적인 대응책으로서의 제방, 진보하는 미래에 대한 긍정적 믿음을 암시하고 있다.

트린 얀스, 전통과 신화

엘케와는 전혀 다른 면에서 여성적이고 신화적인 것의 상징으로 구현되는 트린 얀스 노파는 후에 엘케의 배려로 하우케의 집에서 노년을 보내게 되지만, 한편으로는 하우케의 오랜 적수인 올레 페터스와 마찬가지로 하우케와는 적대적인 위치에 있다.

"나는 네 증조할아버지가 살아 계실 때 이 집에서 일을 했단다. 돼지 먹이도 주고 일도 하는 하녀였단 말이지. 그분처럼 영민하신 분은 다시없을 거야. 그러니까, 참 까마득한 옛날이구나. 어느 날 저녁이었는데 달빛이 휘영청 밝았어. 사람들이 막 해안의 수문을 닫고 있었지. 그래서 그것이 다시 바다로 돌아가질 못한 거야. 지느러미가 돋은 손으로 머리를 쥐어뜯으며 얼마나 소리를 지르던지! 그렇지, 얘야! 이건 내가 직접 보고 들은 거란다. 소택지 안의 도랑이 삽시간에 물바다로 변하고 그것의 몸은 은빛으로 빛났단다. 그것이 이 도랑에서 저 도랑으로 헤엄쳐 가다가 팔을 들어 기도를 올리면 멀리서도 철썩이는 지느러미 소리가 들렸어. 그렇지만, 그런 것들은 기도를 드릴 수가 없단다. 나는 그때 뭘 지으려고 갖다놓은 문 앞의 각목 더미에 앉아서 그 광경을 지켜봤지. 소택지 너머로 인어가 여전히 도랑 사이를 헤엄쳐 가는 게 보였는데 팔을 치켜들면 은이나 다이아몬드처럼 반짝거렸어. 마침내 인어가 시야에서 사라지고 나니, 그동안 기척조차 들리지 않던 갈매기떼들이 다시 끼룩끼룩, 꽥꽥 울부짖으며 날아가고 있었지."(pp. 142~43)

하우케의 백치 딸 '빙케'가 하우케와 트린 얀스 사이에서 화해의 매개자 역할을 할 가능성이 보였으나, 수차례 하우케의 경고에도 불구하고 '거위나 닭들한테 들려줄 괴담 따위'를 들려주는 트린 얀스는 아이스보젤른 시합이 벌어졌던 겨울 축제 날의 표면적인 화해를 넘어서지 못한 채 죽음을 맞고 만다. 그런 면에서 트린 얀스는 하우케에게 올레 페터스보다 더 궁극적인 적대자였다. 트린 얀스는 전설과 미신이 많은 해안 마을 사람들의 정신 세계를 대표하는 인물이기도 하다. 인간이 제어하기 힘든 폭우와 재앙들을 '제방'이라는 인위적 장치에만 의지해 극복해야 하는 해안 마을 사람들이 신비주의적인 사고에 기우는 것은 자연스런 현상이다. 그 옛날 하우케로부터 혈육이나 다름없는, '유일하게 살아남은 보물 수고양이'를 뺏겼던 노파 트린 얀스의 죽음과 더불어 마을은 재앙의 전조에 휩싸인다.

트린 얀스가 고지의 교회 무덤에 묻힌 지 얼마 지나지 않아 북프리슬란트 사람들을 공포에 빠뜨리는 갖은 재앙과 혐오스러운 독충들 얘기가 사람들 입에 오르내리기 시작했다. 사순절(四旬節)의 둘째 주 일요일에 회오리바람이 불어 교회 첨탑의 금으로 만든 수탉이 떨어진 일과 한여름에 하늘에서 끔찍한 해충들이 눈 오듯 쏟아져 내린 것은 모두 사실이었다. 한 치 앞이 보이지 않을 정도로 떨어지던 벌레들이 나중에는 소택지에 한 뼘이나 쌓이기도 했다. 과거에는 어느 누구도 듣도 보도 못한 일들이었다. (pp. 154~55)

흉흉해지는 민심과 불가사의한 자연현상에 대한 마을 사람들의 공포심은 지적으로 자신들을 능가하며 늘 오만한 제방 감독관 하우케에 대한 적개심으로 변해간다. 이제 사람들은 제방 감독관 집에서 나와 올레 페터스의 집으로 자리를 옮긴 심부름꾼 소년 카르스텐이 퍼뜨린 얘기를 허구가 아닌 사실로 받아들이며 백마와 마치 한몸인 듯 제방 사이를 오가는 그를 '유령기사'라고 믿게 된다. 그와 더불어 냉철하지만 공평하던 하우케가 제방 축조 과정에서 끊임없는 마찰을 빚으며 주민들과 감정의 골이 더욱 깊어진 후에는 조그마한 실수조차 용납지 않는 성격의 소유자로 돌변함으로써 마을 사람들은 그에 대한 공포감마저 갖게 된다. 제방 축조 과정에서 태어난 백치인 딸 '빙케'와 부인 엘케를 향한 애정, 가족의 울타리를 벗어나면 그는 냉정하고 이기적인 모습의 '제방 감독관'으로 돌아간다.

봉건적인 신분적 억압에서 벗어나 개인의 능력이 인정받게 된 사회, 토론과 역할 분담을 통해 제방 건설을 진행하는 민주적인 체제, 미신과 신화에 쉽게 경도되기는 하지만 변화할 준비가 된 공동체에 비해 '나'를 신격화, 영웅화시키려는 집념에만 사로잡힌 하우케는 어떤 면에서는 누구보다 전근대적인 착오에 빠져 있는 인물인지도 모른다. 마을에서 가장 계몽적인 인물이 '아이러니컬하게'도 마을 사람들 사이에서 유령기사로 둔갑

했다는 논의는 그래서 이미 설득력을 잃은 얘기일 수도 있다.

3. 「꼭두각시패 폴레」

「꼭두각시패 폴레」는 라이프치히에서 간행되던 잡지 『독일 청년 *Deutsche Jugend*』에 기고하기 위해 집필되어, 1874년 같은 잡지에서 활자화되었다. 당대의 유명한 청소년 문학가였으며 1873년 창간된 잡지 『독일 청년』의 편집인이기도 했던 율리우스 로마이어 Julius Lohmeyer(1835~1903)로부터 원고 청탁을 받은 슈토름은 집필 이전에 '청소년 문학' 자체의 정의 문제로 한동안 고민했던 듯하다.

'청소년을 위한 작품을 쓰고 싶으면—역설적이게도—청소년을 염두에 두고 써서는 안 된다!'는 생각이 들었다. 피터 아저씨나 꼬맹이 한스 같은 특정한 층의 독자를 염두에 두고 소재를 다루는 것은 비예술적이다. 이런 이유에서 광범한 소재의 영역은 좁은 범위로 축소되고 말았다. 소재에 인위적인 장치를 가하지 않고도 성인과 청소년 독자 구별 없이 누구나 이해하고 참여할 수 있는 소재를 찾아야만 했다. 그렇게 생겨난 소설이 이 작품이다.

「꼭두각시패 폴레」는 두 사람의 이야기이다. 작품의 전면에 드러나는 얘기는 '인형극단 일가'와의 만남을 통해 현실 세계와 예술 세계의 조우를 경험하고, 후에 시민사회의 긍정적 가치에 부합하는 삶을 살아가는 수공업자 파울 파울젠의 성장기 일화이며, 그 일화들의 배경을 통해 또 하나의 중요한 애기인 인형극 연희자 텐들러 씨의 삶이 펼쳐진다.

액자의 내, 외부에서 청자(聽者) 역할을 하는 청년에게 액자 내, 외부에서 모두 화자 역할을 하는 파울젠은 시민사회의 이상적 삶의 모델이다. 중요한 유년기의 경험을 간직한 액자 밖의 화자인 수공업자 '파울 파울젠'은 액자 내부의 화자인 소년 '나'와 동일 인물로 '꼭두각시패 폴레'라는 과거의 별명을 계기로 장년인 '나'에서 유년, 청년 시절의 '나'로 회귀하여 성숙한 인간으로 성장할 때까지의 개인사를 회고해간다.

그날 오후―미카엘 축일을 기념하는 대목장(場)이 열린 바로 다음날이었으니 9월이었을 것이다―에도 나는 여느 때처럼 그렇게 앉아 수학 선생님이 내준 대수(代數) 문제를 풀고 있었는데 거리 아래쪽에서 갑자기 별난 행차가 올라오고 있었다. 조그맣고 추레한 말에 딸려오는 것은 이륜(二輪) 수레였다. 양쪽에 실려 있는 높다란 궤짝 사이에 얼굴을 나무로 깎은 듯 무뚝뚝해 보이는 금발의 아낙네와 생기발랄하게 고개를 두리번거리는 아홉 살가량의 여자애 하나가 앉아 있었다. 고삐를 쥔 땅딸막한 사내의 눈에는 사뭇 장난기가 어려 있었고 챙 달린 녹색 모자 밑으로 까맣고 짧은 머리카락이 꼬챙이처럼 삐져 나와 있었다.

말 모가지에 달린 방울을 요란히 울리며 그들은 점점 다가왔다. 수레는 우리집 문 앞에서 멈췄다. (p. 179)

어느 해 미카엘 대목장(場)이 열릴 무렵 수공업 장인의 아들인 소년 파울젠은 방울 소리를 짤랑이며 거리를 올라오는 별난 행차를 발견한다. 재단사 숙소에 짐을 푼 그들은 인형극 연희자 일가였다. 또래의 소녀 리자이와 함께 인형극의 세계에 몰두하게 된 파울은 어느 날 인형극의 등장인물 '파우스트 박사'처럼 신의를 잃은 인물이 될 뻔할 위기에 처하지만 위기를 벗어나 리자이와 함께 잊을 수 없는 행복한 유년기를 보낸다.

노벨레의 도입부에서 소년 파울의 자아는 내적 불일치 상태에 있다. 고향의 반복되는 일상과 그에 따른 의무, 그리고 자아 확장을 향한 환상성에 대한 욕구, 즉 경계를 초월하고자 하는 욕망이 상충한다. 인형극 연희자들이 펼치는 매혹적인 환상의 세계는 지금껏 소심하고 규칙적으로 살던 파울의 삶을 침입하여 그의 상상력을 극대화시킨다. 나무 인형들이 선보이는 지그프리트 백작과 성 제노베바의 삶, 철사 줄에 매달려 움직이는 인형의 세계보다 더 실제적인 삶은 그에게는 없어 보인다. 파울의 아버지는 자칫 삶의 기반을 무너뜨릴 수도 있는 환상의 세계에 경도되지 않을 것을 경고한다.

> 아버지의 말은 틀리지 않았다. 다음 이틀 동안 나는 대수학 시간에 어찌나 헤맸던지 수학 선생님이 내게 일등 자리를 내줘야겠다고 위협할 정도였다. 내가 머릿속으로 $a+b=x-c$를 계산하려고 하면 그 대신 아름다운 제노베바의 새처럼 고운 목소리가 들려왔다. '아아, 사랑하는 지그프리트, 그 잔인한 이교도들의 살육에서 당신을 구해낼 수만 있다면!' 한번은 누가 보지는 못했지만 흑판에 '$x+$ 제노베바'라고 쓰기까지 했다. (p. 191)

인형극 무대가 설치되어 있는 '사격 회관Schützenhof' 건물의 앞면과 뒷면은 '예술과 실재'처럼 양가적인 의미를 가진다. 리자이를 통해 환한 곳에서 마주치게 된 인형극의 세계는 파울의 환상을 여지없이 무너뜨리는 볼품없는 곳이었다. 파울은 상상력의 세계가 얼마나 허황될 수 있는지 처음으로 경험한다. 만능 재주꾼 카스퍼조차도 '진짜 목각인형ein echter Holzpuppe'에 불과했다.

파울의 두번째 경험은 무대 뒤에서 벌어진다. 파울은 자기가 좋아하는 인형 카스퍼를 보자 리자이와의 약속도 까맣게 잊고 인형에 손을 댄다. 결과적으로 '신의를 저버린 골로'와도 같이 그는 리자이와 인형극단을 궁지에 몰아넣게 된다. 텐들러 씨의 재치로 무사히 위기를 넘기고 인형극이 계속될 무렵 파울은 발밑에 난 판자 틈으로 리자이의 훌쩍이는 소리를 듣는다. 실수를 깨닫고 리자이를 도우며 그는 환상의 경계를 허물고 한 단계 성장한다.

유년기의 아픈 이별을 경험하고 세월이 흐른 후, 파울은 수공업 장인이 되기 위한 도제 수련을 쌓다가 중부 독일의 한 도시에서 성숙한 처녀가 된 리자이와 재회한다.

그 일요일 오후 나는 수공업 장인의 부인과 함께 창문 너머로 큰 형무소 건물이 보이는 거실에 앉아 있었다. 1월이었는데 기온이 영하 20도가 넘게 내려가는 바람에 거리에는 사람 그림자도 얼씬대지 않았다. 때때로 가까운 산에서 휙 바람이 불어와 짤그랑 소리를 내며 포석 위를 뒹구는 작은 얼음 조각들을 사냥해댔다. 〔……〕

나는 창가로 다가갔다. 내 마음은 고향으로 향했지만 그리운 이들은 이미 간 곳이 없었다. 나는 이제 이별을 톡톡히 배운 터였다. 어머니는 그래도 내게 임종을 지킬 기회를 주셨지만, 몇 주 전 아버지가 돌아가셨을 때는 진저리나게 긴 여정 때문에 장지(葬地)까지도 모시지를 못했다. 〔……〕 아버지의 갓 돋은 무덤을 생각하면 한시도 더 타지에 머물고 싶지 않았다.

　이런 생각을 하던 중 건너편에서 날카로운 질책 소리가 들려와 정신이 들었다. 눈을 들어보니 반쯤 열린 감옥 문 사이로 간수의 폐결핵 환자 같은 얼굴이 언뜻 비쳤다. 그가 주먹을 높이 쳐들고 보통 사람 같으면 들어가지 않으려고 발버둥치는 곳을 거의 완력을 써가면서까지 들어가려고 안간힘을 쓰는 젊은 여자를 위협하고 있었다.

(pp. 221~22)

　어린 시절 파울이 사격 회관 뒤뜰에 서서 납틀로 만든 조그만 창을 통해 어두운 실내를 들여다보던 것과는 대조적으로 이제 그는 투명한 창 앞에 서서 형무소에서 거칠게 쫓겨나는 젊은 여자를 바라보고 있다. 감옥에는 뜻밖에도 리자이의 아버지가 무고하게 갇혀 있었고 유랑객의 딸인 리자이는 도움을 청할 곳이 없어 막막한 상황에 있었다. 진범이 체포됨으로써 텐들러 씨가 혐의에서 벗어나 다시 유랑 준비를 서두르자 파울은 수공업자와 유랑객 사이의 신분 차로 인한 어려움들을 예견하면서도 리자이에게 청혼한다. 마침, 부랑자로 몰릴 위기에 처했던 텐들러 씨의 마음에도 정착할 '고향에 대한 미련이 싹트던 터라 북해변의 고향으로 돌아와 정착한 노인과 젊은 부부는 부모의 옛 친구 하인리히 아저씨와 화목하게 살아간다.
　그러나 인형극 무대를 향한 텐들러 씨의 열정은 모든 것을 일시에 와해시키고 만다. 텐들러 씨의 고집을 꺾어보려던 리자이와 파울의 시도는 헛수고로 놀아가고 텐들러 씨가 어렵게 무대에 올린 공연은 수치스런 소동으로 끝을 맺는다. 인형극 연희자 텐들러 씨에게 공연의 실패는 비극의 시작이었다. 새로운 시대와 관객들에 대한 이해 없이 그는 인형들을 팔아

치우고 죽음을 맞는다.

텐들러 씨의 장례식 날에는 누군가가 공중으로 던져버린 카스퍼가 날아와 텐들러 씨와 함께 땅에 묻힌다.

> 이미 일부는 관 위의 꽃과 흙에 덮인 채 거기 내 어린 시절의 작고 쾌활한 친구, 세상에서 가장 정다운 장난꾸러기 카스퍼가 놓여 있었다. 그러나 그는 더 이상 유쾌해 보이지 않았다. 큰 코부리를 가슴팍까지 늘어뜨리고 재주 많은 엄지손가락이 달린 한쪽 팔은 허공을 향해 뻗고 있었다. 이제 인형극 일체를 다 공연하고 저 위에서 새로운 극 하나가 시작될 것이라고 알리기라도 하듯. (p. 246)

유희와 창의적인 상상력에 뿌리를 둔 존재, 동화와 꿈을 간직한 로맨티스트는 이 세상에 속하지 않는다는 듯 재주꾼 카스퍼는 무덤 안에 누워 재주 많던 엄지손가락으로 하늘을 가리켰다.

「꼭두각시패 폴레」는 슈토름의 시적 서정성과 정교한 플롯, 그의 시민적 미학이 조화를 이룬 작품이다. 작품 전반에 소개되는 인형극들은 독일 드라마사의 중요한 코드들을 내포하고 있으며 당시 인형극 관람객들의 반응과 인형극 연희자의 최후를 통해 산업화 초기의 시민 삶의 변화 양상도 들여다볼 수 있다. 슈토름이 C. F. 마이어, 빌헬름 라베 등과 더불어 무조건적인 향토문학이 아닌, '고향'과의 유대에 성공했다고 평가된다면 그 대표작으로「꼭두각시패 폴레」를 들 수 있을 것이다.

4. 시적 사실주의와 노벨레의 형식

시적 사실주의Poetischer Realismus는 장르 연구가 오토 루트비히 Otto Ludwig에 의해 생겨난 개념이다. 그는 1840년부터 19세기 말까지의 독일 산문을 이렇게 구분하고 아달베르트 슈티프터를 선두로 테오도어 슈토름, 고트프리트 켈러, 테오도어 폰타네 등을 그 시기를 대표하는 작가군으로 거론했다. 그에 의하면 시적 사실주의자들은 '현실다운 현실'을 원하는 것이 아니라 '미화된 현실,' 즉 '미학적 견지에서 변용된 현실'을 그리고자 했다.

시적 사실주의는 세계의 상징화에서 출발하며 도피적인 은유가 아닌, 세계의 핵심에 이르는 상징적 깊이를 통해 실제에 이르고자 하는 것이라는 명제에 비추어 볼 때 슈토름은 이 작가군 중에 누구보다 시적 사실주의에 충실한 사람으로 보인다.

"나는 내적 깊이에 도달하기 위한 외적 제한이 필요하다"는 슈토름의 유명한 말은 생래적이고 사회적인 존재로서의 인간의 부인할 수 없는 제한된 틀과 의미 있는 인식의 확장을 위한 자유 사이에 놓여 있는 시적 사실주의자로서의 상황 인식을 보여주는 의미심장한 발언인 것이다.

독일 문학사에서 노벨레의 개념은 빌란트Wieland의 『돈 실비오와 로살바Don Sylvio und Rosalva』(1764) 이후 처음 연구자들의 입에 회자되었다. 노벨레는 아직도 정립되지 않은 개념이지만 '새로운 사실에 초점을 맞추어 쓴 길지 않은 산문'이라고 정의할 수 있다. 노벨레의 소재는 반드시 새로운 것일 필요는 없으며 이미 알려진 사실을 다른 방법으로 형상화해내는 일도 이에 속한다. 특이한 것은 노벨레가 어떤 특정한 집단을 상대로 얘기하는 형식을 가지며 그 집단의 기호와 도덕성에 위배되지 않는

다는 사실이다. 시민적 질서와 민주주의적 이상을 옹호한 슈토름이 '노벨레'라는 장르에 유난히 집착했던 것도 우연은 아니라고 볼 수 있는 것이다. 장편소설이나 단편소설에서와는 달리 노벨레에서는 작가의 단편적인 감수성이 표현될 기회가 제한되는 대신 노벨레의 작가는 사건과의 거리와 정신적 안정감을 유지하게 된다. 따라서 노벨레 형식의 작품들은 다른 어떤 장르보다 미학적이고 탄탄한 플롯을 갖게 된다.

슈토름의 노벨레는 대개가 액자 형식의 노벨레로 되어 있는데 이때, 노벨레의 액자는 이야기를 규제한다기보다는 외부 경계를 분명히 함으로써 내부를 깊이 들여다보는 역할을 한다고 볼 수 있다.

5. 영화화된 작품들

후기로 갈수록 노벨레는 슈토름에게 있어 '가장 정제된 산문 형태'인 동시에 '드라마의 자매'로 인식되었다. 그의 작품은 이미 30여 편의 영화와 드라마로 제작된바 있다.[1] 시민적 사실주의를 추구한 작가들 중에서 드물게 많은 작품이 채택된 경우이며 시간적인 연속성도 놀라운 면 중의 하

---

1 영상화된 슈토름의 작품들 중 「백마의 기사」와 「꼭두각시패 폴레」 목록(연차순)

   1. Der Schimmelreiter(K) (Deutschland, 1933~1934)
   2. Pole Poppenspäler-Eine Filmnovelle frei nach Theodor Storm(K) (Deutschland, 1935)
   3. Der Puppenspieler-unvollendet(K) (Deutschland, 1944~1945)
   4. Pole Poppenspäler(K) (Deutsche Demokratische Republik, 1954)
   5. Pole Poppenspäler(K) (Bundesrepublik Deutschland, 1968)
   6. Der Schimmelreiter(K) (Bundesrepublik Deutschland, 1977~1978)
   7. Der Schimmelreiter(F) (Deutsche Demokratische Republik/Polen, 1984)
   8. Storm-Der Schimmelreiter(F) (Bundesrepublik Deutschland, 1985)

나이다. 테오도어 슈토름의 작품이 영화화, 드라마화된 역사는 1917년 「존 글뤼크슈타트 John Glückstadt」라는 제목으로 각색된 『도플갱어 Doppelgänger』이후 현재 진행 중인 총 2,400분 길이의 장편 애니메이션 「꼭두각시패 폴레 이야기 Die Geschichte von Pole Poppenspäler」에 이르기까지 80여 년을 웃돈다.

마티아스 비만 Matthias Wiemann과 마리안네 호페 Marianne Hoppe가 주연을 맡고, 영화감독 쿠르트 외르텔 Curt Oertel과 한스 뎁페 Hans Deppe에 의해 1933~1934년에 걸쳐 제작, 완성된 첫 영화 「백마의 기사」는 영웅적인 리더십에 초점을 맞추어 괴벨스 Goebbels의 민중 선동과 프로파간다의 일환으로 내, 외국에서 수차례 상영되며 각처에서 호평을 받았다. 영화 「백마의 기사」에서 지도자적인 인물로 우상화된 하우케는 극 중 동작과 결합된 텍스트들을 통해 은밀한 방법으로 당시의 지도자였던 히틀러와 동일시되고 그에 정치적 정당성을 부여하는 인물로 탈바꿈했던 것이다.

이처럼 황제 시기부터 바이마르 공화국, 제3제국, 독일연방공화국, 통일 이전의 독일민주주의인민공화국에 이르기까지 장구한 세월 동안 반복해서 여러 작품들이 제작되고 상연되는 이유는 그만큼 슈토름의 작품이 보편성을 띠고 있다는 반증도 될 것이다.

---

9. Pole Poppenspäler(F) (Bundesrepublik Deutschland, 1989)
10. Die Geschichte vom Pole Poppenspäler(K)-Projekt(K) (geplant)

※ (K) = Kinofilm
　(F) = Fernsehfilm

두 작품의 번역 원전으로는 가장 대중적인 레클람의 *Der Schimmelreiter*(Nr. 6015)와 *Pole Poppenspäler*(Nr. 6013)를 선택했고, 단어 사용이나 의미가 불분명한 경우, http://guten-berg.spiegel.de/autoren/storm.htm의 텍스트와 슈토름 학회 www.stormgesellschaft.de의 자료들, Theodor Storm, *Der Schimmelreiter*(Insel Verl., Gesammelte Werke Bd. 6, 11. Aufl., 1994)와 Pole Poppenspäler(Insel Verl., Bd. 3, 7. Aufl., 1993), 『백마의 기사』의 기존 번역들을 참고, 대조했다. 작품 설명과 각주는 칼 에른스트 라게 Karl Ernst Laage의 슈토름 관련 논문과 서적들, 빈프리트 프로인트 Winfried Freund의 *Theodor Storm* (Kohlhammer, 1983), 레클람의 *Erläuterungen und Dokumente, Theodor Storm, Der Schimmelreiter, Doktor Johannes Faust-Puppenspiel*을 따랐다.

끝으로 독일 문학사 내에서의 위치와 대중성에 비해 한국에서는 그다지 알려질 기회를 갖지 못했던 슈토름의 작품을 선정해주신 심사위원님들과 번역을 지원해준 대산문화재단, 부족한 원고를 세심하게 교정해주신 문학과지성사 편집부 여러분에게 진심으로 감사드린다.

■ 작가 연보

1817	9월 14일, 북독일 후줌Husum에서 변호사인 아버지 요한 카지미르 슈토름과 명문 귀족의 딸이며 예술에 조예가 깊던 루치 슈토름 사이에서 태어남.
1826	후줌의 김나지움에 입학. 이 시기에 그의 유년의 세헤라자데Scheherazade로 비유되는 레나 뷔스의 집을 즐겨 방문. 괴테의 시와 실러의 드라마를 애독. 음악과 외국어에 특별한 관심을 보임. 1833년 7월 17일 첫 시, 「엠마에게, 추위에 떠는 엠마An Emma, d.i. Emma kühl aus Föhr」 씀.
1835~37	대학 진학을 위해 뤼벡의 카타리나 김나지움으로 전학. 괴테의 『파우스트』와 아이헨도르프의 『시인과 그의 친구들Dichter und ihre Gesellen』, 울란트의 시를 읽음. 친구이자 급우인 페르디난트 뢰제가 하이네의 『노래의 책Buch der Lieder』을 권함. 네덜란드 해방의 역사에 대해 라틴어로 쓴 졸업 과제로 입학시험에 합격.
1837	킬의 법과대학에 등록하고 10월 3일 엠마 퀼과 약혼.
1838	파혼 후, 베를린 대학으로 적을 옮겨, 베를린의 극장들을 자주 방문.

	드레스덴으로 기행을 떠남.
1839	킬 대학의 법학부에서 공부를 계속하며 테오도어 몸젠, 티코 몸젠 형제와 교류. 이들을 통해 뫼리케의 시를 접하게 됨.
1840	『규방 잡지 Album der Boudoirs』에 「갈매기 Die Möwe」를 비롯한 초기 시 발표. 몸젠 형제와 함께 슐레스비히-홀슈타인 지역의 동화와 전설, 민요들을 수집.
1843	법률사무소 개업. 합창단 조직. 40여 편의 시를 담은 『세 친구의 노래 Liederbuch dreier Freunde』 출간.
1845	괴테의 『빌헬름 마이스터』와 시들을 읽음.
1846	제게베르크에서 사촌누이 콘스탄체와 결혼.
1847	후줌 명문가의 딸 도로테아 옌젠과 사랑에 빠짐. 다수의 연애시와 첫 산문 「마르테와 그녀의 시계 Marthe und ihre Uhr」가 『1848년 민중의 책 Volksbuch auf das Jahr 1848』에 발표됨.
1848	프랑스 2월 혁명 발발 이후, 독일 전역이 언론의 자유와 헌법 제정을 요구하는 집회와 시위의 물결로 뒤덮인 가운데 슐레스비히-홀슈타인 해방을 위한 당에 가입. 산문 「강의실에서 Im Saal」와 시 「부활절 Ostern」 「시월의 노래 Oktoberlied」 씀. 시 「멀리에서 Abseits」 최초로 활자화됨.
1849	아들 한스를 위해 동화 『꼬마 헤벨만 Der Kleine Häwelmann』 씀. 『임멘 호수 Immensee』 초고 완성. 슐레스비히-홀슈타인과 덴마크의 합병 취소 청원서에 서명.
1850	7월 24, 25일 슐레스비히-홀슈타인 군이 덴마크인들에 패배. 이 영향으로 시 「가을에」 「해변의 무덤들」 씀. 11월부터 에두아르트 뫼리케와 서신 교환.
1851	동화 『힌첼마이어 Hinzelmeier』와 더불어 『여름 이야기와 노래들 Sommergeschichten und Lieder』 발표.

1852	덴마크 정부로부터 공직 근무 금지령을 받음. 프로이센의 법률사무일을 맡아 베를린으로 이주. "슈프레 강을 지나는 터널Tunnel über der Spree"이란 모임에 초빙 손님으로 참석하여 테오도어 폰타네와 만남. 킬에서「도시에서」「히아신스」등이 수록된 첫 시집이 발간됨.
1853	모임 "터널"에 고무되어 담시「혈연Geschwisterblut」을 씀. 폰타네와 서신 교환 시작. 프로이센의 사법관시보로 임명되어 12월 가족과 함께 포츠담으로 이주.
1854	아이헨도르프와 가이벨을 만나고, 파울 하이제와 친교를 나눔. 노벨레「푸른 잎Ein grünes Blatt」「햇빛을 받으며Im Sonnenschein」외 다수의 시 발표.
1855	부모와 함께 하이델베르크를 여행. 슈트트가르트에서 에두아르트 뫼리케 방문. 노벨레「안젤리카Angelika」탈고.
1856	하일리겐슈타트Heiligenstadt의 군법회의 배심판사직에 임명됨. 물적, 정신적으로 어려운 시기를 겪음.
1857	명랑소설「사과가 익을 무렵Wenn die Äpfel reif sind」출간.
1860	노벨레「늦장미Späte Rosen」발표.
1862	전설, 괴기담 모음집『벽난로 가에서Am Kamin』와 노벨레「대학 시절 Auf der Universiät」,「전나무 아래서Unter dem Tannenbaum」발표.
1863	덴마크 국왕의 서거 후 슐레스비히-홀슈타인 사람들은 주권을 가진 슐레스비히-홀슈타인의 통치자로 아우구스텐부르크의 왕자를 세움. 노벨레『외딴 곳에서Abseits』출간.
1864	4월에 덴마크와 독일 사이의 전쟁이 독일군의 승리로 끝남. 2월에 슈토름은 후줌의 주지사로 당선되어 3월 후줌으로 돌아감. 슐레스비히와 홀슈타인은 프로이센과 오스트리아령으로 들어감. 동화「불레만의 집 Bulemanns Haus」과「레겐트루데Regentrude」발표.
1865	넷째 딸 게르트루트의 출산 도중 부인 콘스탄체가 산욕열로 사망. 9

	월 이반 투르게네프에게 초대되어 바덴바덴 방문. 노벨레「바다 저편에서 Von Jenseits des Meeres」, 동화「프쉬케의 거울 Der Spiegel des Cyprianus」 발표.
1866	1864년 재회한 도로테아 엔젠과 6월 13일 재혼. 프로이센과 오스트리아의 전쟁에서 프로이센이 승리함으로써 슐레스비히-홀슈타인은 프로이센의 통치 하에 들어감.
1867	노벨레「성 위르겐에서 In St. Jürgen」,「화가의 작업 Eine Malerarbeit」완성.
1868	정치적 자유를 위해 주지사를 그만두고 법률관으로 돌아옴.
1870	『마티아스 클라우디우스 이래의 독일 시인 전집 Hausbuch aus deutschen Dichtern seit Matthias Claudius』을 함부르크에서 출간.
1872	노벨레『저 멀리 황야 마을에서 Draußen im Heidedorf』 발표.
1873	회고집『레나 뷔스 Lena Wies』 발표.
1874	상급법원의 판사로 임명됨. 노벨레「삼색 제비꽃 Viola tricolor」과「꼭두각시패 폴레 Pole Poppenspäler」『숲 언저리 Waldwinkel』 발표.
1875	노벨레「조용한 음악가 Ein stiller Musikant」「프쉬케 Psyche」외 다수의 작품 발표.
1876	노벨레「익사 Aquis submersus」 발표.
1877	뷔르츠부르크에서 젊은 비평가 에리히 슈미트를 알게 됨. 고트프리트 켈러와 서신 교환.「에두아르트 뫼리케에 대한 단상 Meine Erinnerungen an Eduard Mörike」 발표.
1878	노벨레「후견인 카르스텐 Carsten Curator」「레나테 Renate」 발표.
1879	지방법원 판사가 됨. 노벨레「에켄호프 Eckenhof」 발표.
1880	임기를 마치지 못하고 퇴직함. 하데마르셴에 새 집 건축. 노벨레「시의원의 아들들 Die Söhne des Senators」 발표.
1882	노벨레「한스 키르히와 하인츠 키르히 Hans & Heinz Kirch」 발표.

1883	노벨레 「침묵 Schweigen」 발표.
1884	테오도어 폰타네, 테오도어 몸젠과 상봉. 노벨레 「그리스후스의 연대기 Zur Chronik von Grieshuus」 발표.
1885	노벨레 『존 류 John Riew』 『하더스렙후스의 축제 Ein Fest auf Haderslevhuus』 출간.
1886	바이마르로의 여행길에 브라운슈바이크에 있던 빌헬름 라베와 만나고자 시도. 「백마의 기사 Der Schimmelreiter」 집필 시작. 위암을 앓고 있는 사실을 알게 됨. 12월 초에 첫아들 사망. 노벨레 「도플갱어 Ein Doppelgänger」 씀.
1888	연초에 슈토름의 마지막 노벨레 『백마의 기사 Der Schimmelreiter』 인쇄. 새로 시작한 노벨레 「빈민의 장례식 종소리 Die Armesünderglocke」는 완성하지 못하고 7월 4일 하더마르셴 자택에서 사망. 7월 7일 후줌의 성 위르겐 가족 묘지에 묻힘.

■ 기획의 말

'대산세계문학총서'를 펴내며

　근대 문학 100년을 넘어 새로운 세기가 펼쳐지고 있지만, 이 땅의 '세계 문학'은 아직 너무도 초라하다. 몇몇 의미 있었던 시도에도 불구하고, 전체적으로는 나태하고 편협한 지적 풍토와 빈곤한 번역 소개 여건 및 출간 역량으로 인해, 늘 읽어온 '간판' 작품들이 쓸데없이 중간되거나 천박한 '상업주의적' 작품들만이 신간되는 등, 세계 문학의 수용이 답보 상태에 머물러 있었음을 부인하기 힘들다. 분명한 자각과 사명감이 절실한 단계에 이른 것이다.
　세계 문학의 수용 문제는, 그 올바른 이해와 향유 없이, 다시 말해 세계 문학과의 참다운 교류 없이 한국 문학의 세계 시민화가 불가능하다는 의미에서, 보다 근본적으로, 우리의 문화적 시야 및 터전의 확대와 그 질적 성숙에 관련되어 있다. 요컨대 이것은, 후미에 갇힌 우리의 좁은 인식론적 전망의 틀을 깨고 세계 전체를 통찰하는 눈으로 진정한 '문화적 이종교배'의 토양을 가꾸는 작업이며, 그럼으로써 인간 그 자체를 더 깊게 탐색하기 위해 '미로의 실타래'를 풀며 존재의 심연으로 침잠하는 작업이라 할 수 있다.

우리의 현실을 둘러볼 때, 그 실천을 위한 인문학적 토대는 어느 정도 갖추어진 듯이 보인다. 다양한 언어권의 다양한 영역에서 문학 전공자들이 고루 등장하여 굳은 전통이나 헛된 유행에 기대지 않고 나름의 가치 있는 작가와 작품을 파고들고 있으며, 독자들 또한 진부한 도식을 벗어나 풍요로운 문학적 체험을 원하고 있다. 새롭게 변화한 한국어의 질감 속에서 그 체험이 이루어지기를 바라는 요청 역시 크다. 그러므로 필요한 것은 어쩌면 물적 토대뿐일지도 모른다는 판단이 우리를 안타깝게 해왔다.

이러한 시점에서, 대산문화재단의 과감한 지원 사업과 문학과지성사의 신뢰성 높은 출간을 통해 그 현실화의 첫발을 내딛게 된 것은 우리 문화계의 큰 즐거움이 아닐 수 없다. 오늘의 문학적 지성에 주어진 이 과제가 충실한 결실을 맺을 수 있도록, 우리는 모든 성실을 기울일 것이다.

'대산세계문학총서' 기획위원회